四重奏

［日］坂元裕二 著

／

韩静 译

广西师范大学出版社

· 桂林 ·

小阅读 · 文艺

目　录
contents

第 1 话

1　去年十月左右，繁华街区的一角（夜晚）

世吹雀（30 岁）取下背上的大乐器盒，拿出稍许有些刮痕的大提琴。

她坐在折叠椅上，把大提琴抱在胸前。

手里拿着三角形包装的咖啡牛奶，喝了一口。

想着该开始了，她轻轻敲了一下大提琴，开始演奏起来。（卡萨多的《大提琴无伴奏组曲》）

尽管过往的路人并没有驻足聆听，她也若无其事地继续演奏。

演奏结束的小雀又开始喝咖啡牛奶。

旁边的乐器盒里放着一些零钱，大概只有三百日元。

小雀正准备收摊，眼前有人伸出一只手，手上拿着一万日元纸币。

她抬头一看,是卷镜子(66 岁)站在那里。

小雀心里感到纳闷,但还是点头道谢,准备将钱收下。

镜子　　你是雀小姐吧?

　　　　镜子有些紧张,还有点局促不安。

小雀　　(警觉地含着吸管)

镜子　　我有份工作想拜托你来做。

小雀　　(心中惊讶,点了点头)如果是演奏的话,在哪里都可以……

镜子　　不是。

　　　　镜子把颤抖的手伸进随身带的小袋子里搜寻了一番,拿出了
　　　　一张照片。

　　　　小雀一看,是一张穿着裙子、手拿小提琴的女性(卷真纪)的半
　　　　身照。

镜子　　你的工作就是和这位女性成为朋友。

小雀　　(惊讶地吸着吸管)

　　　　已经空了的三角形包装袋突然被吸瘪了。

2　现在,市内某高级公寓前(白天)

　　　　雷鸣阵阵,大雨倾盆。

　　　　卷真纪(36 岁)站在入口处。

　　　　她手里抱着乐器盒并用外套保护着。

一辆面包车驶来,正好停在门前,别府司(32 岁)匆忙下车。

他打开副驾驶座的车门,轻轻点头致意,撑着伞压低肩膀让真纪上车。

司把手提包往后座上一放,又回到驾驶座坐好。

司   小提琴没事吧?

真纪从外套里取出乐器盒看了下。

真纪   没事。(小声说)

3   碓冰辅道①

雨已停,面包车在山间道路上行驶。

司坐在驾驶座,真纪在副驾驶座上。

4   轻井泽车站前

面包车在轻井泽车站前行驶。

司   冬天的轻井泽也挺好的。就是一到晚上十点,商店就关门了。

5   道路

面包车穿过商店街,经过了网球场和教堂。

司   别墅在旧轻井泽的里面。是我祖父的,不管弄出多大声音都没问题。

真纪打了个哈欠。

司   抱歉,都是我一个人在啰唆。

————————

①   位于长野县轻井泽町的国道 18 号。

真纪　　（摇了摇头）昨天夜里很紧张，怎么都睡不着。

　　　　真纪的声音很小，所以司侧着头听。

真纪　　看了影片之后，更加睡不着觉了。

司　　　影片？

真纪　　小鸭子宝宝一个接一个地掉到下水道里。

司　　　真的吗？（苦笑）家森和小雀都很期待卷小姐的到来。

6　别墅旁的道路

　　　　行驶的面包车。

司　　　我觉得，（侧过头）这是命运。你看，我们就是偶然在东京的卡
　　　　拉 OK 包厢里碰到的。

　　　　真纪的回忆——在东京的卡拉 OK 包厢店内。

　　　　真纪肩上背着乐器盒，从一个包厢里走出来。

　　　　她正打算走到走廊上，两侧并排的三扇门同时打开。她看到
　　　　三个人的背影，分别是一个女人（小雀）、一个男人（司）和另一
　　　　个男人（谕高）。

　　　　三个人都背着乐器。

司的声音　而且四个人全都是演奏者，小提琴、小提琴、中提琴、大
　　　　提琴。

司　　　这样只有组成一个弦乐四重奏了。咱们绝对能成为最棒的四

重奏!

真纪　绝对?

司　(没有听清楚)什么?

真纪　听说,人生有三条道路。

司　三条道路?

真纪　上坡道,下坡道。(正打算说下一个的时候)

家森谕高(35岁)在路前面挥手。

司叫了声"啊",踩了刹车停下车来。

不知为何,谕高和同行的背着背包的年轻女人热烈拥抱,轻轻

接吻。

谕高　拜拜。

谕高打开后座的车门,钻进了车内。

谕高　(对真纪说)卷小姐,你好,我是家森。

真纪　(轻轻点头行礼)

司　刚才那个女人是谁?

谕高　一个大学生,说是一个人旅行的。她问我路。

司　咦? 只是问路吗?

谕高　嗯?(有什么问题吗?)

7　别墅前

面包车停了,司、谕高从车上走了下来。

司　不仅周末,平时也要吗?

谕高　大家一起住的话，不也可以培养我们四重奏的默契吗？我要一直住在这里喔。

　　　下了车的真纪朝正前方一看，是一栋别墅。

　　　真纪盯着看。

司　　就算说要住，卷小姐是有家庭的呀……

谕高　别府，你说的maki是卷小姐的姓还是名啊？

司　　呃，反正叫卷真纪，都一样呀①……

谕高　你叫的是姓还是名呢？

司　　（思考）我叫的是姓。（话锋一转，朝着真纪）要是住在这里的话，会被你丈夫责怪吧？

谕高　卷小姐是名媛呀。

真纪　（小声说着什么）

　　　司和谕高听不见，就把脸往真纪旁凑。

真纪　他说，就按照着你的喜好来吧。

司　　啊，你先生说的？

真纪　他说，做你自己就行。

司、谕高　　哇哦。（说着轻轻拍手）

　　　正在走路的真纪，因为高低落差，脚下一滑，手无处扶，撑在司的肩膀上。

　　　司内心很紧张。

----

①　卷真纪的日语发音，"卷"和"真纪"都念"maki"。

8 同·一楼

> 房间通风良好，有厨房、餐厅、起居室和通往二楼的楼梯。
>
> 真纪、司、谕高进入别墅。

司　每个人都有独立房间。浴室也有两个，可以男女分开……

> 三个人注意到，客厅的矮桌下有两条腿伸在外面。
>
> 司和谕高马上明白了，便走过去，两人合力抓住那腿，将其拖了出来。
>
> 被拖出来的，是穿着睡衣的小雀。

司　小雀在哪里都能睡着。

真纪　（小声地说着什么）

> 司、谕高疑惑地把脸凑过去。

真纪　吓我一跳。

司、谕高　啊。

谕高　昨天睡在厕所里了。

司　她很期待卷小姐的到来喔。

真纪　（心里想"是这样吗?"小声喊她）小雀，小雀。

> 司和谕高想：这样起不来的。

司　（大声地）小雀！

谕高　（大声地）小雀！

真纪　（小声地）小雀！

司、谕高　（大声地）小雀！

小雀猛地睁开眼睛。

小雀强忍住打哈欠,看着司和谕高。

小雀　　什么啊?

司　　　卷小姐到啦。

小雀　　啊。(回头看)

额头正好撞到了在她身后的真纪。咚的一声,两个人往后
跌倒。

小雀　　(发出呻吟声)!

真纪　　(小声)好痛。

司　　　没事吧?

真纪、小雀　　(微微点点头)

真纪和小雀一边按着额头,一边互相看着对方的脸。

小雀　　(不好意思,轻轻点头)

真纪　　(不好意思,轻轻点头)

司　　　那我先带卷小姐到她的房间……

小雀　　(对着真纪做了一个演奏大提琴的动作)我这就去拿过来。

小雀爬上了二楼。

司　　　她才刚到啊……

真纪开始打开小提琴的盒子。

司　　　好吧。

拉小提琴的真纪、大提琴的小雀、小提琴的司、中提琴的谕高

聚集到一起。

有的坐着,有的站着,有的转来转去,擦擦松香,拉拉弓,开始试音。

真纪 (对着小雀)请给我一个 A。

小雀点点头,用大提琴起了一个音。

四人转动琴栓,开始调弦。

每人拉了一小音节,琴声在房间里回响。

司一看,真纪没在拉。

司 (发现了)怎么了?

真纪 说不定拉不好。

司 (微笑)我们这儿有专业经验的演奏者只有卷小姐你了。大家都是有其他主业的。

谕高 你就是爱担心。

司 据说她看了鸭子掉到下水道的影片就睡不着了。

谕高 你应该看点更积极的东西啊。

真纪 我也是这么想的,所以就看了英超联赛的十大乌龙球。

谕高 怎么不看精彩好球?

司 总之先放松试试看吧。

真纪 好的。

司、小雀和谕高把乐谱摆好。

小雀很亢奋,抖动身体,脱下袜子放到口袋里,赤着脚。

小雀 哈,越来越带劲儿了。

谕高一边解开衬衫胸前的纽扣一边说。

谕高　带劲儿？

小雀　就是带劲儿啊。

司擦了一下眼镜，又重新戴上。

真纪摘下了左手无名指的戒指，戴到右手无名指上。

片刻寂静，谕高看向小雀，小雀看向司，司看向真纪。

四人迅速摆好乐器。

真纪　（呼～深深呼气）

以这口呼气为信号，四人开始演奏。

是《勇者斗恶龙》序曲。

9　超市·美食街

真纪、小雀、司和谕高正在演奏《勇者斗恶龙》序曲。

客人们在吃饭，并未注意到他们。

司突然注意到，有两个正在吃拉面的中学男生用手指向这边，

听得很开心的样子。

司向另外三人使了使眼色。

四人开心地朝向中学生演奏。

中学生很开心，摇晃着肩膀。

真纪还另外演奏起游戏角色升级时的配乐。

上剧名

10 别墅·一楼（夜晚）

壁炉里生着火。

司和谕高在厨房做炸鸡块。

真纪在客厅,将弦乐(斯美塔那的《莫尔道河①》)的乐谱改写成弦乐四重奏。

真纪 (把小节给小雀看)怎么样?

小雀一看,把旁边放着的大提琴拖过来,一边看乐谱,一边试着演奏起来。

小雀 再简洁一点会更好。

真纪 啊,好。

司和谕高嘴里哼着听到的旋律,把菜放到桌子上。

谕高 (对着真纪她们)饭好啦!

四人面对面坐着。

桌子上正中央摆着大碗盛的炸鸡块,旁边还摆着其他菜。

司 接下来请多关照。

四人干杯、喝酒。

司 (指着炸鸡)趁热吃吧。

谕高 啊,小盘子。（说着就准备站起来）

————————————

① 《莫尔道河》是斯美塔那的交响诗《我的祖国》里面的一首。整部作品创作于 1874 至 1879 年间。

真纪	啊。（制止了谕高，先一步走到厨房）
谕高	（说着"谢谢"，往真纪的杯子里倒啤酒）

小雀和司抓起放着的柠檬，往整个炸鸡上挤。

谕高正准备给自己倒酒的时候，注意到了此事。

谕高	……咦？
小雀	看起来很好吃。
谕高	咦？
司	是呀。
谕高	哎哎哎，你们在做什么呢？
小雀	在吃炸鸡块呀。

谕高用手指咚咚地敲挤干的柠檬前的桌面。

谕高	这个，这个。
小雀	柠檬。
谕高	嗯，柠檬。
司	是的。
谕高	你们为什么要往炸鸡上挤柠檬？

在厨房拿出小碟子的真纪回头："嗯？"

小雀	为什么？吃炸鸡就是要挤柠檬啊！
谕高	因人而异吧。
小雀	嗯？
谕高	因人而异吧。
司	嗯？

谕高　　不要"嗯,嗯"的。你挤柠檬了吧?

小雀　　可是这儿放着柠檬。

谕高　　那是让各自,就是让大家夹到自己的盘子之后,按照各自的喜

　　　　好自行添加才放在那里的,不是吗?

小雀　　不是吗?（感到有趣）

谕高　　根据个人喜好。

司　　　然后?

谕高　　有吃炸鸡要挤柠檬的人,（笑）也有怎么都不想挤柠檬的人,不

　　　　是吗?

小雀　　（感到有趣）

谕高　　根据个人喜好。

司　　　挤上柠檬汁比较好吃啊。

谕高　　那样就不脆了呀。

司　　　挤点柠檬汁更健康呀。

谕高　　都在吃炸鸡了,还谈什么健康啊。

小雀　　不是挤点柠檬汁更好吃吗?（半笑着）

谕高　　不对不对。我想说的是……

小雀　　只是个柠檬而已,犯不着生气吧。

司　　　以后会注意的,只是个柠檬而已……

真纪　　只是个柠檬而已?

　　　　真纪在背后说。

小雀、司　　咦?

真纪　　啊,没……

谕高　　卷小姐,刚刚你说什么?

真纪　　我在想,不能说"只是个柠檬而已"……

谕高　　卷小姐是不挤柠檬的那一派吗?

真纪　　比起挤不挤,抱歉,我觉得重点并不是这个。

司　　　那是什么?

真纪　　为什么在挤之前,没有问一下呢?

谕高　　对呀! 就是这一点。当然有人想往炸鸡上挤柠檬,我也没说
　　　　不行。

真纪　　家森先生的意思是,"要挤柠檬汁吗?"为什么不事先问这一
　　　　句呢?

谕高　　正是。(说着,深深点头)别府,炸鸡能洗吗?

司　　　不能洗。

谕高　　挤柠檬是不可逆的。

司　　　不可逆?

谕高　　再也无法恢复原状了。

司　　　对不起,要是我事先问一句"要挤吗?"就好了。

真纪、谕高　　(露出不置可否的表情)

司　　　不对吗?

谕高　　这种询问方式是挤柠檬的文化。

小雀　　文化?

谕高　　有两个流派。

谕高　（对着真纪）你知道的吧？

真纪　我知道。

谕高　你们要挤柠檬汁的时候,如果问的话,会怎么问？

司　"要挤柠檬汁吗？"

谕高　"啊,好的……"是这样吗？ 要挤柠檬汁吗？ ——啊,好的。制造出一种挤柠檬汁是理所当然的气氛,那明明完全不想要柠檬的人,也只能说"好吧"。这是胁迫。我是防守的一方。

司　那该怎么说呢？

真纪　"有柠檬吗？"

小雀、司　……

谕高　"有柠檬喔。"

小雀、司　……

谕高　就这么说。

小雀　不觉得有点莫名其妙吗？

谕高　你是在嘲笑我傻吗？

小雀　没笑你傻呀。（说着笑了）

谕高　好像在说中提琴手喜欢斤斤计较一样。

真纪　家森先生。

谕高　在。

真纪　你的心情我理解。请看下炸鸡。

谕高　好的。（看着）

真纪　开始变凉了。

三人"啊"的一声。

谕高　对不起大家。失礼了。我们吃吧。

四人双手合十。

四人　开动啦。

四人一边吃一边说着:"好吃,好吃。"

谕高　哎呀,抱歉。我五年级的时候也遇到过这个,我成了班会的议
　　　题……

小雀　咦? 你干什么事啦?

谕高　不告诉你。

小雀　咦? 是什么?

谕高　我的心理阴影,就不用想象了。

司　　你们知不知道,东北那边吃番茄是蘸糖的?

真纪、小雀、谕高　　哎——

饭后,司在厨房一边喝红酒一边洗碗,真纪和谕高在柜台处喝
酒,小雀正在擦拭大提琴弓,四人聊天。

真纪　什么时候能在国立剧场演出就好了。

谕高　(苦笑)

司　　痴人说梦。

谕高　这么说吧,要是能靠音乐生活的话,应该可以。

小雀　(若无其事)卷小姐什么时候结婚的?

真纪　(稍有点害羞)三年前。

谕高　听说卷小姐的先生是做广告代理的。

小雀　你喜欢他哪里呢?

司　这个也要问吗?

真纪　(有点害羞)他的体温是 37 度 2。

小雀　因为体温高而喜欢上了他?

真纪　体温高的话,(指了指自己的脖子后面)这里就会散发出一种
　　　好闻的味道。

　　　司和谕高跟着起哄揶揄。

谕高　真好啊,有家庭的人。

　　　真纪害羞微笑。

　　　小雀一边起哄一边观察真纪。

11　东京,大路～高级公寓·前面(另一天)

　　　真纪吃着在肉店买的可乐饼,走路回家。

12　同·卷家的房间

　　　玄关门的锁开了,真纪走进来。

　　　男人的皮鞋整齐地摆放着。

　　　进入到室内,电灯、电视都开着。

　　　两只男人的袜子散落在地板上。

　　　真纪走过鞋子旁,拿着装着枯萎花朵的花瓶走到厨房,倒了
　　　水,扔了花。

真纪　♪上坡道～啊哈哈,下坡道～啊哈哈

13　猫头鹰甜甜圈·宣传室

这是一家以猫头鹰为商标的甜甜圈连锁店的运营公司,随处摆放着产品目录、促销商品。

司对着个人电脑在写文件,上司寺川敦子(45 岁)走了过来。

寺川　别府,你爷爷现在在德国吗?(做出指挥的动作)

司　是的,大概。

寺川　(看了看司的文件)你在干吗?(拿起文件)派遣的,你怎么能让别府做这样的事情?

司　啊,没事……

寺川把文件递给女性派遣员工。

寺川　(对着司)别府,你只要人在,就有价值。

坐在对面的同事九条结衣(34 岁)看到司,微笑,表情像是在同情他。

司　(含糊地微笑)

14　美容院·店内

年轻的美容师们在给顾客剪头发。

在这当中,谕高正打扫散落在地上的头发,美容师(大谷)叫着。

大谷　家森,洗头!

谕高　来了。

谕高正准备给一位五十多岁的女性洗头发。

女性　　店长亲自给我洗头吗?

谕高　　不,我是助手。

女性　　抱歉,因为你看起来像是三十几岁了。

谕高　　我三十五岁。是临时工主管。

15　别墅·小雀的房间

窝在被子里的小雀被包住无法出来。她把手伸出来,手上拿着零食点心的袋子。

她把袋子倒过来,是空的。

她把袋子的两端撕开,打开一看,最底下还夹着两片。

小雀开心地抓起来吃了。

16　公寓·卷家的房间(夜晚)

收音机的声音传来,真纪正慢慢地吃着生鸡蛋拌饭。

收音机里播放了一条新闻:"杉并区的公园池塘里发现了一具男尸,推测年龄为四十多岁。"

真纪正打算浇酱油的,听到这个停下来了,忘了浇酱油,又继续吃。

17　别墅·前(另一天)

真纪、小雀、司和谕高用油漆给面包车的车身画上音符和五线谱。

真纪　　(打了个哈欠)昨天晚上没怎么睡着。

谕高　　是不是又看什么影片啦?

真纪　铃木一郎选手的失误精选片段。

谕高　这倒是很少看到。

　　　　真纪注意到地面结冰了。

真纪　别府,小心这里。

司　（没听见）什么?

　　　　说着就走过来,一滑,摔倒了。

司　不是吧……

小雀　（看到摔倒的司,呵呵呵地笑着）

真纪　小心。（小声地）

谕高　（没听见）嗯?

　　　　谕高一滑,也摔跤了。

　　　　司和谕高互相搭手准备起来的时候,又摔了一跤。

小雀　（呵呵呵地笑）

　　　　小雀也摔倒了。

真纪　小心。（小声地）

18　林荫大道

　　　　车身上写着大大的"Quartet Doughnuts"的面包车驶过林荫大道。

　　　　真纪坐在驾驶座,司坐在副驾驶座上,小雀和谕高坐在后面的座位。

　　　　小雀把头伸出窗外,迎着风,大喊:"哇——"

　　　　回到车内,小雀的刘海儿整个往上翻。谕高指着她的头笑了。

谕高也把头伸出窗外，大喊："哇——"

谕高的刘海儿往上翻，小雀指了指，笑了。

真纪和司从后视镜里看到两人，也笑了。

19　湖畔

真纪、小雀、谕高拿着乐器并排站着。

司把数码相机放到堆积的乐器盒上，做拍摄的准备。

谕高　快点，快点，嘶——嘶——好冷。

司拿着遥控器，和其他人并排站在一起。

司　（对着谕高）请忍耐一下。

谕高　别府，你洗了我的内裤吧？我只有那一条呀。

司　咦？那你现在？

谕高　没穿呀。

小雀皱皱眉头，和谕高拉开了距离。

谕高　怎么啦？小雀。（靠近）

小雀　没什么。（拉开距离）

谕高　又看不见。

小雀　别府，换个位置。

小雀一移开，谕高就凑近，两人错开了。

谕高　你只是得知我现在没穿内裤这个信息，平时我是没穿内裤还是穿着内裤，你根本没有确认过吧？

司　你经常不穿内裤吗？

谕高　　我着急了呀,我又不是穿的裙子。瞧,(腿一会儿张开一会儿闭合)完全看不出的。是不是没穿内裤完全……

司　　　开始拍啦。

　　　　此时,头上传来了猴子的叫声。

　　　　嗯? 四人抬头看,快门一闪定格了这一幕。

20　药妆店·前面的停车场

　　　　真纪、小雀、司、谕高买了些厕纸之类的日用品,出来了。

　　　　司把东西往座位上一堆,真纪用侧后视镜照着自己的脖子。

司　　　怎么了?

　　　　真纪指了指自己脖子上疑似吻痕的地方。

真纪　　(做出拿小提琴的动作)注意力太集中的话,总是会变成这样。

司　　　啊,是的呀。我也偶尔会被误解。

真纪　　他明知道还要故意刁难。(微笑)

司　　　你老公吗? (稍稍怪异的微笑)

　　　　小雀和谕高正在往后备厢里塞东西。

谕高　　咦? (对着前面的司)我们有没有买沐绿露①?

小雀　　(心想"沐绿露是什么?")

谕高　　(对着司)沐绿露用完了吧?

司　　　买了呀。

小雀　　在说什么呢?

———————

①　谕高的口误,应为"沐浴露"。

谕高　　嗯？沐绿露。

小雀　　（强忍着不笑）

谕高　　怎么了？

小雀　　没什么。沐绿露买了呀。（嘻嘻地笑着）

　　　　真纪发现一个红色的鸭舌帽掉在地上。

　　　　有个男子在前面走。

真纪　　（捡起来）帽子掉了。

　　　　声音很小，那人没听见。

司　　　帽子掉了！

　　　　回头的男子是本杰明泷田（65岁）。

泷田　　啊，非常感谢。

　　　　泷田发现了四人要乘坐的面包车上画的甜甜圈洞四重奏标志。

泷田　　你们是演奏者？四重奏？

真纪　　是的。

泷田　　啊，是这样啊。我也是一名钢琴演奏者。

　　　　泷田抽出一张传单，递给真纪。

泷田　　下次一定要去听我的演奏。我请你们喝一杯。

　　　　说着，他戴上了帽子。

　　　　司和谕高感到吃惊。

　　　　泷田和他们挥手说了再见，帅气地离去了。

司　　　（目送）真的吗……家森，你注意到了吗？

谕高　　（目送）注意到了。

小雀	名人？
司	是《小拳王》①的帽子吧？
谕高	是《小拳王》的帽子！
小雀	（没理解）咦？
司	是《小拳王》的帽子！
谕高	是《小拳王》的帽子！

真纪用一种神秘的表情一直盯着泷田递给她的传单。

这张传单上印着泷田弹钢琴的大幅照片，还写着："只剩 9 个月生命的钢琴家本杰明泷田！ 镇魂的旋律！"

21 别墅·司的房间（夜晚）

司把在湖边拍的四人照片传到笔记本电脑里，并进行加工。

司不知怎的把真纪的照片放大，把头凑近看。

凝视……

不料，门开了，谕高出现了。

他背着睡着的小雀。

谕高	别府，小雀又睡着了……
司	（合上笔记本电脑的盖子）什么？
谕高	……我再问一次，卷小姐的名字你叫的是什么？ 名还是姓？
司	什么？
谕高	没啥。

---

① 高森朝雄与千叶彻弥合作所绘的拳击漫画。

谕高出去了。

司　　家森？

22　同·小雀的房间

谕高背着小雀进来了。

他努力用脚将叠着的棉被展开,将小雀慢慢放下。

正打算给小雀盖上被子,他看向小雀的睡脸。

突然感觉有几分陌生。

突然门开了,出现的是司。

司　　家森……(话说到一半,又止住了)

谕高　(给小雀盖上被子)什么?

司　　没什么。

司出去了。

谕高　别府?

23　同·一楼

谕高正从二楼下来,打算解释一下,遇到了刚洗好澡穿着浴袍的真纪。两人迎面对峙。

真纪　哇!(把浴袍的前襟打开)

谕高　(平静地)你在干吗?

真纪里面穿的是土气的运动休闲衣。

真纪　别府呢?(环顾周围)

谕高　对别府还是别玩这个了。

司拿着笔记本电脑慌张地从二楼下来。

真纪把浴袍的前襟拉起来,等在原处。

谕高　（制止）危险……

真纪　哇!（把浴袍的前襟打开）

司还没搞明白,说:"嗯?"

谕高　别府,你慌什么呢?

司　（给他们看笔记本电脑）当地的。

谕高　当地的?

司　是熟人告诉我的,国道旁有家音乐餐厅,你知道吗?

谕高　有是有。能在那儿演奏当然很好,但是那儿都有固定的表演者吧。

司　听说周六晚上和周日的档期还空着。

三人互相看看。

24　音乐餐厅"小夜曲"·店前（另一天）

真纪、小雀、司、谕高从停好的面包车里把乐器卸下来,走进后里。

25　同·厨房旁的通道～店内

餐厅的厨师谷村大二郎(41岁)带领着真纪、小雀、司和谕高。

大二郎　负责人这会儿出去了,你们先参观一下餐厅吧。

走进尚未营业的店内,天花板又高又宽敞,有十多桌的空间。

窗户挺大,能看到外面美丽的绿树。

四人兴奋地走近。

司	太棒了,太棒了。
谕高	要是能在这儿演奏就太棒了。
真纪	(点点头)
小雀	(惊讶地看着,对着大二郎)可以上去吗……
大二郎	请。

小雀脱了鞋,赤足走上舞台。

真纪、司、谕高也走上去,环顾客人坐的位子。

司	(对着大二郎)那个,请务必听听我们的演奏……

此时,店门开了。

女声	我回来啦。

抱着蔬菜纸箱的负责人谷村多可美(41岁)和打零工的来杉

有朱(23岁)进来了。

有朱	我回来啦!(挥动双手)
大二郎	(挥动双手回应)你回来啦,有朱。
多可美	(感觉就是,那我呢?)我回来啦!
大二郎	(畏惧地)你回来啦,孩子他妈。(对着司他们)这位是负责人。
多可美	(看看四人,对着大二郎)嗯?
大二郎	说是弦乐四重奏。啊,周六周日不是空着嘛……
多可美	不不,孩子他爸。周末没有空档。

四人一惊:"咦?"

大二郎	不是要辞了本杰明吗?
多可美	没成。

司注意到,旁边放着本杰明泷田的传单。

司　　　不是吧……

真纪若有所思地看着传单。

26　同·外面（夜晚）

入口处有块牌子,上面写着现场演出者是"本杰明泷田"。

27　同·店内

泷田在舞台上弹奏钢琴。

远点的座位上,是意志消沉地听着表演的小雀、司、谕高,还有若有所思的真纪。

有朱来了,给四人上好啤酒。

有朱　　周末很空。

环顾四周,只有一半上座率,空座位挺显眼。

有朱　　一开始大家都感动哭了呢。我也哭得厉害,感觉很痛快。

有朱指了指泷田的传单上印着的"生命还剩 9 个月"。

有朱　　他说这话到现在已经一年了。

谕高　　是吗?

有朱　　但是,如果辞退他的话,我们店会被喷吧?（笑）

谕高　　会这样吗?

有朱　　我本来是个地下偶像①,也是一直被喷。（笑）

———————————

①　地下偶像指的是鲜少在主流媒体上露面,更多地以公演活动为中心的偶像,又称"公演偶像",一般收入微薄。

真纪　因为眼睛不会笑吗?

有朱　什么,我会笑的呀! 请慢用。

　　　　有朱用眼中无笑意的笑容说着,走了。

　　　　谕高看了看传单。

谕高　既然是个病人,就没办法了。

司　是的呀!

　　　　演奏结束了,啪啪的鼓掌声响起。

真纪　(小声)那个,别大声说。

　　　　三人把脸凑向真纪:"咦?"

谕高　就用你平常的音量就行。

真纪　(指了指在舞台上表演的泷田)那一位,五年前在东京的 live house 看到的时候,也说生命还剩下 9 个月。

　　　　小雀、司、谕高都说:"啊?"

真纪　可能是靠这种说法,改了名字,在日本巡回演出。

司　啊? 那……

真纪　本杰明是个假冒生命还剩 9 个月的钢琴家。

　　　　司和谕高内心动摇,小雀望向远方。

真纪　怎么办?

司　什么怎么办?

真纪　我们如果告诉店方实情,就可以取而代之。

　　　　小雀、司、谕高都心里一惊。

　　　　此时,从舞台上下来的泷田注意到他们,便走过来。

泷田　　哦,四重奏!

　　　　四人在复杂思绪中打了招呼。

泷田　　谢谢,谢谢!

　　　　泷田开心地挨个拍拍四人的肩膀,坐下。

泷田　　开心啊,喝吧喝吧!

　　　　真纪、小雀、司、谕高感到困惑⋯⋯

28　同·外面

　　　　泷田喝醉了,步履蹒跚。真纪、小雀、司、谕高和他一起出来。

司　　　该回家了。

泷田　　那,请到我家去。来,到我家喝一杯。

29　公寓·房间

　　　　水池里堆着要洗的碗筷,房间里的被子也没叠。

　　　　纸箱里放着许多唱片,墙壁上贴着的泷田年轻时弹钢琴的海
　　　　报已经剥落。

　　　　真纪、小雀、司、谕高正坐着。

　　　　泷田拿着玻璃杯,又拿出了唱片。

泷田　　这个是我出的 LP(黑胶唱片)。不过现在播放器坏了听不了。
　　　　(笑)

　　　　四人一起微笑。

泷田　　喝酒呀。

司　　　好的。

泷田　　我一直想和你们这样的年轻演奏者聊聊。你们怎么看现在的
　　　　古典音乐界？是不是觉得不行了？

　　　　四人听着，一起点头同意。

泷田　　怎么说呢，真的不行。完全不行⋯⋯

　　　　泷田睡着了。

四人　　啊。

　　　　泷田在被子里睡觉。

　　　　真纪和司在水池边洗碗。

　　　　小雀和谕高收拾了房间，把垃圾塞到袋子里。

　　　　司注意到冰箱上贴的老照片。

　　　　照片里是穿着燕尾服的泷田和他的妻子以及年幼的儿子。

30　别墅·一楼

　　　　客厅里，真纪、小雀、司、谕高无精打采地各自拉着乐器。

真纪　　请给我一个 A。

　　　　但是，谁都没听她的。

小雀　　（回忆，寂寞地微笑）本杰明的鼻毛超出鼻孔很长。

谕高　　要是帮他拔了就好了。

司　　　（故作开朗地）卷小姐，我再问问能不能在那边的美食街演奏。

　　　　真纪眺望着窗户上的暗色窗帘。

真纪　　什么时候能在 AEON MALL 演奏就好了。

听到这话,小雀、司、谕高都无力地微笑。

31 轻井泽车站前（另一天，早晨）

穿着西装要去上班的司,和拿着乐器盒、行李的真纪一起走着。

真纪　这会儿家里肯定很乱。家里那位是个袜子乱脱乱扔的人。
　　　（微笑）

一对看起来关系不错的夫妇走过。

司　　（微笑）总觉得夫妻两个,真好。

真纪　是吗?

司　　嗯……所谓夫妻,是什么呢?

真纪　夫妻。所谓夫妻……

背后开过了一辆大型公交车。

真纪　（一边微笑）我觉得是……

司只看到她的嘴唇在动,没听见说什么。

司　　（没听清,但还是笑着）是吗? 真好啊。

真纪　（做出"嗯?"的表情）那,下周见。（微笑）

真纪走向车站。

司　　（目送）

32 别墅·小雀的房间

在被子里的小雀,面前有个吸尘器,她伸手拉电源线。

一按按钮,电线就咻地缩回去了。

刚弄好,小雀又拉开电线。

33 马路

谕高双手提着装便当的袋子。

走过一辆停着的黑色面包车旁时,他听到里面正在播放杉山清贵的《两人的夏季物语》。

谕高一惊,回头一看,副驾驶座的玻璃落下,车内坐着的是半田温志(46 岁)。

半田　　找到你了。(指着谕高,微笑)

谕高　　(强行挤出微笑)

34 猫头鹰甜甜圈·走廊

司看见结衣正在搬运两个叠着的纸箱,就打算去帮她搬。

结衣　　让闻名世界的别府家的孙子帮忙的话,我会被骂的。

旁边贴着一张海报,内容是:"年迈指挥家 别府良明演出的科隆交响乐团。"

司　　　咦? 那是谁让我来打扫浴室的?

结衣微笑着分给司一个盒子,二人一同往外走。

结衣　　有人给我送了螃蟹,来尝尝吧。

司　　　啊,又是(指着自己)我负责剥,(指着结衣)你负责吃?

结衣　　对呀!

35 东京,公寓·卷家的房间

真纪在用吸尘器。

地上有散落的袜子,真纪避开袜子打扫。

座机的铃声响起,因为被吸尘器的声音掩盖,她没注意到。

突然,她"呀"的一下意识到了,慌张地打算跑到电话那儿去,

脚却被熨衣架绊了一下,摔倒了。

电话铃声停了。

真纪就这样摔倒在地,看到了地板上的袜子······

36 别墅·一楼(另一天)

谕高拿着泷田的传单在冰箱前比画着。

谕高　哎,有磁铁吗?

司　　啊,有的有的。

司拿来了磁铁,把传单贴在冰箱上。

谕高盯着传单看了会儿,突然注意到,小雀从冰箱里拿出了什么,在柜台那儿开始吃起来。

谕高　哎,小雀,在吃什么呢?

小雀　橘子满满果冻!

谕高　那是我的。

小雀　嗯?

谕高　"嗯?"什么啊,橘子满满果冻是我的!

小雀　呀,这个是卷小姐的。

谕高　我本来还很期待的。

小雀　我说了,是卷小姐的。是卷小姐买的。啊,是不是卷小姐把你的吃掉啦?

谕高　没有没有,就算卷小姐吃掉了,只要我还没吃,你还没买,那就是我的。

　　　　司从里面抱着要洗的衣服出来了。

司　那个,卷小姐有没有联系你们？ 她说坐上新干线了会打电话的……

　　　　小雀一边吃一边逃跑,谕高在后面追。

小雀　这是卷小姐的。

谕高　那我的呢？

小雀　被卷小姐吃掉了。

司　不用去接她吗？（拿出手机）

谕高　你怎么就搞不清呢？ 有两个,卷小姐吃了一个。那个,别府,给我拿张纸,我画图给她解说一下。

司　（打电话）稍等一下,先找纸……我跟卷小姐联系一下……（对方接听了）啊,抱歉,卷小姐。你还在东京吗？ 好的,在哪里？ 啊?

37　音乐餐厅"小夜曲"·店内

　　　　多可美和大二郎在摆放餐椅。

　　　　入口处的门开了,真纪提着乐器盒、拖着行李包进来了,鞠了个躬。

大二郎　啊,你是之前那个。

多可美　抱歉,无法应答你们。

大二郎　是落东西了吗?

真纪　　我有事要跟你们说。

　　　　真纪一边说一边斜眼看了看旁边牌子上写着的本杰明泷田的

　　　　名字。

真纪　　是关于这位的事情。

多可美　本杰明……?

真纪　　本杰明泷田说自己生命只剩下 9 个月,这全是说谎。

38　同·店的前面

　　　　小雀、司、谕高从面包车里下来,走进店内。

39　同·店内

　　　　小雀、司和谕高一进来,就看到了面对面坐在桌子旁的多可

　　　　美、大二郎和泷田。

　　　　泷田撑着胳膊肘,两手盖在脸上。

　　　　没有看到真纪的身影。

多可美　(注意到三人,稍稍微笑)你们好。

　　　　小雀、司、谕高点头致意。

司　　　你好,这儿有没有一位叫卷的……

多可美　拉小提琴的那位现在正在参观休息室。

　　　　小雀、司、谕高都感到一惊。

多可美　你们稍等一下。

　　　　多可美站在泷田对面,递给他一个信封。

多可美 如果我们再让你在店里表演，就是欺骗顾客。

　　　　泷田深呼吸了一下，接受了信封。

　　　　他站起来，朝多可美和大二郎低下了头。

　　　　他悲伤地看着三人，从旁边出去了。

　　　　三人正感到困惑，此时看到真纪从旁边的过道里出来了。

　　　　小雀、司、谕高都叫了声："啊。"

多可美 怎么了？

真纪 　只要装上更衣用的窗帘，我们四人就可以一起使用休息室。

多可美 那，今晚就先试着表演看看？

真纪 　好的。我们暂且先回去，傍晚过来。

　　　　小雀、司、谕高愕然。

40　国道

　　　　行驶的面包车内，真纪坐在驾驶座，司坐在副驾驶座，小雀和谕高坐在后面位置上。大家都沉默着。

　　　　挡风玻璃上开始有雪飘落。

　　　　真纪一直盯着前方。

小雀 　（看着窗外，发现）啊……

司、谕高 　嗯？

　　　　映入眼帘的是走在路旁的泷田的身影。

　　　　小雀、司、谕高盯着泷田看。

　　　　泷田的红色鸭舌帽被风吹起来，飞舞着。

泷田跑去追被风吹走的帽子。

司　　　(不由自主地)停一下车。

真纪没有说话,表情也没变,她停下车。

司和谕高下车,跑过去。

他们想去抓住被风吹得翻滚的鸭舌帽。

小雀从车上下来,站在那里盯着司他们看,又回头看真纪。

真纪仍然坐在驾驶座上,目视前方。

司抓到了鸭舌帽。

司和谕高把帽子拿到泷田那儿,递给了他。

泷田接过去,轻轻点头。

司和谕高也点头。

泷田重新戴好帽子,调整了一下,又继续走向漫天纷飞的大雪之中。

司、谕高和小雀目送他远离……

小雀回头一看,真纪仍坐在驾驶座上,看着雪飘落在前挡风玻璃上。

41　别墅·一楼

正在选曲的真纪、小雀、司、谕高集中在客厅,旁边放着乐器,面前摆放着大量的乐谱。

谕高　　第一曲就是自我介绍性质的,选海顿或者贝多芬吧。

真纪　　斯美塔那呢?

谕高　　《莫尔道河》吗？曲子改编好了？

　　　　真纪从文件里拿出乐谱，放好。

　　　　拿到乐谱的小雀把大提琴拿过来，稍稍演奏了一下。

　　　　谕高也拿来中提琴，和小雀配合着演奏起来。

谕高　　好不容易有机会，很想试试看呢。

小雀　　我们一起演奏试一下？

谕高　　别府，你看可以吗？

　　　　司呆呆地听着。

司　　　啊，好的……

谕高　　嗯？

司　　　啊，好的……

谕高　　啊，好的？

司　　　啊，好的。

真纪　　那我们试一次吧，没时间了。

谕高　　是的，都没时间穿内裤了。

小雀　　咦？（避开）

谕高　　（碰了下腰部）不，今天穿了。

小雀　　又没确认，谁知道穿没穿。

　　　　真纪、小雀、谕高都笑了。

　　　　司没笑，刷地一下站了起来。

　　　　真纪、小雀、谕高都看着他："咦？"

司　　　我去泡玉米茶。

谕高　咦？

司　　是邻居送的。

谕高　不行，没时间喝了。

司　　啊，好的。

　　　　司又坐下了。

谕高　我们来对一下弓法吧……

真纪　（对着司）不是没办法吗？本杰明说谎了呀。

司　　（困惑）

谕高　咦，所以别府你是因为那件事不开心吗？

司　　咦？没有不开心呀。

谕高　没事吧？

司　　没事。

真纪　那，态度也积极起来吧。

司　　……抱歉。

谕高　（突然想起来）事后感觉的确是不好。

司　　（点头）

　　　　真纪手里拿着小提琴，打算演奏。

司　　那个人只是想继续演奏他喜欢的音乐。有些谎话说了也没什
　　　　么吧。

真纪　说自己只剩下几个月的生命，这是说了也没什么的谎话吗？

司　　（无力反驳……）

　　　　真纪正打算演奏，谕高站起来了。

真纪、小雀、司都看着他："咦?"

谕高　玉米茶。

小雀　不是说不要玉米茶吗?

谕高　那个人的房间里,有张用胶带贴着的海报。已经剥离了吧。
　　　他没办法毫不犹豫地往墙上钉上图钉。

司　　咦?

司用图钉把泷田的传单钉到墙上。

谕高　不对,我和别府的立场还不一样,我也是泷田那一类的,所以
　　　懂的。图钉都不敢钉的人,为了继续搞音乐,多少是会撒谎
　　　的吧。

司　　还有许多其他的做法,不是吗?

真纪　做法?

司　　更有同情心一点……

真纪　同情心。你是说怜悯吗?

谕高　把同情当成一个贬义词是不对的吧?

小雀看着司和谕高二人逼问真纪的样子。

谕高　我是真的惊呆了。卷小姐会做这样的事。

司　　你看到本杰明的太太和儿子的照片了吧? 不知道什么原因,
　　　他现在一个人生活……

小雀站了起来。

谕高　你去哪儿?

小雀　去拿玉米茶。

谕高　　我说了不要玉米茶……

小雀　　那,别府和家森去和本杰明一起生活不就好了吗?

司、谕高　　咦?

小雀　　变成本杰明的太太和儿子就好了……

谕高　　(和司对视)没办法变的。

小雀　　那给他钱也行啊。

谕高　　这样做的话,会伤害他的吧。

小雀　　那你把有趣的漫画借给他不就行了吗?

谕高　　怎么说?

小雀　　就说"读读这个,打起精神"。

谕高　　不是,你要从本杰明的立场来看……

小雀　　你也把鼻毛留长不就好了,就可以和他说"我们一样了"。

谕高　　我的鼻毛很难留长的。

小雀　　在这里文上像鼻毛一样的文身不就行了。

谕高　　什么意思啊?

小雀　　既然没有文身的勇气,最好收起你的怜悯。

司　　不是怜悯,是体贴之情……

真纪　　不是体贴。是在那个人身上看到了我们的未来吧?

　　　　小雀、司、谕高看着真纪:"咦?"

真纪　　我们就是《蚂蚁和蟋蟀》里的蟋蟀吧。虽说想靠音乐吃饭,但
　　　　是心里也清楚答案。我们没办法成为靠兴趣养活自己的人。
　　　　没法把兴趣变成工作的人需要做出选择。是从此把它当成兴

趣,还是继续当成梦想。把它当成兴趣的蚂蚁很幸福,当成梦想的蟋蟀在泥沼中挣扎。冬天也要吃饭,本杰明就是沉没在泥沼中的蟋蟀,所以只能说谎。轮到我们,也只能夺取,不是吗?

这话直击司和谕高的内心。

小雀别有所思,眼睛直直的。

司 抱歉。嗯,都是因为我在这儿乱发牢骚。好不容易定下来的工作,抱歉。

谕高 我也很抱歉。又犯了上小学的时候犯的错误。

真纪 没关系。

谕高 (微笑)我们喝玉米茶吧。

司 (微笑)喝吧。

司走向厨房。

谕高 我们合一下上弓法吧。

真纪 好的。

真纪和谕高正打算拿起乐器的时候。

小雀 但是卷小姐不是有可回的地方吗?

真纪、司、谕高都感到疑惑。

小雀 又有家可回,老公又在好公司任职,并不是只能走这一条路吧。卷小姐可以毫不犹豫地往墙上钉图钉吧,可以靠兴趣吃饭的呀。

真纪 ……

谕高　小雀。

小雀　是不是和老公吵架了？

谕高　我们再不合上弓法的话……

小雀　啊，抱歉。啊，但是，你先生好像也没打电话给你，不用和他联
　　　络一下吗？

　　　小雀用平和的语气进行着挑衅。

真纪　因为他很忙。

小雀　下次喊他过来一趟吧。听听卷小姐的演奏不是蛮好吗？

真纪　下次请他看看。

小雀　什么时候？下周？

　　　真纪把小提琴拿到手上。

真纪　（小声地）啊，给我一个 A。

小雀　结婚是种什么感觉？

　　　司端了茶过来。

司　　小雀。

真纪　（小声地）啊，给我一个 A。

小雀　夫妻之间是种什么感觉？

谕高　你问这种问题打算干吗呢？

司　　夫妻的问题，我前不久问过她。（不太确定）卷小姐说是很好
　　　的感觉。

真纪　（小声地）请给我一个 A。

小雀　咦，怎么个好法？

谕高　所以下次让他过来不就得了。

小雀　是的呀,让我们实际看到……

　　　真纪看着小提琴。

真纪　能给我一个 A 吗!(大喊)

　　　司和谕高看着真纪:"咦?!"

司　　小雀,起音。

小雀　(决定打住)好的。

　　　小雀拿起大提琴,起了个音。

　　　真纪在调弦。

真纪　(看乐谱,拉了一小节)就是这里的运弓。

　　　四人实际操练了一下,都是统一用上弓。

司　　用上弓。

真纪　好的。

　　　四人各自反复演奏某个小节,在混乱中,真纪好像回忆到什么
　　　似的,开口说。

真纪　之前那个炸鸡真好吃啊。

司　　什么?

真纪　炸鸡真好吃啊。

司　　是的,是好吃。

真纪　我老公也喜欢吃炸鸡。

谕高　咦?

司　　你先生属于哪一派,炸鸡上挤不挤柠檬汁?

真纪　　他是挤柠檬的。

司　　　家森。

谕高　　抱歉啦。

真纪　　我们结婚已经三年了。

小雀　　（感觉到了什么，看着真纪）

司　　　嗯嗯。

真纪　　结婚前我们交往的时间不长，所以对于他喜欢吃的饭菜，我总是边摸索边做给他吃。

司　　　嗯。

真纪　　有一次，我觉得偶尔吃吃油腻的东西也没事，就做了炸鸡。结果他吃得前所未有的香。之后，炸鸡就成为固定菜单了。

谕高　　真好！

真纪　　然后，一年前。

小雀　　嗯？

真纪　　我老家那儿有个好吃的居酒屋。我和朋友一起去那儿倾吐衷肠，碰巧他也和公司的后辈在那里。

小雀　　嗯？

真纪　　他点了炸鸡。我在犹豫要不要跟他打招呼，怕他会不好意思。就在那时，后辈问他要不要挤柠檬汁。

小雀　　嗯？

真纪　　然后他说："不用了，我不喜欢柠檬。"但是两年来，我一直给他的炸鸡挤柠檬汁。

　　　　　小雀、司、谕高都一惊。

真纪　　他从没说过什么。明明每次我都在他面前挤柠檬，他这两年
　　　　　什么也没说……我心里很疑惑。

　　　　　司和谕高感到惊讶，小雀则一直听着。

谕高　　这应该算是你老公的温柔一面吧？

司　　　是的呀，可以说是体贴吧？

真纪　　温柔？

谕高　　是的。

真纪　　体贴？

司　　　是的。

真纪　　（自嘲的苦笑）我并不需要啊。

　　　　　司、谕高……

真纪　　我无法原谅。

　　　　　小雀……

谕高　　不是，犯不着为炸鸡挤柠檬这种小事……

司　　　我也不太喜欢甜食。但是由于工作原因，每天都吃甜甜圈。

谕高　　工作和夫妻不一样的吧。

真纪　　那感觉就是，我们就不是夫妻。我在想，夫妻是什么？

司　　　之前……

真纪　　之前，你在车站问过我的，夫妻是什么？

司　　　是。

真纪　　所谓夫妻……

回忆。轻井泽车站前。

公交大巴经过,真纪一边微笑一边回答。

响起现在的真纪的声音——

"我觉得,是可以分开的家人。"

小雀、司、谕高……

司　　　不对,该怎么说呢,那件事他肯定不是想瞒你,绝对是因为爱
　　　　你才不告诉你。

真纪　　爱?

司　　　你先生肯定很重视你,绝对是因为爱你。

真纪　　所谓绝对……

司　　　咦?

真纪　　人生有三条道路。上坡道、下坡道,(苦笑)没想到。

司　　　(没出声,嘴里嘟囔着"没想到")

真纪　　一年前,我老公失踪了。

回忆——卷家公寓。

真纪提着便利店的袋子回来,走进了放着男人皮鞋的玄关。

客厅里开着电视,但是没人。

桌子上玻璃杯里还有喝剩的啤酒,地板上散落着两只袜子。

真纪一惊,感到一丝不对劲。

真纪的声音　我就去了趟便利店的工夫,老公就不见了。这都一年了,他再也没回来过。

司　　　不是吧……

谕高……小雀……

真纪　　　没有什么绝对。人生就是会有想不到的事情,一旦发生了,就没法回到原来。(微笑)就像挤了柠檬的炸鸡。

司……谕高……

小雀　　　你不知道是什么原因吗?

真纪　　　(歪下头)啊,刚刚,别府说是因为爱情。其实,我听居酒屋的人说了另一件事。

小雀　　　嗯?

真纪　　　后辈问我老公:"你爱你太太吗?"

小雀　　　嗯,你先生怎么说?

真纪　　　爱。

真纪陷入回忆,微笑。

真纪　　　他说,爱,但是不喜欢。

小雀……司……谕高……

真纪　　　我以为就算结了婚,也能继续恋爱……(自嘲的苦笑)就是这么回事,我已经无家可归了。

真纪打开了自己的包旁边的纸袋子,拿出一块素色的布,用双手摊开。

真纪　　窗帘我也买了。我想在这里，和大家一起，和音乐一起生活。

42　音乐餐厅"小夜曲"·休息室（夜晚）

真纪、小雀、司、谕高在镜子前更衣。

谕高给小雀梳好了头发，门开了，有朱拿着牌子进来了。

有朱　　（把牌子上写着的 Quartet Doughnuts 给他们看）这样可以吗？

司　　　好的。

有朱　　本杰明之前也说了甜甜圈的事。

四人一惊。

有朱　　音乐就像甜甜圈里的洞，欠缺了点什么的人去演奏，就会成为
　　　　音乐。

四人惊叹。

有朱　　完全不知道是什么意思。差不多了，还有三分钟啦。

有朱眼神中毫无笑意，走了出去。

四人做准备。

真纪把戒指从左手的无名指上取下来，戴到右手无名指上。

真纪　　（开心地笑着）那天在卡拉 OK 包厢里遇到大家，真是太好了。

小雀、司、谕高，各有各的想法。

司　　　（擦了擦眼镜，又戴上了……）

司的回忆——东京的卡拉 OK 包厢内。

真纪拿着乐器盒从一个包厢里出来。

司在其他的包厢里，隔着门上的窗户偷窥，瞅准时机计算着刚好能和真纪遇到的时间。

谕高　（解开了衬衫胸前的纽扣……）

谕高的回忆——东京的卡拉 OK 包厢内。
同样在其他的包厢里，谕高隔着门上的窗户偷窥，瞅准时机计算着刚好能和真纪遇到的时间。

小雀　（脱下鞋子，赤着脚……）

小雀的回忆——东京的卡拉 OK 包厢内。
同样在其他的包厢里，小雀隔着门上的窗户偷窥，瞅准时机计算着刚好能和真纪遇到的时间。

真纪面对着三人。

真纪　那或许就是命运的安排吧。
小雀、司、谕高一边心怀秘密一边点头。

43　同·店内

饭后，店里有八成顾客，大家一边喝酒一边等着演奏。
有朱和多可美走来走去，为客人倒红酒。

真纪、小雀、司、谕高拿着乐器登台,并排站在舞台上,深深鞠躬。

入座,翻开乐谱,调整琴栓。

四人各自做调整,自然地在同一个时间点准备好,摆出预备姿势。

客人们安静下来。

谕高看向小雀,小雀看向司,司看向真纪。

真纪长长地吐了一口气:"呼——"

下一个瞬间,一个拉弓,他们开始了演奏。

演奏的是斯美塔那的《莫尔道河》。

热情洋溢的曲子逐渐激烈昂扬。

客人们被吸引了。

四人在各自的思绪中演奏。

由子到达高潮。

44 轻井泽车站前

滑雪回来的客人们走向车站。

镜子逆流而行,从人群里走了出来。

她一边走一边不安地环顾四周。

45 音乐餐厅"小夜曲"·店内

演奏到达了最高潮,激情澎湃。

真纪、小雀、司、谕高,全员大汗淋漓。

四人一起拉弓,演奏结束。

掌声响起。

四人脸上都露出满足感。

司看了下真纪,她的脖子上有小提琴的印子。

司看着真纪,小雀看着司。

司开口打招呼。

司　　　晚上好,我们是甜甜圈洞四重奏。

46　别墅·一楼(另一天,早晨)

司和谕高分工合作做早餐。

煮了热咖啡,从烤箱里拿出面包,涂上黄油、芥末。

煎蛋、煎培根,夹在面包里,切开。

真纪一边把咖啡倒到杯子里,一边伸手去抓腌黄瓜吃。

谕高拿着三明治说:"这个也请享用。"

真纪吃了,说:"好吃!"

不知不觉间,三人都站在厨房里。

47　同·楼梯～一楼

小雀从二楼下来,看到客厅里只有真纪一个人在拉小提琴。

泪珠从真纪的眼角滑落。

小雀……

真纪结束了演奏,发现了小雀。

真纪　　早上好。

小雀　　(微微点头)我喝口水,还要睡。

真纪　（微笑）他们两个已经去工作了。

真纪抽了抽鼻子。

小雀注意到了，还是走到厨房去倒水。

真纪　（抽了抽鼻子，微笑）大概感冒了。

小雀　最近是挺流行感冒的。

真纪　（环顾四周）咦，纸巾呢……

小雀　纸巾……

小雀忽然站起来，打算到洗脸池那儿。

小雀　（好像想起了什么似的）卷小姐，你知道家森偷偷藏有紫式部吗？

真纪　紫式部？

小雀说"你稍等"，跑上了二楼。

真纪疑惑地等着，小雀马上从二楼跑下来。

小雀把一个有金色图案的黑盒子给真纪看。

小雀　这个纸巾超高级的，一盒要一千六百日元。

真纪　一千六百日元？

小雀　家森有花粉症，对纸巾可讲究了，谁都不让用。快，趁他不在，赶紧的。

真纪　还没开封呢。他会生气的吧？

小雀　应该会生气的吧。（笑了）

小雀啪地撕开了纸巾盒的封口。

真纪　啊。

小雀把指尖伸进紫式部的封口，抓住了里面的纸巾。

小雀　　只拿一张。

小雀一抽，第二张也咻地被抽出来了。

小雀　　因为有两个人嘛。

真纪　　要是抽两人份的话，第三张不也会出来吗？

小雀　　就像被逼到无路可走的连环杀人犯一样呢。

两人笑了。

两人闻着纸巾的香味，陶醉其中。

真纪　　总觉得用它来擦鼻子有点可惜呢。

小雀　　就是张纸巾嘛。

真纪　　但是，这个孩子……

小雀　　这个孩子（笑）。

真纪　　（笑了）

小雀又抽了几张，在空中挥来挥去。

小雀　　像仙女的羽衣。

两人一起将纸巾扔向空中。

两人面露笑容，看着宛若展翅飞舞的纸巾。

纸巾缓缓飘下来，落到了地上。

两人这才相视一笑，就此收手。

真纪　　得好好收拾一下，不然家森要生气了。

小雀　　会生气吗？

真纪　　他会把我们的肉刺撕到胳膊肘这儿。（微笑）

小雀　（微笑）

真纪擦了擦眼角。

小雀看着这样的真纪，突然看了看窗户。

小雀　卷小姐买的窗帘真好看啊。

小雀走近，一边摸着窗帘一边看着窗外。

真纪　今天天气不好啊。

小雀　是的。但是，为什么阴天就是天气不好呢？没什么好不好的，阴天就是阴天嘛。

真纪　嗯。

小雀　和蓝天比起来，我更喜欢阴天的天空。

真纪　（盯着小雀的侧脸）

小雀　（稍稍苦笑）那我去睡回笼觉啦……

真纪　我待会儿会去趟东京。说不定能接到个在家做的活儿。

小雀点点头，打算上二楼去。

真纪　谢谢你，小雀。

小雀突然止步。

真纪　我也是，和蓝天比起来，更喜欢阴天的天空。

小雀　……我们一样啊。

小雀重重地点了下头，走上了二楼。

真纪开心地目送她上楼。

48　同·外面

面包车停下了，车身上加写了"Quartet Doughnuts hole"。

　　　　真纪微笑地看着,离开了。

49　同·一楼

　　　　客厅的矮脚桌下伸出了小雀的腿。

　　　　她不是在睡觉。她把手伸向桌子的内侧深处,企图撕掉用胶带粘在桌子底下的东西。

　　　　小雀拿到手上的,是一支录音笔。

50　教堂·里面

　　　　礼拜堂高高的屋檐下响起了真纪和小雀的声音。

小雀的声音　　你老公怎么回答?

真纪的声音　　我爱她。

　　　　小雀和镜子坐在长椅上。

　　　　手里拿着录音笔,声音是从那里传出来的。

真纪的声音　　我爱她,却不喜欢她。

　　　　镜子按下了停止键。

镜子　　(摇摇头)我儿子并没有失踪,是被这个女人杀了。

　　　　小雀喝了口三角形包装的咖啡牛奶。

镜子　　她肯定会有哪里露出本性的。在那之前,请一直装作是她朋友。

小雀　　越来越带劲儿了。

没有什么绝对。

人生就是会有想不到的事情，

一旦发生了，就没法回到原来。

就像挤了柠檬的炸鸡。

第 2 话

1　别墅·一楼（夜晚）

真纪、小雀、司、谕高围在桌子旁，喝着马赛鱼汤。

小雀　旧轻井泽那边开了一家饺子店。

真纪　是吗？（很开心）

司　卷小姐，你喜欢吃饺子吗？

真纪　午饭吃饺子配啤酒，那是人间天堂。

谕高　拜托，我好不容易做了马赛鱼汤，就不要一边说着饺子一边
　　　　吃吧？

真纪　抱歉。马赛鱼汤真好喝。

司　特好喝。

小雀看着生气的谕高，感到有趣。

小雀　（对着真纪）你喜欢什么口味的？紫苏之类的。

真纪　　啊,紫苏真的很好吃啊。

谕高　　(看着马赛鱼汤)要是放了紫苏的话……

小雀　　还有,锅……

真纪　　锅贴。

小雀、司　　锅贴真好吃啊。

真纪、小雀、司　　是的。

　　　　　喝着马赛鱼汤的真纪、小雀、司……

谕高　　(看看三人)你们还在想着饺子啊。

　　　　　真纪、小雀、司被猜中心思……

谕高　　行啦,不用忍了。

司　　　抱歉,我们不想饺子了。

真纪　　马赛鱼汤。

小雀　　马赛鱼汤。

谕高　　用不着念出来给我听吧。

真纪　　我讨厌饺子。

小雀　　我讨厌饺子。

谕高　　你们越想着讨厌,就越是会喜欢吧?

2　咖啡店·店内(另一天)

　　　　　录音笔里传来四人的笑声。

　　　　　光线昏暗的店内深处角落的座位处,小雀和镜子在听着。

镜子　　听起来很高兴啊……

小雀　　我只是配合着笑而已。

　　　　咖啡有点苦,小雀一点一点地慢慢小口喝着。

镜子　　你知道魔术师是怎么骗人的吗?

　　　　镜子用右手把花瓶里的花哗哗地晃动着。

镜子　　用右手引起观众的注意。

　　　　镜子左手拿着吃草莓蛋糕的叉子往小雀的侧腹刺去。

镜子　　用左手骗人。你好好享受吧。成为她无可替代的好朋友,最
　　　　后再背叛她就行。

小雀　　好的。(嘴里答应着,但是觉得咖啡很苦)

　　　　镜子手里拿着数码相机,看着偷拍的真纪和司笑着打扫庭院
　　　　的样子。

小雀　　说要组建四重奏的就是这位别府先生。

镜子　　他可能是杀害我儿子的共犯。

小雀　　他是和我同时在卡拉 OK 包厢里偶然遇到的……

镜子　　那又怎样?

小雀　　(无言以对)

3　超市·前面

　　　　在停车场的花坛边坐着的小雀,一边喝着三角形包装的咖啡
　　　　牛奶,一边看着数码相机中司看真纪侧脸的眼神……

　　　　此时,真纪刚刚提着购物袋从超市回来。

　　　　她回头,看到了坐着的小雀。

小雀没注意到，继续在看照片。

真纪 （疑惑）……小雀？

声音小，小雀没听见。

真纪 什么照片啊？（拍拍小雀肩膀）

小雀大吃一惊。

真纪 （被小雀的反应吓了一跳）

小雀 啊，抱歉！

真纪 啊，抱歉。

小雀看了下手上拿的数码相机，电源已经关了，悬着的心放下了。

小雀 啊，那个，刚刚有只猫在那边盘腿坐着。

真纪 咦，真的吗？（张望）

小雀 逃走了。你刚买东西了？

真纪 是的。我刚才来的时候就看见你了，不过我想还是先不要跟你说话。

小雀 （疑惑）

真纪 在路上碰到了熟人，说了好一会儿话，啊，突然发现这个人并不是我认识的熟人，你遇到过这种事情吗？

小雀 没有。

这时，附近停着的一辆车开走了。

两人一看，有什么东西（冰壶运动的石壶）被落下了。

真纪走近去看："嗯？"

真纪　　这是什么来着?

小雀　　最好别碰。

真纪　　总觉得在哪儿见过。

小雀　　危险喔。

　　　　真纪拿起来了。

真纪　　相当重呢。

小雀　　你干吗去捡别人掉的来路不明的东西?

真纪　　我觉得就是别人掉的东西而已。

小雀　　如果有石头面具掉在地上,你也会捡吗?

真纪　　石头面具是什么?

小雀　　如果有一张可以无上限随便刷的信用卡掉在地上,你捡吗?

真纪　　捡呀。

小雀　　那肯定会招来麻烦的。

真纪　　啊,这个就是上次那个嘛。拿着这里,这样,这样。

　　　　真纪弯腰半蹲,把石壶摆好。

4　轻井泽冰上公园·冰壶运动场

　　　　在竞赛场上,穿着运动服和专用鞋的真纪弯下腰,表情认真地将石壶扔了出去。

　　　　石壶滑向的前方,是穿着相同款式运动服、手拿冰刷的小雀、司和谕高。

　　　　他们拼命用冰刷刷着冰面。

谕高	快刷快刷,别府,再用点力。
司	小雀,你那儿歪了。
小雀	(笑着)
司	别笑啊,小雀别笑。

谕高失去平衡摔了一跤。

小雀被谕高拽着,也摔了一跤。

司一个人在拼命用冰刷刷着。

真纪	别府!(大声喊)

司停下来,感到奇怪。

石壶往前滑,正好在中间停下来了。

四人激动地聚集到一起,举手击掌。

5 音乐餐厅"小夜曲"·外面(傍晚)

店门口摆着牌子,上面写着今晚的演出者是甜甜圈洞四重奏。

6 同·休息室(夜晚)

真纪、小雀、司更衣完毕,正在调弦。

谕高和有朱走了进来。

有朱	我好几次预约了理发都忘了去,结果现在被拉入黑名单了。
谕高	我来帮你剪。
有朱	哎?你这样做会让别人心动的。
真纪	有朱,今天你的眼睛也没在笑哦。
有朱	在笑呀!卷小姐真是的。还有三分钟。

小雀调弦结束，浑身一抖。

小雀　　越来越带劲儿了。

真纪　　（没有自信地叹气）

司　　　没关系，不是练习过了吗？

真纪　　正是练习过了，才害怕失败。

谕高　　就和把厨房打扫干净了，所以不想做饭是一样的吧？（笑了）

司　　　家森。（沉默）

谕高　　别府一说到卷小姐的事就会生气呢。

小雀　　（偷偷看真纪和司）

司　　　绝对没问题的。

真纪　　我拉不了。（快要哭了）

7　同·店内

真纪一本正经地拉着弓。

真纪、小雀、司、谕高在舞台上演奏企鹅咖啡馆乐团的《偶得风琴之歌》（*Music For A Found Harmonium*）。

司一边演奏一边侧眼看真纪。

小雀看着凝视真纪的司。

小雀看着司的左手……

上剧名

8 猫头鹰甜甜圈·宣传室（另一天）

司和结衣在跟网页设计师们一起讨论网络设计方案。

司　　　那就拜托你们了。

设计师　啊，别府先生。

设计师把手上的传单给别府看。

是钢琴协奏曲的演奏会传单，用"别府家族的华丽盛宴"作为广告文案。

照片里的指挥是他父亲别府健吾，钢琴手是他姐姐别府响子，小提琴手是他弟弟别府圭。

设计师　（拿出笔）可以请您签个名吗？

司　　　咦？签我的名字吗？

司一边感到困惑，一边在旁边的空白处签了名——"别府司"。

结衣又惊又喜地看着司。

9 卡拉OK包厢·走廊上～单间（夜晚）

司下班过来，打开包厢的门走进去，看到了独自在唱歌的结衣。

结衣　　♪要一直紧紧抓住我～

司把结衣乱放的外套和披肩挂到衣架上，拿起了包厢里的电话。

司　　　你好，给我来一份生啤。好的。另外再来一个炸薯条，大份的。好的。（放下电话）

结衣把麦克风扔给司，司接住。

司　　　♪无边无际～

结衣　　♪就像星光那样～

司、结衣　　♪心中满满的爱～

　　　　　司和结衣吃着超大份炸薯条,喝着啤酒。

　　　　　司打开了 DVD 的盒子。

司　　这个挺有趣的。《人鱼对半鱼人》。

结衣　　啊,算了,我没时间看。

司　　你很忙吗?

结衣　　也不是忙。别府……

司　　真的很有趣的。上下半身相反……(看着 DVD 盒子)

结衣　　我可能要结婚了。

司　　(吃惊)……(抬头)嗯?

结衣　　嗯? 我要结婚了。

司　　……咦? 什么时候?

　　　　　结衣拿着遥控器,开始输入。

结衣　　他在上海的日企工作,我也会辞职跟着一起去。所以特别赶。

司　　啊?

结衣　　我有件事情想拜托你。我们去上海之前想举行一个结婚典
　　　　礼,想请你们的弦乐……

司　　弦乐四重奏。

结衣　　我会付钱的,能在婚礼上给我们演奏吗?

司　　啊! ……(看着屏幕画面)咦,你点的什么歌?

　　　　　画面里出现了 X-Japan 的《红》。

结衣把叠盘子用的框架套到了司的脖子上。

司　　别,干吗给我套上护颈①啊?

10　别墅·一楼

司回来了。

司　　我回来啦……不是吧?

房间里到处冒着白烟。

小雀大叫一声"哇",拿着炒锅和汤勺,从他旁边穿过。

司　　怎么了?

小雀继续哇地大叫着,真纪拿着菜刀过来了。

真纪和小雀打开窗户,拼命地挥动双手,企图把屋内的烟都扇出去。

司走到厨房一看,谕高正在烟雾缭绕中用炭炉烤着叉烧。

司　　你在干吗?

谕高　　在做叉烧盖饭。

司　　没事吧?

谕高　　完全没事。(眼睛眨巴眨巴)

司　　你眼睛一直在眨呢。

手机响了,谕高拿起来看。

烟雾慢慢消去,真纪和小雀回来了。

司　　没事吧?

---

①　X-Japan 的林佳树因为脖子做过手术,表演时会戴护颈,后变成潮流。

真纪　　完全没事。（眼睛眨巴眨巴）

小雀　　完全没事。（眼睛眨巴眨巴）

司　　　你们这会儿才准备吃晚饭吗？

真纪　　是夜宵。别府也吃吗？

司　　　这个时间吃东西的话，明天早上要后悔的。

小雀　　就是在不该吃的时候吃，才好吃啊。

真纪　　深夜吃东西，就和偷情的感觉一样。

司　　　我不要了。

　　　　谕高笑呵呵地看看手机，回信息。

真纪　　听说他和有朱互相加了 LINE。

小雀　　人家对他又没兴趣。

谕高　　咦？我们不是聊得热火朝天吗？

　　　　小雀从谕高的手里拿过手机。

小雀　　（读）下周去吃饭吗？

真纪　　（读）下周一直都要工作。

小雀　　（读）下个月月初怎么样？

真纪　　（读）可能会有点忙。

小雀　　（读）下次我们一起去滑雪吧？

真纪　　未读。

谕高　　有希望吧？

小雀　　希望，在哪儿？（笑）

真纪　　大概她打字的时候眼睛也没在笑吧。

真纪和小雀的想象：

面无表情回着信息的有朱。

谕高　　别府，帮个忙。

　　　　司接过围裙和长筷，接替了他。

谕高　　（对着真纪和小雀）言外有意。

真纪、小雀　　言外有意？

谕高　　言外有意懂吧？对喜欢的人不说喜欢，会说"想见你"。想见
　　　　的人不会说想见，会说"一起去吃饭吗"？别府，对喜欢的人不
　　　　说我喜欢你，却说"我多了一张票"，你有过这种经验吧？

司　　　没有啊。

谕高　　"要是能去的话就去。"这句话是什么意思？

真纪　　嗯？

谕高　　（对着小雀）你来扮演一下说"要是能去就去"这句话的人。

小雀　　咦？

谕高　　过来。嗯，过来。（招手）

　　　　小雀云里雾里地过来了。

小雀　　你好。

谕高　　（吃惊）咦，你不是说"要是能去的话就去"吗？

小雀　　嗯，嗯……

谕高　　明明说"要是能去的话就去"，怎么来了？

小雀　　因为可以来……

谕高	咦,已经没座位了。咦,怎么来了,咦,可怕可怕。
小雀	抱歉……(垂下了头)
谕高	就是这样,变悲剧了。说了就别去,去的话就别说。还有你,又穿着厕所的拖鞋。
小雀	抱歉……(头垂得更低了)
谕高	嘴上说的和心里想的是不同的。嘴上说着,这种不是约会!其实就是约会。嘴上说,绝对不要生气,结果还不是勃然大怒? 这就是言外有意。
	真纪手里拿着谕高的手机,手机收到了一条短信。
谕高	嘴上说联系,实际上就是不要联系了。
	真纪一看手机,是有朱的回信:"回头我再联系你。"
	真纪、小雀、谕高在桌子旁吃叉烧盖饭,司没吃,他喝着果汁。
真纪	结婚典礼?
小雀	教堂可以演奏吗?
司	说是去商量看看……咦,我们要接下来吗?
谕高	为什么不去?
司	(歪下头)
真纪	你同事要结婚了吧?
司	(歪下头)可能。
小雀	可能?
司	(歪下头)九条是这么说的。"别府,我可能要结婚了。"

真纪　嗯？

司　嗯？

小雀　嗯？

司　嗯？

谕高　嗯？

司　嗯？

真纪　这是不是言外有意啊。

小雀　是言外有意。

谕高　言外有意案件。

司　咦，什么，什么？

谕高　（仿佛空中有文字）别府，我，可能要结婚了。

真纪　（照葫芦画瓢）别府，请阻止我们结婚。

　　　　真纪、小雀、谕高点点头。

司　我们只是酒友，经常一起去唱卡拉 OK，很轻松。

谕高　都是从轻松开始的。

司　和九条睡在同一个房间，却什么也没发生。

真纪　睡在同一个房间。

司　经常在一起讨论共同话题，因此错过了末班电车。

谕高　末班电车是跨越雷池的男女经常用的借口。

司　只是借沙发睡一下而已。

真纪　请你回忆一下，她说结婚时的表情。表情里有她真实的想法。

司　我没看。我当时在看《人鱼对半鱼人》的 DVD。

司从包里拿出了《人鱼对半鱼人》的盒子。

谕高　你为了这种东西,错过了人生的巅峰?(把盒子递给真纪)

真纪　就和登上富士山玩手机一样啊。(把盒子扔向沙发)

司　(动摇)听说挺有趣的……

真纪　人生就是会后知后觉,然后追悔莫及。

司　……是的。(一脸认真地看着真纪)

小雀　(隔着盖饭,看着两人)

　　　司站起来了。

司　我去买下明天早上的面包。

谕高　话还没说完呢。

小雀　(考虑)我也去买冰激凌。

谕高　这么冷还要出去?

　　　小雀和司拿着外套就急匆匆地出门了。

　　　真纪和谕高目送着两人。

谕高　别府是不是有其他喜欢的人啊?

真纪　(一边吃一边说)Girl's bar(女生酒吧)吧。

谕高　Girl's bar? 别府会去 Girl's bar?

真纪　他没有女朋友,三十二岁啦,肯定欲火难耐啊。

11　道路

　　　小雀站在黑暗处,按下了手机的录音键。

　　　走在前面的司回头看。

司　　（跟背对自己的小雀说）怎么了？

　　　　小雀把手机插入衣服口袋，追了上去。

司　　有电话？

小雀　　不是，有只猫在盘腿坐着。

司　　咦？（打算找那只猫看看）

小雀　　你喜欢猫吗？

司　　我按照这个顺序喜欢：刺猬、水獭、猫。

小雀　　我是这个顺序：食蚁兽、北极熊、猫。

司　　我们都是第三位！

小雀　　对了，别府你是喜欢卷小姐吗？

司　　咦？

小雀　　是吧？

司　　咦，怎么这么说？

小雀　　用疑问回答疑问，好像是猜对了呢。

司　　不是，不是。

小雀　　是吗？

司　　咦，为什么这么问？不是。

小雀　　嗯？

司　　啊，既然说到这个，小雀不是也……

小雀　　什么？

司　　你喜欢家森吧？（随便一说）

小雀　　咦，为什么这么说？

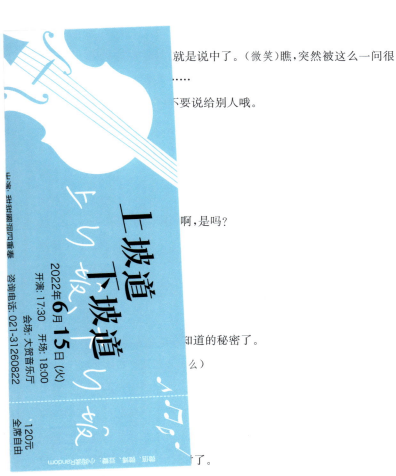

就是说中了。（微笑）瞧，突然被这么一问很
……

……要说给别人哦。

啊，是吗？

……知道的秘密了。

……么）

……了。

小雀　你喜欢卷小姐？

司　　啊，是，是的。是秘密喽？

小雀　好的，是只有我俩知道的秘密。

12 便利店·外面

在店内购物的司。

小雀一边看他,一边在手机上给卷镜子发邮件,内容是"别府司对卷真纪有好感"。

正准备发送,司出来了。

因为还没发出去,小雀就暂时先把手机收起来了。

小雀　　面包呢……(说到一半)

司拿出了两杯冰激凌。

司　　　冬天的冰激凌很美味哦。

小雀　　啊!(开心)

司　　　你要热恋草莓味的,还是摇滚坚果的?

小雀　　那……要左手的。

司　　　左手? 摇滚坚果的?

小雀　　啊,是的,摇滚坚果的。(不知怎的有些害羞)

司　　　那我就吃热恋草莓的。你喜欢吃坚果?

小雀　　(取下冰激凌的盖子)我觉得别府吃热恋草莓的很有趣。

司　　　(歪头,苦笑)

小雀取下的冰激凌盖子无处可放,司就接过来,扔进便利店前的垃圾箱。

司走回来,发现忘了扔自己的盖子,苦笑一下,又准备过去扔。

小雀把他的盖子拿了过来,走到垃圾箱去扔。

小雀扔好回来了,两人相视微微苦笑,一边吃一边走。

小雀一边吃,一边不经意地看看司的侧脸。

13 别墅·一楼

谕高和从外面回来的小雀、司说话。

谕高 咦,咦,咦,你们俩怎么还吃上冰激凌了? 孤男寡女夜里去便

利店买冰激凌,就跟以前的人说要一起去吃烤肉是一样的。

你们,什么时候开始的……

司 (看看小雀,担心她的心情,出声)家森!

谕高 什么?

司 (打算争辩)不是这样的。我对小雀没有这种意思。

小雀轻轻地离开,上到了二楼。

谕高 啊,逃走了。

司 家森! (不是的,小雀……)

谕高 什么?

司 ……不是。

司回头一看,是真纪穿着浴袍。

真纪 哇! (打开浴袍的前襟)

真纪里面是穿了运动服的。

司 (故作正经……)

司默默地走上了二楼。

真纪 (觉得疑惑,对着谕高打开了前襟)哇!

谕高　卷小姐，你这把戏永远不会有变得有趣的那一天。

14　同·小雀的房间

小雀用手机正打算发送刚才没发成的邮件——"别府司对卷真纪有好感"。

但是她迟疑了一下，没发，放下了手机。

15　同·司的房间

司手里拿着小提琴的弓，陷入回忆。

回忆——十年前，大学的讲堂旁。

正在举行学园祭，过往人群能从墙缝里看到路上热闹的样子。

司把一块写着"宇宙可丽饼"的牌子夹在腋下，打扮成了灰色外星人。此刻他正在休息。

司喝着粒粒果汁，听到讲堂里传来小提琴演奏的《圣母颂》。

司有点在意，就打开了大门准备进去。

宽广的礼堂座席上一个听众都没有。

舞台上有一位拉小提琴的女性。

那是十年前的真纪。

司坐在听众席上听真纪的《圣母颂》。

16　猫头鹰甜甜圈·宣传室（另一天）

司从外面回来，同事们聚集在一起给结衣递花束。

不停有人说着恭喜恭喜。

司没说话,他坐到座位上开始工作,结衣也回到了对面的桌子上。

司　　（一边工作一边说）你对象是在哪里认识的?

结衣　　我三十四岁的时候开始相亲。

司　　相亲?（感到意外）你们两个人都聊些什么话题?

结衣　　话题……说说轮胎之类的话题?

司　　轮胎?

结衣　　因为他喜欢车,会说些哪里的轮胎比较好之类的。

司　　什么?

结衣　　什么什么?

司　　啊,没什么。

结衣　　（有点发怒了似的）难不成你有什么意见?

司　　没有……（总觉得心神不宁）

17　音乐餐厅"小夜曲"·店内（傍晚）

真纪、小雀、司、谕高拿着乐器进来了。

有朱、大二郎和多可美正在打开纸箱。

大家互道早上好。

谕高追上正在搬纸箱的有朱。

谕高　　谢谢你之前 LINE 的信息。

有朱　　很开心!（笑意未达眼底）

谕高　　还有,滑雪的事情。

有朱　　我想去，一定要约我哦。

谕高　　什么时候方便呢？

有朱　　我和谷村先生商量一下，再联系你。好期待！

谕高　　好期待！

　　　　大二郎和多可美对司说话。

大二郎　哎，要吃脐橙吗？（拿出来）

真纪　　好的。（对小雀和谕高说）谷村先生送的脐橙。

　　　　真纪把脐橙拿给小雀他们。

　　　　司正要拿脐橙的时候，看到了蹲下来的多可美胸间的乳沟，惊慌失措，眼神无处安放。

多可美　啊，别府，关于曲目表，现在能和你谈谈吗？

司　　　好的……

多可美　（给他看曲目表）希望有敬酒的时间，比如说……

　　　　身体前倾的多可美胸前的乳沟清晰可见。

司　　　（不小心看到了）

多可美　在这里插入一段主持，然后希望能把这首和这首调换，会不会很奇怪？

司　　　（急着说）不，谷间①太太的提议我觉得不错。

多可美　（不解）

司　　　我主持的时候，谷间太太你一起加入吧。

────────

①　意为乳沟，日语发音与谷村类似。

在旁边工作的大二郎也注意到了，感到吃惊。

多可美　……是吗？

司　　　曲子也从谷间太太你回来的时候开始。

　　　　真纪、小雀、谕高都注意到了司的口误，看着他。

　　　　多可美为了不让乳沟那么明显，特意伸了伸背。

多可美　是……吗……

司　　　（没注意）如果谷间太太你希望将时间稍稍延长一点的话，也

　　　　可以跟我示意一下……

大二郎　孩子他妈，过来一下。

多可美　来了。（对着司）不好意思，失陪了……

　　　　大二郎和多可美朝厨房走去。

司　　　（对着真纪）你们怎么想？刚才谷间太太说的……

真纪　　谷村。

司　　　什么？

小雀、谕高　　谷村。

司　　　……不是吧。

　　　　大二郎和多可美回来了。

　　　　多可美穿着大二郎的外套。

　　　　司沉默。

18　同·店前（夜里）

　　　　真纪、小雀、司、谕高演奏结束，出来了。

司　　　眼前有乳沟的话,家森你也会看的吧?

谕高　　别府,我知道你欲火难耐……（话说到一半）

　　　　发现路上停了一辆黑色的面包车。

谕高　　……抱歉,我先回去了。

　　　　说完,就回到了店内。

真纪　　是有朱吧。

司　　　欲火难耐的是家森吧。

19　后巷里

　　　　谕高从店后门出去,跑着逃走了。

　　　　但是在拐角处一拐弯,看到那边有辆黑色面包车。

　　　　车窗里传出杉山清贵的《两人的夏季物语》这首歌。

　　　　谕高环顾四周,想着逃不了了,就放弃了。

　　　　后门打开,半田露出脸来,还能看到驾驶座上的墨田新太郎

　　　　（21 岁）。

谕高　　那个,我还有工作……

半田　　（笑着）我也在工作中。上车吧。

　　　　谕高上了车,自己把车门关上。

20　别墅·一楼

　　　　真纪喝着玉米茶,小雀喝着三角形包装的咖啡牛奶,司喝着粒

　　　　粒橙汁,三人边喝边把薯条叠高,堆成叠叠乐。

　　　　司抽出一根薯条吃起来。

　　　　小雀也抽出一根薯条吃起来。

轮到真纪了，她左思右想，不知道从哪里下手好。

司　　这里可以抽喔，还有这里。

真纪　　九条的结婚典礼怎么办？

司　　什么……

小雀躺在那里，若无其事地看着两人。

真纪　　（盯着叠叠乐）你不阻止他们结婚吗？

司　　……我不会阻止。

真纪找到了一个地方，决定从这里下手，打算拔出薯条。

司　　我有喜欢的人了。

真纪的手停下来了。

司　　不过是单相思。（自嘲地苦笑）

真纪又试了一下，抽出了薯条。

司　　九条也知道。我们一直说的。

说完，他打算抽一根薯条。

真纪　　明知道九条喜欢自己，还和她说这个。啊，身边有这样的人真
　　　　开心啊。你利用了她。（笑着嘲笑他）

司　　……不是这样的啦。（一抽）

真纪　　（下一个轮到）小雀。

一看，小雀已经睡着了。

司　　要是困的话，干吗不睡到房间里去呢？

真纪取下了盖在自己腿上的毛毯，盖到了小雀身上。

真纪　　有时候也会想睡在大家都在的地方吧。

司微笑,把旁边的毛毯递给真纪。

司　　……或许就是这样。

真纪　　嗯?

司　　或许我利用了九条。

真纪　　自以为"这个人离不开我",实际上是"我离不开这个人"吧。

司　　(苦笑)话虽如此,单相思很苦的。

真纪　　(微笑)你对她告白了吗?

司　　没有,不可能有结果的。

真纪　　你怎么知道没有结果?

司　　那个人结婚了。

真纪　　啊,婚外恋啊,那不行的。

司　　是不行啊。

真纪　　当然了。随波逐流的情人到最后都是要偿还的①。

真纪说着,就打算从叠叠乐里抽一根薯条。

司看着真纪。

司　　……卷小姐,所谓命运是什么呢?

真纪　　什么?

司　　比如说,在休息日邂逅一起打工的同事,这是命运吗?

真纪　　是偶然吧。

司　　以此为契机两人结婚了呢?

---

① 随波逐流、情人、偿还三个词都出自邓丽君演唱的歌曲名称。

真纪　　那可能是命运吧。

司　　　我第一次遇到卷小姐你，是我还是大学生的时候。

　　　　真纪一惊。

司　　　卷小姐在学园祭的时候演奏了《圣母颂》。我当时是扮成了外
　　　　星人。虽然你可能没印象吧。第二次是……

真纪　　第二次？

司　　　我那时在东京的公司工作。走到富士荞麦面店附近，看到一
　　　　个拿着小提琴的人在吃肉拌荞麦面。我一看，那不是演奏《圣
　　　　母颂》的人吗？第三次是你坐在山田电机的按摩椅上时，我想
　　　　怎么又遇到了。

真纪　　（不知道别府在说什么）别府？

司　　　我就对自己说，如果还有下一次，我就认为这是命运。

真纪　　（苦笑，挥了挥手想说没这回事）

司　　　又遇到了。三年前，在结婚典礼上。

真纪　　结婚典礼？咦，目黑？

司　　　（点点头）我在那儿工作。

真纪　　咦？咦？

司　　　我觉得是命运。但是命运归命运，和想的不一样。卷小姐和
　　　　对象在商量婚礼的事情。

真纪　　（回忆）……

司　　　结婚典礼当天，看你穿婚纱的样子，我就在想……

回忆——山田电机店内。

真纪坐在按摩椅上,心情放松。司在一旁看着这一幕。

司的声音 我为什么没有跟坐在山田电机按摩椅上的卷小姐说话呢?

接下来是在富士荞麦面店内。

司在旁边看着正在吃肉拌荞麦面的真纪。

司的声音 我为什么没有跟在吃肉拌荞麦面的卷小姐说话呢?

司 我错过了三次将偶然转化为命运的机会。所以只能在后面看
着她和别的男人结婚了。

真纪 那,那次在卡拉 OK 包厢里遇到……

司 那次不是偶然。我是去见你的。

真纪 那不是跟踪吗?

司 是的,第五次以后就是跟踪。抱歉,我喜欢你,卷小姐。

真纪 ……

小雀正在睡觉。

司 我一直喜欢你。比起抛弃你不辞而别的男人,我更加……

真纪站起来躲避。

司 我对你更加……

真纪不听,走到了厨房。

她把已经洗好的散落着的碗筷放到架子上。

司走过来了。

司 我来。

真纪拿起了放着的红酒瓶。

真纪　　可回收垃圾什么时候可以扔来着?

司　　　星期四。

真纪　　洗一下,拿到后面去就可以了吧。

司　　　我……

司伸出了手,真纪避开了。

真纪在水池边一边洗着瓶子一边说。

真纪　　别府,你去看过烟花吗?

别府　　烟花? 看过。

真纪　　我一直到结婚都没看过烟花。

司　　　咦?

真纪　　不就是火吗? 就是把火从空中撒落吧。我觉得肯定会引起火灾,就很害怕。我老公带着这样的我出去了。他说,真纪,握着我的手。如果火飞来了,我就拉着你一起逃。被他牵着手看到的烟花真的好美。我也懂得了不会发生火灾的理由。烟花就是这样容易消失。当你觉得真美的时候,它已经消失了……你知道比悲伤更悲伤的是什么吗? 就是空欢喜。我也觉得奇怪,我们怎么就偶然组成了四重奏。但是这四个人真的感觉很棒。我以为是上帝看我意志消沉,送给我的礼物呢。(苦笑)原来是假的。

司　　　不是假的……

真纪　　(微笑)别府,虽说我老公不在,但是不在不等于消失了。比起以前,更感觉他在我身边了。你是不是觉得现在肯定能攻下我?比起不在的人,肯定会选你?(认真的表情)不要瞧不起被抛弃的女人。

真纪敲了下水槽。

司站在那里,什么也没说。

真纪大概是敲水槽的手意外很疼,她就压着疼处,看着还好好的薯条叠叠乐。

真纪　(苦笑)叠叠乐也不倒。

此时,谕高扶着腰回来了。

谕高　我回来啦……(感到气氛不对)怎么啦?

真纪、司做出没什么的表情。

小雀在睡觉。

21　猫头鹰甜甜圈的店铺前(另一天)

正在拍宣传照片。司同行。

摄影师请司看一下刚拍好的照片。

司　哇,好漂亮。

22　卡拉 OK 包厢·走廊上~单间(夜里)

工作结束后的结衣打开包厢的门,看到拿着生啤唱着歌的司。

举起手左右摇摆。

司　♪天使赐予我们的邂逅~

结衣把司的外套挂在衣架上。

结衣　　（拿起听筒）乌龙茶,还有炸薯条,要超大份的。

　　　　司喝着啤酒,结衣喝着乌龙茶。

司　　　九条,你在喝吗?

结衣　　在喝啊。你要不要吃点东西?

司　　　我爸过生日,刚刚我回了趟老家,吃了很多。

结衣　　老家? 啊,难怪心情不好。

司　　　你在喝吗? 我今天奉陪到底。

结衣　　谢谢。

　　　　司喝得烂醉如泥,躺在沙发上。

结衣　　别府? 再不走就赶不上末班电车啦。喂,末班车。

司　　　我要住你家。

结衣　　说了最好回去。

司　　　那个只会说轮胎的男人在家里?

结衣　　（苦笑）不在。

司　　　我不会在结婚典礼上演奏。

结衣　　好好,我放弃了。（寂寞地）

司　　　为什么和这么无聊的男人结婚啊?

结衣　　又来了。（用麦克风敲头）

司　　　喂,九条。

结衣　　因为我三十四岁了,该结婚了。喂,末班车。

司	我要住你家。

结衣苦笑,拿过话筒。

结衣	劳驾,请给我们来两份乌龙茶调酒。另外我们要延长时间。

23 公寓 · 结衣的房间

一阵喧闹,门开了。司和结衣进来倒在地上。

结衣	别府,别府,赤脚,脱鞋,啊,等等,我的靴子也没脱。脱不下来,脱不下来,帮我拉一下。

两人总算脱下了鞋子,进到房间里。

结衣打算让司睡到沙发上。

结衣	好了,晚安。

但是司倚靠在结衣身上。

结衣	不对不对,不是这边,是那边。

司把结衣的手拉近。

两人倒在地板上。

结衣	等等,刚刚好像有什么断了。

司压到了结衣身上。

结衣一脸严肃,手挡在司的胸前,想把他推回去。

但是司不动。

两人对视。

下一个瞬间,结衣双手抱住司的头亲吻。

司的手在结衣背后游走,结衣的手也在司的背后游走。

两人碰到沙发,踢倒桌子,磕磕碰碰,彼此求索。

……

睡在地板上的司醒了。

冲厕所的声音。黑暗中,裹着毛巾的结衣出来了。

她没走过来,而是走到厨房的凳子那儿,背对着司坐下来了。

呼地吐了口气,看着手机。

司　　　……九条。

结衣　　(一边看手机)你起来了?

司　　　我们结婚吧。

　　　　结衣的背影一动不动。

司　　　和我结婚吧。

　　　　结衣的背影一动不动。

结衣　　……你肚子不饿吗?

司　　　……

　　　　结衣站起来,就裹着毛巾站在厨房里。

　　　　往锅里加水,放到瓦斯炉上,点火。

　　　　从柜子里拿出札幌一番酱油口味的拉面,打开袋子。

　　　　司呆呆地看着。

　　　　阳台正迎来早晨的第一缕阳光。

　　　　司和结衣穿了衣服,各自端着刚做好的拉面出来了。

结衣取下了挂在晾衣竿上的一个枕套,扔到房间里。

小凳子只有一个,两人一人坐了半边。

司　　我开动了……

两人吃着热气腾腾的拉面。

结衣　　(看着司,想问他拉面怎么样)

司　　好吃。

冬天的天空开始亮起来,从大概五层楼高的房间看出去,能看到较远的景色。

结衣一边看着远方,一边默默地吃着。

司　　(盯着这样的结衣)……结婚。

结衣　　(一边吃,一边噗地苦笑)

司　　……我,是认真的。

结衣把围在自己脖子上的围巾分了一半围到司的脖子上。

结衣　　(视线转向景色那边)那边有一个可爱的咖啡馆。有点远,每次都还是去这边近点儿的连锁咖啡店。不过,那家连锁店也不错。

司　　(思考结衣所言之意)

结衣　　我能理解,在这种时间点,男人那么做的心情。好吧,虽然有点生气,但感觉还不错。因为一直喜欢别府,所以和你睡了。在这方面,我也挺狡猾的,所以没关系。结婚,是不可能的。我已经想过很多次,这都是不可能的。这事也就仅限今天。

司的表情仿佛是被抛弃了。

结衣看到司的表情,微微笑了。

结衣 啊,我也狡猾,别府也狡猾。不过这么冷的早晨,在阳台上吃札幌一番拉面真是美味啊。把此刻当成你我二人的高潮不好吗?(敦促似的)嗯?

司 ⋯⋯好。

两人一边看着远处的景色一边吃着拉面。

结衣 ♪带我走吧～

司 ♪不要放手～

结衣、司 ♪天使～

结衣 (苦笑,摇头)♪天使～

司 ♪天使～(歪下头)

24 商店街

空无一人的街道上,司围着从结衣那儿借的围巾,独自走路。

他从外套的口袋里拿出眼镜,发现碎了。

就这样戴上眼镜,继续走。

25 别墅·真纪的房间

正在睡觉的真纪突然睁开了眼睛。

房间外传来小提琴的声音。

26 同·二楼走廊～司的房间

真纪从房间出来,谕高也出来了。

小雀站在司的房间门口。

司的房间里传来小提琴的声音。

真纪　别府?

小雀　好像刚刚才回来。

　　　　谕高敲敲房间的门。

　　　　司在拉小提琴。

　　　　司注意到三人,停下来,面向他们。

司　　……我有事情拜托你们。有个重要的人要结婚了,我想为她

　　　　演奏。能一起来演奏吗?

　　　　真纪、小雀、谕高看着这样的司。

小雀　(浑身一颤抖)越来越带劲儿了。

谕高　好呀。

真纪　(摇头)不行。我拉不好。

谕高　(微笑)她说可以。

　　　　真纪跑回了自己的房间。

真纪　练习起来吧。

27　教堂·外景(另一天)

28　同·礼拜堂

　　　　宾客们已就位。

　　　　有神父,还有一位帅气但看起来有几分自恋的新郎站在那儿。

　　　　真纪、小雀、司、谕高坐在位子上。

　　　　真纪和司交换了一下眼神,呼吸。

四人开始演奏《圣母颂》。

门开了，新娘和父亲一起入场。新娘是穿着美丽婚纱的结衣。

司只是在演奏。

结衣入场，站在新郎的身旁。

演奏结束，司放下乐器，等待中。

新人交换戒指，进行誓约之吻。

司抬头看。

越过新郎的肩膀，司看到了结衣的脸。

结衣盯着新郎看，没有看到司。

新郎把手放到结衣的肩膀上，行誓约之吻。

司……

典礼结束，新人夫妇退场。

司正打算打开乐谱，真纪把自己的乐谱盖在司的乐谱上。

小雀和谕高也放下了乐器。

司一边感到困惑，一边独奏着《圣母颂》。

新人夫妇就要退场了，准备走到门外去。

司凝视着，思绪万千。

司拉起 *White Love* 的副歌部分。

仅仅一瞬间，结衣的背影停住了。

结衣没有回头，就这样出去了。

司演奏结束,放下乐器,害羞地鞠躬。

真纪、小雀、谕高在一旁温柔地守候着。

29 卡拉OK包厢·单间（夜晚）

真纪、小雀、司、谕高来到包厢,吃着超大份炸薯条。

谕高　　最后的结局就是,女的先结束单身,男人总是被抛弃。啊,女人就能轻飘飘地说什么"那是我前男友"这种话。

司没有听,按着遥控器在输入。

谕高　　喂,你在听吗?（看着画面）你点了什么歌?

画面里是X-Japan的《红》。

司　　　来来来来,请请请请。

司把叠盘子用的框套在真纪、小雀和谕高的脖子上。

真纪、小雀、谕高　　什么?

司　　　（抓住麦克风）是《红》!

司忘情地唱着。

司　　　♪我被染成红色～

真纪、小雀、谕高摆出X跳的姿势。

司　　　那个不是用在这首歌上的。♪能安慰这样的我的人已经不在～

真纪、小雀、谕高摆出X跳的姿势。

30 别墅·一楼

司在洗碗筷的时候,小雀来了。

　　　　　　小雀不经意地摸着打蛋器。

小雀　　　别府,便利店……

司　　　　什么?

小雀　　　去便利店吗? 买点早饭的面包之类的。

司　　　　还有面包呀。

小雀　　　啊……冰激凌。

司　　　　我买了冰激凌,四人份的。

小雀　　　是吗? 好吧。

　　　　　　小雀正打算回去。

司　　　　你不吃冰激凌吗?

　　　　　　小雀才发现自己还拿着打蛋器。

小雀　　　不小心拿来了。(苦笑)

　　　　　　小雀回到了原来的位置,上了二楼。

　　　　　　她正好碰到了正在下楼的真纪。

　　　　　　真纪一边看着小雀的背影一边走下楼,对司说。

真纪　　　小雀刚才说什么了?

司　　　　(歪下头)好像含含糊糊的不知道说的啥。

真纪　　　嗯?

司　　　　卷小姐,之前对不起。如果可以的话,希望我们能像之前一样

　　　　　　相处……

真纪　　　别府,我想起来了。

司　　　　什么?

真纪　　我看到了外星人。

回忆——大学的讲堂。

真纪在舞台上演奏小提琴,她一看观众席,后面有一个外星人在朝自己看。

真纪皱了皱眉。

真纪　　咦,那个人就是你吧?(微笑)

司　　　是的。(看着真纪的笑脸)

31　同·小雀的房间

小雀拿着手机,给镜子发了一封邮件——"别府司对卷真纪有好感"。

小雀看着手机屏幕上显示"已发送",然后睡了。

32　咖啡店·店内(另一天)

小雀喝着好像很难喝的咖啡。

镜子听着录音笔里传来的声音。

真纪的声音　　不要瞧不起被抛弃的女人。

镜子按下了暂停键。

小雀　　听起来像是在说真事。如果她杀了自己的老公的话,是不会这样说的吧。

镜子从放着线香的小袋子里拿出照片,放下。

小雀拿过来一看，不解。

小雀　……这是什么？

镜子　这是我儿子消失第二天的照片。

小雀　（吃惊）

镜子　那个人第二天就去参加派对了。老公失踪，受到惊吓的妻子

　　　会是这副样子吗？

小雀　（寻思着：的确如此）

33　别墅·一楼

小雀回来了，她打开玄关的锁。

小雀　我回来啦。

　　　没人回应，屋内没人。

小雀　（对着二楼）卷小姐？

　　　小雀心想，莫非一个人也不在？正走向厨房，突然发现了一个

　　　情况。

　　　真纪的手机放在餐桌上。

　　　小雀……

小雀　（看看周围）卷小姐？家森？别府？

　　　周围一片寂静。

　　　小雀坐下来，发现窗帘敞开着，就去拉起来了。

　　　她走回来，坐下，开始按动真纪的手机。

　　　屏幕亮了，但是需要输入密码。

小雀心想,果然如此。就拿出了自己的手机,找到镜子之前发给自己的邮件,打开。

邮件名是"卷真纪数据一览"。

邮件里地址、出生地、真纪的生日、卷干生的生日、电话号码一应俱全。

小雀再一次环顾房间,尝试用卷真纪的生日输入密码。

密码错误。

她又输入了卷干生的生日,也是密码错误。

小雀心想怎么回事,再次察看数据一览,发现了一个数据:结婚纪念日(2 月 21 日)。

她输入了 0221,手机解锁了。

小雀很紧张,正准备打开邮件 app 的时候,听到玄关处有人在用钥匙开门。

玄关处是提着超市购物袋回到家的真纪。

真纪发现了小雀乱扔的鞋子,把它们摆齐了。

她走到房间一看,小雀躺在沙发上打哈欠。

真纪　　我回来了。

小雀　　(发现)啊,你回来啦。

真纪　　(看看桌子)啊,果然是忘了。

桌子上放着真纪的手机。

真纪没有拿手机,直接提着购物袋就走向厨房,突然发现了一个问题。

真纪　咦?

真纪回头。

小雀心里一惊。

小雀以为真纪要去拿手机,结果真纪走到了窗边。

真纪　我明明是拉开了窗帘出门的。

小雀　啊,我拉起来了。

真纪　(微笑)你是打算睡个回笼觉吗?

她这么说着,拉开了窗帘。

小雀的内心……

真纪　啊,对了。

真纪从购物袋里拿出了三角形包装的咖啡牛奶。

真纪　给你的小礼物。

小雀　谢谢……

小雀愣愣地接受了。

真纪　你平时总爱喝的。

真纪一边说一边回到了厨房。

小雀看到她的背影,突然站起来了。

小雀　好喝。

小雀坐在柜台上,一边喝着咖啡牛奶,一边和正在拿出食材的
真纪说话。

小雀　你喜欢喝酒吗? 不会醉吧?

真纪　　　也不是啊，偶尔也会醉的。

小雀　　　什么时候呢？

真纪　　　嗯，我已经好几年不喝酒了。

小雀　　　有时候会和朋友去喝一杯吧？

真纪　　　没有没有。

小雀　　　有没有被邀请去参加派对呢？

真纪　　　派对？派对嘛……

小雀　　　我从来没去过，所以就想着尝试去一次……你去过吗？

真纪　　　去是去过的。

　　　　　真纪开始从冰箱里拿食材。

小雀　　　是什么样的派对呢？

真纪　　　是朋友……啊，家里原来还有芦笋啊。

小雀　　　……

真纪　　　买重了，失败。

小雀　　　真好啊。

　　　　　小雀走到真纪身边去帮忙。

小雀　　　真羡慕啊，能参加这种派对……

真纪　　　小雀，你有点神神秘秘的。

小雀　　　什么？

真纪　　　你身上有时候会闻到线香的味道。

小雀　　　……

真纪　　　啊，对不起。平时你身上都是肥皂的味道吧？有时候，真的只是有时候,有线香的味道。

小雀　因为我经常在公交车上靠着别人睡觉。

真纪　啊。(微笑)

小雀　(指着衣服)之前穿的也是这件衣服。

真纪　是的。我还在想你是不是去扫墓了或者怎样。

小雀　(微笑)那真的有点神秘呢。

真纪　不好意思,说了些奇怪的话。

小雀　没有啦。

食材都被收放进了冰箱。

小雀正打算回去,注意到地板上的红酒瓶,就捡起来。

小雀　我去把它放到后面去。

真纪　(看着这样的小雀)

小雀　嗯?

真纪　上一次,你是醒着的吧?

小雀　什么?

真纪　我和别府在争吵的时候。

小雀　……

真纪　我想其实你是不是醒着。

小雀　(内心放弃,微笑)是的。

真纪　真不好意思啊。

小雀　没有啦。

真纪　小雀,你是不是喜欢别府?

小雀　　（保持冷静）为什么这么说？

真纪　　我呢，比较擅长看一个人是不是喜欢另一个人。

小雀　　啊？

真纪　　不愿明确表白的人，一定有其不愿意表白的理由。喜欢一个
　　　　人的心情，就算什么也不做，什么也不说，还是会自己流露
　　　　出来。

小雀　　（微笑）

真纪　　很高兴看到你流露出来的真情。别府没有注意到吗？

小雀　　（微笑）你误会了。

　　　　小雀手里拿着酒瓶，直接去了二楼。

　　　　真纪目送着小雀走上二楼，又把芦笋拿了出来。

真纪　　（耸耸肩，自嘲买重了菜）

34　同·小雀的房间

　　　　小雀进了房间，从口袋里取出镜子给她的照片来看。

　　　　照片拍的是派对的一角，里面盛装打扮的男女五人单手拿着
　　　　香槟，看起来很开心的样子。

　　　　照片里真纪比着 V 字，无比开心地笑着。

第2话　完

第 3 话

1　千叶，医院·单独病房

岩濑纯(15 岁)穿着制服，看着躺在床上的绵来欧太郎(60 岁)
洗扑克牌。

岩濑宽子(37 岁)正在往花瓶里插鲜花。

欧太郎把扑克牌分成了四份。

纯打开一看，分别是黑桃 A、方块 A、梅花 A、红心 A。

纯感慨地说:"哦!"

欧太郎　(对宽子)她什么时候来啊……

宽子　这个嘛。(含糊其辞)

纯　叔叔，你想见你女儿吗?

欧太郎　想见啊。(无力地微笑)

护士们把欧太郎推出了病房。

纯和宽子目送,坐下。

宽子　（一边剥橘子）他应该很想见女儿最后一面吧,但是他们已经二十多年没有来往了。

纯　（操作手机）那孩子玩不玩 Facebook 啊。她叫什么来着?

宽子　好像是叫小雀?

纯在手机上输入"绵来雀",开始搜索。

宽子　她被寄养在很多亲戚家里过,也在我妈妈家寄养过,但她不肯去上学,又总爱离家出走。

纯　哎?

宽子　有一次,她在柜子里发现了爷爷的大提琴,从那之后,她就整天在房间里拉大提琴。

纯　小雀为什么不和父母一起住呢?

宽子　她妈妈早就去世了。爸爸（指着空床）就是叔叔,当时犯了轰动整个日本的欺诈事件,他被捕了。

纯　被捕了? 什么欺诈?

宽子　（苦笑）假超能力。

纯在手机上搜索。

宽子　他教自己的女儿表演假超能力,小雀一直上电视的,成了风靡一时的魔法少女,当时非常红。

纯　假超能力曝光了吧?

宽子　被周刊杂志曝光了,遭到了很多抨击。电视台的人自杀了,叔叔也被逮捕了。小雀也是，人们都说魔法少女是个大骗子。

哎，她只是按照爸爸说的去做而已。

纯　　　　是这个吗？（把搜索出的内容给她看）

宽子　　　（看了下）啊，就这个就这个。这么快就查到了？（苦笑）对对，

　　　　　超能力少女小雀。

　　　　　手机屏幕上是标题为"90年代影片集　超能力少女"的视频。

　　　　　这个视频是用旧式录影带上传的，杂音明显，是综艺节目的一

　　　　　个片段。

　　　　　八岁的小雀戴着眼罩坐着。

　　　　　她看起来有点颤抖。

　　　　　年轻时候的欧太郎站在她旁边，把手放在小雀的肩膀上。

　　　　　小雀的前面有一堆扑克牌。

　　　　　主持人翻出一张，是黑桃9。

八岁的小雀　　黑桃9。

　　　　　主持人继续一张一张地翻开扑克牌，小雀全部猜对了。

八岁的小雀　　方块2、方块老K、梅花6、红桃皇后。

　　　　　观众席中发出惊叹声，欧太郎得意扬扬。

八岁的小雀　　黑桃5、梅花4、红桃9、梅花A、方块7……

2　别墅·小雀的房间（另一天）

　　　　　小雀一边打哈欠一边睁开眼睛。

　　　　　她躲在被子里伸出手，看看闹钟。

已经过了十一点,她想差不多该起来了。

不对,但是还困,所以她又钻回了被窝。

上剧名

3 别墅·一楼

客厅的餐桌上摆着吃干净的盘子。

小雀嘴角沾着番茄酱,睡在沙发上。

她一翻身掉到了地上,醒了。一看钟,正好两点。

她想,哈哈哈,糟了。

桌子上有张留言纸条:"小雀,好像要下雪了,请在中午之前把衣服收进来。别府。"

小雀在阳台上,摸了下晾着的衣服,是湿的,还有水滴滴答答地往下滴。

她想,哈哈哈,糟了。

小雀点燃了壁炉的火。

又搬来了晾衣架,放在火炉前。

她把衣物晾到架子上,发现里面有一条男士内裤。

正准备把内裤晾到架子上,内裤就被勾住了。

她使劲儿一拉,内裤就飞到了火炉里。

她慌了,又一想,反正已经没办法了,就用木棒把内裤推进炉子深处,添了一把柴火。

小雀嘿嘿嘿地笑起来,这时门铃响了。

小雀和有朱把米袋搬到厨房。

有朱　　我们店不用大米。

小雀　　谢谢。

有朱走向客厅。

有朱　　今天休息,没有去约会吗?

小雀把装饰着可爱小兔子的蛋糕和瓶装茶拿过来。

小雀　　我刚起床。也没有可以约会的对象。

小雀手里拿着小兔子蛋糕,觉得很可爱不忍心吃。

有朱平静地吃掉了小兔子的头。

有朱　　怎么不交男朋友呢?

小雀　　为什么? 为什么啊……我不擅长表白。

有朱　　小孩子才会表白。大人请直接诱惑。

小雀　　诱惑。怎么诱惑?

有朱　　诱惑首先要放弃做人。

小雀　　放弃做人,真的没问题吗?

有朱　　大体上有三种模式。变成猫、变成老虎、变成被雨淋湿的小狗,诱惑就这三种。

小雀　　　猫、老虎……

有朱　　　被雨淋湿的小狗。你想变成哪一个？

小雀　　　那就变成猫吧。

有朱　　　首先钻进被子。

　　　　　有朱躺在床上。

有朱　　　（抬头看小雀）啊，我累了。

　　　　　躺着的有朱确实很性感。

小雀　　　啊。（果然）

　　　　　有朱拉住了小雀的胳膊让她躺下，脸靠近。

小雀　　　什么……

有朱　　　不可以接吻。维持一个随时接吻也不奇怪的距离，这个是女
　　　　　人的工作。

小雀　　　啊。

有朱　　　请保持一个瓶子的距离。女人主动亲吻的话，男人就不会产
　　　　　生恋爱的感觉。

小雀　　　（点头）好的。

　　　　　小雀和司拿着乐器盒准备出发。

司　　　　（朝二楼）我们走了。（对小雀）你干吗拿着瓶子？

小雀　　　没什么。（把瓶子放到一边）

　　　　　谕高从洗手间出来，环顾四周。

谕高　　　咦？

司　　　怎么了?

谕高　　我洗好的裤子不见了。

小雀　　(装作不知道)

司　　　裤子。(摸摸自己的裤子)

谕高　　不是,是小内内。

司　　　什么?(看着谕高的下半身)

谕高　　没穿。

　　　　小雀和司往后退。

司　　　不是吧?(对着小雀)你收进来了吗?

小雀　　把你的小内内借给他不就行了?

司　　　请不要用"小内内"这个词。

谕高　　借我一条"小内内"。

司　　　路上去便利店买一条吧。

谕高　　借我一条"小内内"。

小雀　　借他"小内内"嘛。

　　　　真纪拿着乐器盒从二楼下来。

真纪　　抱歉,让大家久等了。

司　　　走吧。

谕高　　别府,你等等……

司　　　小内内,短裤到便利店……

谕高　　(指着真纪和司)你们两个都穿了横条纹。

　　　　真纪和司都穿着横条纹衣服。

司	啊,抱歉。
真纪	不行吗?
谕高	看起来像有什么特殊关系,不要紧吗?
司	我去换一下。请等我一小会儿。

司跑到二楼去了。

谕高	怎么穿了横条纹?
真纪	不能穿横条纹吗?
谕高	这肯定会撞衫的啊。穿的时候,一般不都会想可能还有其他人也穿这个吗?
真纪	那什么时候可以穿横条纹呢?
谕高	如果你今天见的人昨天穿了横条纹,那可以吧。
真纪	你这要求也太苛刻了吧。

司下来了。

司	让大家久等了。
谕高	不行啊。

这一次是司和谕高穿了相同的风格,上下都撞衫了。

小雀	看起来像是有什么特殊关系。
司	我去换一下。（确认大家穿的衣服）

司回到二楼。

| 谕高 | 还有,别穿有强烈信息感的 T 恤! |

4 音乐餐厅"小夜曲"·外面（傍晚）

真纪、小雀、司、谕高拿着乐器从面包车上走下来,打算走进店里。

纯的声音　　对不起。

　　　　　四人一看,纯站在那里。

司　　　怎么了?

　　　　　纯穿着横条纹。

小雀　　（对真纪）横条纹。

谕高　　（对真纪）哎哟。

真纪　　在路上偶然遇到,也是没办法呀。

纯　　　（看着小雀）那个,对不起。

小雀　　（心想:是对我说的吗?）

纯　　　（点头）我想谈谈绵来先生的事。

小雀　　……

　　　　　小雀一边隐藏着内心的动摇。

小雀　　（一边对真纪他们说）是我认识的一个人。你们先走吧。

谕高　　（对着小雀）太好了,幸好你没穿横条纹。

　　　　　真纪、司和谕高先进去了。

　　　　　纯把手机给她看,是甜甜圈洞四重奏的网页。

纯　　　你是绵来雀吧。

小雀　　（苦笑）啊……

纯　　　你的父亲,马上就要去世了。

小雀　　（笑容凝固住了）

纯　　　叔叔现在在千叶的医院住院。可能已经,已经是随时要走的
　　　　　状态了。

小雀	（看着旁边）哦。
纯	叔叔说，想见女儿最后一面。
小雀	（看着旁边）哦。
纯	请你现在和我一起来。
小雀	（歪下头）我今天有工作要做，不方便。
纯	什么？他已经是可能今天也可能明天就要走的状态了。
小雀	好——好——谢谢。

小雀低下头，打算走了。

纯	你父亲想见你。
小雀	哎。
纯	你们是父女吧？
小雀	哎。

小雀低下头，逃一般地走进了店里。

| 纯 | （面露不满）…… |

5　同·走道～休息室（夜里）

演奏在掌声中结束，真纪、小雀、司、谕高返回后台。

有朱来了。

有朱	家森、家森。
谕高	嗯？什么？

谕高被有朱牵着，走向对面。

真纪、小雀、司走到休息室。

司　　　小雀,你今天的节奏有点……

小雀　　(呆呆地)什么? 啊,今天节奏慢了?

司　　　是快了,相当快。

小雀　　哦。(看看真纪)

真纪　　(同意)

小雀　　啊,是吗? 对不起。(微笑)

　　　　谕高一边坏笑一边走回来了。

谕高　　不得了了。有朱邀请我去她家。(突然想起来)啊,内裤怎么办?

司　　　刚刚不是买了吗?

　　　　谕高褪下了一半裤子,露出内裤。

　　　　内裤上用仿毛笔的字体写着"Ultra Soul①"。

谕高　　只卖这一种。

司　　　信息感很强。

　　　　小雀呆呆地凝视着大提琴,停下来了。

　　　　她突然抬头一看,真纪正在看她。

　　　　小雀掩饰地微笑,真纪也微笑了。

6　别墅·一楼

　　　　小雀刚洗好澡出来,正好碰上拿着浴巾朝浴室走去的真纪。

真纪　　洗发香波还有吗?

---

　　① *Ultra Soul* 是日本摇滚乐队 B'z 发行的单曲,因其激昂向上的曲调以及主唱极具辨识度的高亢嗓音,这首曲子一出台便被选为"2001 年世界游泳锦标赛"大会官方主题曲。现在已经是日本国民级的打气励志歌曲。

小雀　　有的。

　　　　真纪走向浴室,小雀走向厨房。

　　　　司把碗筷收拾到柜子里,头撞到了柜子的门。

　　　　他想避开,结果后脑勺又撞到了另一侧的柜门。

司　　　好疼……

　　　　小雀看着这样的司。

司　　　(揉揉头,害羞)要吃冰激凌吗?

小雀　　(点点头)嗯。

　　　　司从冰箱里拿出冰激凌递给她,说"等一下",又拿了个勺子递
　　　　给小雀。

　　　　小雀欣然接受,道谢,当场就开始吃冰激凌。

小雀　　……别府,明天准备干吗?

司　　　明天吗?

小雀　　要是有时间的话……

司　　　啊,听说明天在旧轻井泽银座有一个捣年糕大赛。小雀,去看
　　　　看吗?

小雀　　捣年糕大赛啊(看起来很开心),别府你呢?

司　　　我明天要回一趟老家。我爸好像得了什么奖,要回去庆祝。

小雀　　咦,好厉害。

司　　　除了我以外,大家都是厉害的人。(自嘲地微笑)

小雀　　……去捣年糕应该很开心吧。

司　　　(思考)

小雀	捣年糕很开心的。
司	不行,我还得回去参加家庭庆祝聚会。
小雀	(点头)
司	小雀你的家人呢? 没听你说过。
小雀	在冈山县做黍米团子。

　　真纪在吹头发。

　　小雀躺在她旁边,看起来很困的样子。

司	小雀,要么去上面睡吧。
小雀	我不困。(喝了一口咖啡牛奶)

　　真纪闻闻小雀头发的味道,又闻闻自己的。

真纪	味道真好闻。
小雀	是不是有点厕所芳香剂的味道?

　　此时,玄关的门开了,听声音是谁回来了。

　　三人回头一看,谕高垂头丧气地回来了。

司	(咦?)没去有朱家吗?
真纪	不是"Ultra Soul"吗?
谕高	别府,能给我一杯烈酒吗?

7　谕高的回忆

　　有朱、谕高走进了某个公寓的一个房间。

谕高	真的可以进去吗?
有朱	你来干吗的?(脸凑近诱惑)

室内光线昏暗，但有朱不开灯。

谕高的手伸向有朱的后背。

有朱　　那边要跨过去，爷爷在睡觉。

谕高低头一看，爷爷盖着被子在睡觉。

谕高　　什么……

谕高跨过去，继续往前走。

有朱　　啊，那是我爸。啊，那是我妈。

谕高一个一个地跨过去。

谕高　　那个，这是……

有朱　　我爸妈家。

谕高　　啊……啊，啊，啊。

拉开拉门，走到里面的房间，这儿开着灯，一个初中女生坐在桌子前学习。

有朱　　我妹妹正在准备中考。请帮我看着她学习。

谕高　　啊，啊，好的。

有朱　　我明天还要早起，晚安。

谕高　　（挥手）晚安……

妹妹　　（学习中）你最好放弃那个人。

谕高　　什么？

妹妹　　我姐的外号是淀君①。

_____

① 丰臣秀吉的侧室，日本三大恶女之一。

"你应该看点更积极的东西啊。"

"我也是这么想的，所以就看了英超联赛的十大乌龙球。"

"怎么不看精彩好球？

8　别墅·一楼

> 真纪和司在笑。

谕高　据他妹妹说,上小学时,有朱所在的班级,每年同学关系都会崩溃。

真纪　发生什么事了?

谕高　还有她前男友,在和她交往前在苹果专卖店工作,现在每天早上排队进小钢珠店。

司　　发生什么事了?

> 小雀看着大家在笑,又静静地闭上眼睛。

9　同·小雀的房间

> 正在睡觉的小雀。

> 她突然睁开眼睛,环顾四周,发现是睡在自己房间里。

10　同·二楼的走廊上～一楼

> 小雀从自己的房间出来,走下楼梯,偷看一楼。

> 她看到真纪和司一边喝着葡萄酒一边在聊天。

真纪　我看了火箭发射失败的影片。

司　　为什么不看发射成功的影片呢?

真纪　人类就是失败的连续啊。

司　　也有好事情的呀。

> 小雀看着开心的司……

11 同·小雀的房间

小雀躺在被窝里,看着手机。

看的是超能力少女的影片。

她抚摸着自己八岁时戴着眼罩的脸,突然屏幕上出现了欧太郎的脸。

小雀飞快地把手机盖住……

12 同·一楼(另一天)

真纪在餐桌上打开自己的笔记本电脑,敲键盘记录下录音笔里播放的声音。

小雀从二楼下来了。

小雀　　早上好。

真纪按下录音笔的暂停键。

真纪　　早上好。

小雀　　昨天我睡着了……

真纪　　你是被别府和家森搬上去的。(微笑)

小雀　　(害羞地笑)

小雀从厨房拿了早饭打算去客厅,这时她注意到了真纪的录音笔。

这和小雀窃听的设备是一样的。

小雀感到吃惊,看看客厅的桌子。

真纪　　(注意到小雀的视线)我开始在家办公了。把杂志的采访整理成文字。

真纪按下了录音笔的播放键。

传来了一个男性接受采访的声音。

小雀　　哦。

小雀拿着早饭走往客厅。

她一边偷看真纪,一边拆开粘在桌子下面的录音笔,放到自己
口袋里。

真纪的声音　　小雀。

小雀　　(内心紧张,仍背对着真纪)什么?

真纪　　等一下要不要一起去捣年糕?

小雀　　抱歉,我还有事。

真纪　　是吗,好吧。(微笑)

小雀　　抱歉。(回头,微笑)

13　咖啡专卖店·店内

小雀和镜子面对面坐着。

镜子把信封放到小雀面前。

镜子　　这个月的钱。

小雀没有拿。

小雀　　(歪下头)我不打算继续做这种事了。

镜子　　你还拿着寄物柜的钥匙吧?

小雀　　(惊讶)……

镜子	你需要钱吧？你想帮她移居到看得到海的地方吧？

镜子　你需要钱吧？你想帮她移居到看得到海的地方吧？

小雀　那个,我可以靠四重奏去赚……

镜子　我就是看中你的经历才委托给你的。现在去吗？去跟大家说

　　　说你的经历？

小雀　（动摇）……

　　　此时,突然有人叫她。

有朱的声音　　雀小姐。

　　　小雀大吃一惊,一看,有朱买了个蛋糕,笑着朝她挥手走

　　　过来。

有朱　你好。

小雀　（内心困惑）你好。

有朱　（对镜子）你好。

镜子　（笑着）你好。

有朱　（对两人）再见。

　　　有朱走了。

镜子　这孩子说什么 hello、goodbye,真让人搞不懂呢。（笑）

小雀　（介意被有朱撞见）

　　　镜子把信封塞到小雀手里。

镜子　这是最适合你的工作。

小雀　……

14　音乐餐厅"小夜曲"·店内（另一天）

　　　真纪、小雀、司、谕高走进来,突然正面响起了咔嚓一声。

走在最后的小雀吓了一跳，避开视线。

是大二郎和多可美用手机在拍照。

多可美　看看，这个软件拍得多好看。

真纪、司、谕高看多可美的手机屏幕。

大家一阵热烈讨论："哇，拍得真好。"

谕高　♪因为这里有照片里才有的美～①

司用胳膊肘戳了戳谕高。

小雀还有点紧张……

大二郎　对了，孩子他妈，有件事得和大家确认一下。

多可美　是的，（对着真纪他们）你们当中有罪犯吗？

真纪、司、谕高都感到吃惊，小雀也大吃一惊。

多可美　我知道的一个旅馆里，有个服务员卷款潜逃了。

司　我们这没这种……

大二郎　家森，你肯定没问题吧？不会在潜逃中吧？

谕高　为什么点我的名？

大二郎　要是有什么的话，我会辞退的。

谕高　干吗看着我说？

小雀保持着距离，笑着……

15　别墅·一楼（夜晚）

真纪、小雀、司、谕高在餐桌上喝着豆腐汤。

---

① 这句歌词改编自日本乐团 The Blue Hearts 的 *Linda Linda* 里的歌词，原文是"是照片照不出的美"。

司	天气预报。（对着真纪说）

司用勺子舀了点汤，经过谕高的手臂上方，汤汁滴下来了。

谕高	烫烫烫。喂。
司	啊，对不起。
小雀	（笑着）
谕高	小雀，你笑得太夸张了。
司	卷小姐，你可以上下嘴唇不接触，说五遍"天气预报"吗？
真纪	（嘴张开一半）天气预报天气预报天气预报天气预报天气预报。

司和谕高笑了。

真纪	怎么了？
谕高	天气预报本来就是嘴唇不接触也能说的。
司	天气预报。你看。
真纪	……一点都不好笑。（生闷气，微笑）

小雀、司、谕高笑了。

司舀汤的时候，又一次滴到了谕高的身上。

谕高	烫烫烫。（对着小雀）你笑得太夸张了。
小雀	（笑着）

真纪在客厅写乐谱，小雀和谕高拿着大提琴和中提琴，从旁边看着她。

司在餐桌边打开笔记本电脑，确认了甜甜圈洞四重奏的网页。

司　　　啊，我们有新的邮件。

谕高　　有粉丝了？

司　　　咦，是什么呀？里面只有网址……（操作，看着画面）这是什么？

　　　　那个视频是戴着眼罩的八岁时的小雀。

　　　　小雀在转着弦栓……

　　　　八岁的小雀好像在发抖。

　　　　三人好奇地看着。

谕高　　应该是那种可疑的垃圾邮件吧。

司　　　糟糕糟糕。

　　　　司慌张地关掉了浏览器。

　　　　小雀继续转动弦栓。

真纪　　已经看了，应该会有账单过来吧。别府，如果你付不起的话，

　　　　会被丢到东京湾的……

　　　　此时，传来琴弦断了的声音。

　　　　真纪、司、谕高回头一看，大提琴的弦断了，小雀呆呆的。

司　　　你没事吧？

小雀　　弄断了。（微笑）

真纪　　（不明白）

小雀　　（不自然地微笑，取下断了的琴弦）

16　同 · 司的房间

　　　　司穿着睡衣，在调闹钟。

房间里留着一点微弱的光亮,司爬上了床。

他闭上眼睛,静静地入睡。

门静悄悄地被打开了,有谁赤脚走进来。

睡着了的司感觉到痒痒的。

他睁开眼睛一看,旁边多了个人,小雀钻进了被子,脸距离他有一个瓶子的距离。

小雀　（示意）

司　　（示意）……怎么了?

小雀　（歪着头）

　　　两人之间隔着无论什么时候接吻都不奇怪的距离。

司　　啊,是不是 Wi-Fi 断了?

小雀　（轻轻地摇头）

司　　啊,房间里有虫子了?

小雀　（轻轻地摇头）

司　　肚子饿了吧。稍等,我们店的甜甜圈……

　　　司正准备起身离开,小雀抓住了他的手臂,将他拉回来了。

　　　小雀把头埋进司的胸膛,紧紧抱着他。

　　　小雀紧紧地抱着他。

　　　司感觉到了小雀的异样。

司　　小雀?

小雀　……对不起。Wi-Fi 断了。

司　　（放心了,微笑）啊,Wi-Fi 啊,好的。

小雀松开了。

小雀　对不起这么突然,你被吓到了吧? 我原本没打算这么做的。

司　　没,我才是,没有完全避开。

小雀　啊,我的速度快到无法完全避开。

司　　Wi-Fi。

司下床,准备走出房间。

司　　啊,你肚子饿了吧。

他从包里拿出了一个袋装甜甜圈。

司　　(递给她)你吃吗?

小雀　那我不客气了(接受)。

司正准备走出去。

小雀　别府……

司　　(预感小雀会表白,但没有回头)嗯。

小雀　(想说帮帮我)……(笑笑)那我开动了。

司　　(依然没有转向她)请。

司走出去了。

小雀　(看着甜甜圈,轻轻微笑)

17　同·二楼的走廊～司的房间

司回来了,打开门一看,小雀已经不在了。

他感到疑惑,就走到走廊里,看了一眼小雀的房间,门是关着的。

18 同 · 真纪的房间

真纪一边用耳机听着录音笔的内容,一边在做着转成文字的工作。

她停下来,摘下耳机,深呼吸。

走廊那边传来关门的声音。

真纪好像担心什么似的回头看……

19 同 · 一楼(另一天)

真纪和谕高吃着早饭的粥,司做好了上班的准备,从二楼下来了。

司　　　(摇头)还是不在……

真纪　　我今天一整天都在。如果回来了,我会联系你的。

司　　　没事吧……

谕高　　是不是在担心什么?

司　　　(歪下头)Wi-Fi……

真纪、谕高　　(疑惑)

20 千叶 · 行驶中的公交车内

行驶中的公交车停下来,门开了。

司机　　青叶医院站到了。有下车的乘客吗?

没人下车,公交车出发了。

小雀身边放着大提琴盒,低头坐着。

行驶中的公交车离医院越来越远。

21　另一个公交站台

小雀背着大提琴盒站着。

看了看钱包，里面只有五百日元，叹了口气。

钱包里还有一个类似寄物柜钥匙的东西。

她看看周围，奔跑起来。

22　路上

小雀把大提琴从盒子里拿出来。

坐在折叠椅上，正准备演奏，来了两个警察，对她说了些什么。

小雀说了声对不起，低下了头，收拾东西。

23　公园

走过来的小雀觉得这边不错，一看有一块牌子，上面写着"禁止玩球、禁止饮食、禁止演奏"。

小雀叹了口气。

24　别墅·一楼

真纪正在把小雀的早饭装起来，这时固定电话响了。

真纪走过去接听电话。

真纪　喂，你好……喂。是的，是，是甜甜圈洞四重奏。是。绵来。绵来吗？没有叫绵来的。绵来雀？啊，是，是，是。父亲，啊，啊，是的，世吹雀。啊，有的。是，是……（表情严峻）

25　同·外面

真纪戴着耳塞出门，坐上了面包车。

她挂断了给小雀打的电话。

真纪发动了引擎，开着面包车出发了。

26　东京，花店的前面

小雀在花店门口跟店主说话。

小雀　　劳驾，可以买五百日元的花吗？

27　墓园·寄物柜式的纳骨堂

小雀拿着一小束花，走进来了。

房间两侧排列着很多寄物柜式的纳骨坛。

她看到这幅场景，深吸了一口气，走到里面。

她在最边上大概五层高左右的纳骨坛柜门前蹲下。

她从钱包里拿出钥匙，插进去，打开。

里面是一个白色的骨灰盒。

小雀献上花束，挥手微笑。

28　医院·停车场

真纪从面包车里下来，抬头看了下医院，向前走去。

29　同·走廊里～单人房

宽子带领着真纪走到医院。

病房里有护士，欧太郎躺在床上，身上装着人工呼吸机。

宽子　　就在刚才，他一度停止了呼吸。之所以还在坚持，是想见一眼
　　　　他女儿吧……我去喊我儿子过来。

宽子出去了。

真纪盯着欧太郎看。

欧太郎突然睁开了眼睛。

真纪的视线碰到了他的，心里一惊。

欧太郎看到真纪，那眼神好像是想说什么。

真纪把脸凑近，问他想说什么。

护士　　(摸他的脉搏)啊，好像已经停了。

真纪一惊。

护士　　(对真纪)我去喊医生过来。

护士走出去了。

真纪被留在病房，看着断气了还睁着眼睛的欧太郎。

30　公交站台

小雀坐在公交站台的长椅上。

她从包里拿出了三角形包装的咖啡牛奶和从司那儿拿的底部
有些压扁的袋装甜甜圈。

公交车开远了。

小雀默默地吃着甜甜圈。

31　医院·走廊里

真纪坐在长椅上等待，宽子、医生和护士从病房里走出来了。

医生　　请节哀。

护士　　请到护士台办理手续。

宽子和护士们走了。

满脸泪水的纯从病房走出来,站到了真纪面前。

纯　　她呢……?

真纪　　(摇摇头表示不知道)

纯拿出手机操作一番,递给真纪。

真纪一看,是戴着眼罩的八岁的小雀。

32　公交站台

小雀吃完了甜甜圈。

她把袋子折好收起来,又一辆公交车开过来了。

33　医院 · 走廊

真纪看完了视频,对坐在旁边的纯说。

真纪　　这是……

纯又操作了一下手机,递给真纪。

真纪一看,是一个名为"辞掉白领工作到伦敦生活"的博客,发表了一篇名为《关于小燕子(假名)》的文章。

纯　　我搜索了一下就找到了。应该是写的小雀。

真纪　　(……开始阅读)

女人的声音　　关于小燕子。是四年前,我还在日本工作时的事儿。

我同事里有一个叫小燕子(假名)的女生,和我同龄。

34　回忆的影像

路边规模较大的房产中介,员工有二十名左右,女员工们并排坐在前台。

里面的桌子那儿，二十七岁的事务员小雀穿着灰色制服，正在用夹子夹文件。

女人的声音　　小燕子是个爱笑的女孩子，总是开心地听大家说话。但是，小燕子不说自己的事，也没人注意到小燕子不说自己的事。

女员工们结伴去吃午饭。

小雀坐在公园的公厕旁的长椅上，拿出自己小小的便当吃。

她微笑着倾听出租车司机和公园的保洁阿姨的谈话。

女人的声音　　她也不和大家一起吃午饭，也不去参加喝酒聚会。一定是个喜欢独处的奇怪的女生吧。大家都没有对此特别关心，现在想起来，可能是大家都对她挺好的吧。她之所以失去容身之所，是因为有人无意中上网搜索了小燕子的名字。

小雀拿着信件回来的时候，发现大家都聚在电脑前看着视频。

视频里是戴着眼罩的八岁的小雀。

女人的声音　　曾经发生过一个超能力欺诈事件。大受孩子欢迎的魔法少女被揭穿了真面目，成了谎言少女。那个女生就是小燕子。

小雀保持微笑坐回了座位，像往常那样继续工作。

女人的声音　　被揭穿之后，小燕子还是那个爱笑的小燕子。我想之前也发生过这种事情吧。她走到哪里都是这样，所以习惯了。她总是被过去的自己追着跑。

小雀笑着走进公司，发现桌子上放着个什么东西，便把它抽出来放到抽屉里。

她还是像往常那样笑着和别人打招呼。

女人的声音　　从此，小燕子的桌子上每天都有人留下"滚出去"的小纸条。她每天都把这些纸条收进抽屉里。积攒了一百张之时，她以个人原因为由，提出了辞职。大家最后看到的，还是笑呵呵的小燕子。

小雀笑着出来和大家打招呼。

35　医院 · 走廊

真纪拿着手机看着博客。

女人的声音　　我也曾经跟风留过小纸条叫她滚。我想道歉，但是我已经不知道她身在何处。被别人发现身在何处，是小雀最最不希望发生的。

真纪看完了，把手机还给了纯。

纯　　　我也给那个人写过"滚出去"的纸条。

36　同 · 停车场

真纪站在面包车旁边打电话。

对方没接听。

她只得挂断,正打算钻到车内,突然盯住了医院外面的道路。

37　道路

真纪在奔跑。

隔着车道的另一边,是急匆匆远去的小雀。

她就像是从医院逃走一样,步履匆匆。

真纪　　小雀……

真纪在和她平行的人行马路上追着小雀跑。

真纪　　小雀……

真纪追到了小雀,和她并排往前走,隔着川流不息的马路面向小雀。

真纪　　小雀……

想要就此走掉的小雀停下了脚步。

她回过头,看真纪这边。

她不可思议地看着真纪,又轻轻挥手打招呼,微笑。

真纪看到车子刚好开过去,就赶紧穿过马路。

小雀又打算撒腿就跑。

真纪一把抓住了小雀的胳膊。

小雀看着真纪的手。

38　荞麦面店·店内

真纪和小雀进来了。

这是街上一家朴素的荞麦面店，店内没有一个客人，店主坐在客人的座位上听着收音机。

真纪 （小声地）你好，我们两位。

店主 什么？

真纪 两位。

小雀 （大声地）两位。

店主 请进。

小雀放下大提琴，看着墙上的菜单。

小雀 我要猪排盖饭。

真纪感到惊讶。

店主 （一边倒茶一边说）猪排盖饭。

真纪 啊，我也要猪排盖饭。

店主 猪排盖饭两份。

店主给她们端来了茶放在桌子上，又返回厨房。

真纪和小雀坐下，脱下了外套。

真纪 （看小雀脱下来的外套）放这里吗？

小雀 没事。（一边把外套挂在椅背上一边指着外套）在东京穿这个很夸张呢。

真纪 是啊。

两人喝茶。

她们听着录音机里传来的声音。

小雀 这个是稻川淳二吗？

真纪　　什么？（听）啊，是的。

小雀　　冬天也在讲啊。（微笑）

真纪　　是的啊。（一起微笑）

　　　　小雀一边喝茶一边侧耳倾听收音机。

真纪　　（观察着这样的小雀）吃完了回去吗？

小雀　　（一边听）什么？

真纪　　医院。

小雀　　哦。（心不在焉）

真纪　　……（心想，到底怎么了）

小雀　　刚才那个地方，早上我也经过了一次。

真纪　　是吗……

小雀　　没想到真纪会在呢。（微笑）

　　　　真纪感到吃惊。

小雀　　是不是有谁打电话来了？

真纪　　你没听电话留言吗？

小雀　　啊，对不起，嗯。

真纪　　你什么都没听？

小雀　　我就是买了些东西。

真纪　　……

小雀　　（想起来了）刚才我下公交车的时候，错说成了"谢谢款待"。

　　　　（微笑）

真纪　　回医院吗？

小雀　　……餐都点好了。

真纪　　（不说不行了）

小雀　　（小声地）那个叔叔,绝对恐怖。

真纪　　（不说不行了）

小雀　　他会拿着荞麦面棍出来打我们哦。吃吧。

真纪　　（点头）

小雀　　（看到这样的真纪,好像预感到了什么,避开目光,又侧耳倾听收音机）

真纪　　小雀,那个……

稻川淳二的声音　　铺着地板的走廊发出咯吱咯吱的声音。

小雀　　哇,好像有点吓人。

真纪　　那个。

稻川淳二的声音　　回头一看,是已经死去的夫人。哎呀。

真纪　　（没办法说……）

小雀　　（对着收音机）哇,好可怕呀呀呀。（对真纪微笑）

真纪　　喂,你停一下好吗?

小雀　　你不觉得有趣吗?

　　　　真纪站起来,走到收音机旁,按下按钮。

　　　　声音更大了。

真纪　　（吓了一跳,对店主小声说）对不起,这个。

　　　　真纪到处按。

真纪　　（小声地）这个可以关掉吗? 啊,关了。

真纪低头道歉，回到座位上。

小雀　　　卷小姐，你怕听恐怖故事吗？你是那种不敢进鬼屋的人吗？

真纪　　　（小声地）小雀。

小雀　　　哎呀，我也差不多啦。

真纪　　　（小声地）小雀，你父亲。

小雀　　　（听到了）啊，下次我们一起去鬼屋。

真纪　　　你父亲刚刚去世了。

小雀　　　……（听到了）据说轻井泽那边有个鬼屋。到底有没有啊。

真纪　　　小雀，你还是赶紧去医院……（把外套拿到手上）

小雀　　　吃好饭再去。（打断真纪，语气强硬）

真纪　　　……嗯。（把外套放下）

小雀　　　对不起。

真纪　　　（摇头）

　　　　　小雀看着墙上的海报，是一个穿着横条纹衣服的女性拿着啤
　　　　　酒杯。

小雀　　　啊，横条纹，是横条纹。

真纪　　　真的呢。

小雀　　　（微笑，一直看着海报）……你是不是听说了什么？关于以前
　　　　　的事儿。

真纪　　　……是的。

小雀　　　（转头看了下真纪，又看海报）嗯？

真纪　　　是的。

小雀 （噗噗地笑，一边看着海报）以前有一个很照顾我爸的人。

真纪 （感到意外）哦？

小雀 他有时候会借钱给我们，很多钱。还一直请我们吃饭。那个人有一次受伤严重住进了医院。但是，我爸没去探望，就在家看电视。我就问他为什么不去探望，他说要是在医院传染上感冒之类的就讨厌了。（笑）

真纪 （配合着她笑）

小雀 他不过分吗？还有，他在建筑工地干活儿，造一栋三十层的大楼，结果在建了二十五层的时候，发现他在地基里面偷工减料，结果整个大楼都要重新建造。有公司因此倒闭。可是当天我爸在面馆里，说面不够热要人家重做。他不过分吗？

真纪 （配合地微笑）

小雀 还有，我妈……（说了一半，停住了）

真纪 ……

小雀 （苦笑，歪下头）和稻川淳二的故事比起来，我爸更可怕。

　　　　 她是笑着说的，却是真心话。

真纪 （看着这样的小雀……）

小雀 （笑着）

　　　　 此时，店主端着猪排盖饭过来了，放下。

　　　　 真纪和小雀轻轻点头致谢。

　　　　 店主走了。

小雀 （打开盖子，看着猪排盖饭）看起来很好吃。

真纪　　（打开盖子）是呀。

　　　　真纪拿起筷子递给小雀。

　　　　但是小雀不看。

小雀　　（还是看着猪排盖饭）吃完之后，去医院。

真纪　　（看着小雀，揣测她的想法……）

小雀　　医院……（思绪涌上心头）

真纪　　（凝视……）

小雀　　……我会被骂吧。

真纪　　……

小雀　　他是我家人，不能不去。

真纪　　……

小雀　　不去不行……

　　　　小雀好像在压抑不断涌动的思绪。

小雀　　（注意到真纪要递给她的筷子）啊。

　　　　小雀正准备接过这双筷子的时候，真纪握住了小雀的手。

真纪　　小雀，回轻井泽吧。

小雀　　（感到意外，看着真纪的手……）

真纪　　不去医院没关系。吃完猪排盖饭我们回轻井泽。

小雀　　（偷偷看真纪，心想这样能行吗？）

真纪　　没关系没关系，回到大家一起住的地方吧。

小雀　　（歪下头）爸爸死了我却不回去……

真纪　　没关系。

小雀　……（点头）

真纪　（微笑）

小雀看看真纪的脸。

小雀一边压抑着涌上心头的思绪一边说。

小雀　我想要是被你们知道了，我就只能离开四重奏了。

真纪　（摇头）

小雀　我想如果大家知道了我是这样的人，大概会嫌弃我吧。

真纪　（摇头）

小雀　我很害怕，很害怕。因为我怕和大家分开。

真纪摇头，微笑。

真纪　我们不是用的同一瓶洗发香波吗？虽然不是家人，但那边就是
小雀的家。头发上散发着同样的味道，用着同样的碗筷杯子，
衣服裤子什么都是一起扔到洗衣机里洗的。这不是很好吗？

小雀　……

真纪站起来，又打开了收音机。

里面还在播放怪谈。

她返回座位，小雀正在吃猪排盖饭。

真纪也开始吃。

小雀一边大口大口地吃一边落泪。

真纪看到了，她一边吃一边说。

真纪　一边哭一边吃饭的人，肯定能活下去。

小雀　（稍稍看了下真纪，又继续吃饭）

两人都大口大口地吃着。

39　高速公路（傍晚）

面包车在路上行驶，路边出现了一块"长野方向"的牌子。

真纪在驾驶，小雀带着大提琴坐在后座上。

小雀一边摸着大提琴一边说。

小雀　曾经有一个老爷爷，教我拉大提琴的。他是一个长着白胡子的老爷爷。

真纪一边开车，一边点头听着。

小雀　我在柜子里第一次看到大提琴，我碰了下大提琴，爷爷就来了，他教我拉。这把乐器是十八世纪诞生于威尼斯的。他说，乐器啊，比人的生命还长，比你年纪大，比我年纪也大。我很惊讶。比这么老的爷爷年纪还大，来自遥远的国家，现在在我的手里。爷爷手把手教我怎么拿大提琴。大提琴比我的胳膊还大，有种让人怀念、被保护的感觉。我对它说，这样啊，你比我活得久。那么这样吧，这一生要一直在一起，约好了不许变。

真纪继续开车。

40　马路～别墅·外面（夜晚）

真纪和小雀在行驶的面包车内。

小雀隔着车窗看真纪。

小雀　……卷小姐。

真纪　嗯？

小雀　　我还有其他事情也瞒着你……

真纪　　（看着前方）啊。

小雀　　嗯?

别墅上装饰着灯饰。

闪闪发光。

司和谕高站在阳台的梯子上,正往墙上装灯饰。

谕高听到了车的声音。

谕高　　啊,回来啦。

面包车停了,真纪和小雀从车上走下来,抬头看灯,感到惊叹。

谕高放开了梯子,走了。

谕高　　回来啦。

梯子的脚不稳了,开始摇晃。

司　　　家森?!

梯子倒下来,司也被甩到了地上。

司　　　不是吧……

谕高来到了真纪和小雀的旁边。

谕高　　你们回来啦。

真纪　　我们回来了。

小雀　　我们回来了。

小雀看了看阳台,跑过去。

司正好摔在了旋转楼梯的后面,这地方真纪和谕高从正面看

过去刚好是死角。

小雀走到了司旁边，伸出了手。

司　　啊，你回来了……

司伸出了手，站了起来。

这时小雀亲了司。

司大吃一惊。

正在抬头看灯饰的真纪和谕高看向旋转楼梯的方向，想看看两人在干什么。

小雀和司在楼梯的后面亲吻着。

小雀离开司，有些害羞，眼神游离无处安放。

小雀　　Wi-Fi连上了。（冲司微笑）

41　音乐餐厅"小夜曲"·店内（另一天，夜里）

满场客人掌声雷动，真纪、小雀、司、谕高站在舞台上。

真纪、司、谕高看向小雀。

小雀有些紧张，开始演奏巴赫的《大提琴无伴奏组曲》。

她表演了一会儿，停下了。

客人们正纳闷，有朱、多可美来上菜了。

真纪、司、谕高很担心。

小雀　　……对不起。我再演奏一次。

头发遮住了她的脸。

就这样任由头发遮住脸，这一次小雀开始演奏卡萨多的《大提琴无伴奏组曲》。

观众看不见她的脸,但她专心致志地演奏着。

小雀收起弓,以一脸严肃的表情抬头。

42　同·休息室

表演结束后,真纪、小雀、司、谕高在收拾东西。

小雀拿出了衣服口袋里的两把纳骨堂的钥匙在看。

司　　（从旁边看）那是什么?

小雀　　什么都不是。（微笑）

她把两把钥匙收到了钱包里。

司　　小雀,你不会有个金库吧?

小雀　　是的。但是金库里是黍米团子。（笑）

谕高在一旁看到他们俩笑着的样子,有点介意,这时手机响了,他看向手机。

谕高　　（表情凝重）······你们先回去好吗?

真纪　　怎么了?

谕高　　是 Ultra soul。

43　长长的楼梯上

在又长又陡的混凝土楼梯最上方,停着一辆面包车。

墨田坐在车里,音响里传来了杉山清贵的《两人的夏季物语》。

楼梯前面站着半田,在他脚下是被绑成一团的谕高。

谕高全身被透明胶带裹起来,变成一个球状,滚过来。

半田　　你不想说点什么吗?

谕高	我真的,真的不知道。

半田蹲下来看着谕高。

半田	我不是说了吗,别再让我为难。

半田用脚把谕高踢得滚起来。

谕高一看前面是陡峭的楼梯,大叫起来。

墨田调大了音响的音量。

正好放到了《两人的夏季物语》最高潮的部分。

眼看着就要掉下去了,半田按住了他,给他看照片。

照片里的人是和谕高挽着手的女子。

半田	这个妞儿现在在哪儿?
谕高	我都说了,要是知道的话我肯定说。我已经不爱她了,也不知道……

半田准备用力踢谕高。

谕高	不要,不要,不要!

第3话 完

第 4 话

1　别墅 · 一楼

司表情严峻，对并排站在阳台上的真纪、小雀、谕高说。

司　　　请看，这个。

垃圾袋堆积如山。

真纪　　什么时候堆的？

小雀　　不知道。

谕高　　怎么会这样？

司　　　因为早上任何人都没去丢垃圾。

真纪　　因为我以为是别府去丢的。

谕高　　因为我以为是别府去丢的。

小雀　　我以为有人去丢的。

司　　　一直都是我去丢的，因为没人做。（笑）前几天我就在想，是不

是我全都做了，所以大家才不做的。我不做的话，或许大家就

会做了。我这么一想，就放在那里没动，结果就成这样了。

真纪　（对小雀）你不冷吗？

　　　三人打算进入室内。

　　　司堵住了路，关上了门。

司　　小雀。

小雀　在。

司　　请你早上起来，去扔垃圾。

小雀　早上我起不来。晚上的话倒是可以。

司　　街委会有规定，垃圾不可以晚上扔。

小雀　不要让他们知道不就行了吗？

司　　有人巡逻的。

小雀　把垃圾袋弄成迷彩色不就行了吗？

司　　什么意思？

小雀　弄那种和路上的沥青或者和树木风景融为一体的垃圾袋不就

　　　行了吗？

谕高　就那种。

小雀　巡逻的人不会注意到，就会直接走啦。

司　　巡逻的人就直接走了，垃圾回收车也会直接走。垃圾会体会

　　　到躲猫猫没人找到的可怜感觉。

谕高　让小雀早起有点困难吧。

司　　家森。

谕高　　可以给我点零花钱吗?

司　　　我为什么一定要给你零花钱?

谕高　　我打的那份工,被辞退了,现在手头紧啊。

司　　　卷小姐。

真纪　　早晨挺冷。

司　　　冷吧。

真纪　　好冷好冷。

司　　　我也冷。所以我说,四个人轮流吧。

真纪　　我们按照季节分吧。我要春天。

小雀　　夏天!

谕高　　秋天!

真纪、小雀、谕高　　(指着司,等着他说)

　　　　司抓住了垃圾往三人面前靠。

司　　　不扔垃圾的人,在垃圾眼里,也是垃圾。明天请扔垃圾。

真纪、小雀、谕高　　好!

　　　　另一天,垃圾山堆得更高了。

　　　　司对着排成一队的真纪、小雀和谕高说。

司　　　怎么办?继续这样的话,这个家就成了垃圾堆了。媒体也要
　　　　来曝光了。

真纪　　那不就可以上电视了?

谕高　　说不定佐佐木希会过来的。

司　　　（对真纪）只会成为笑柄。（对谕高）来的不是佐佐木希，是作
　　　　弊二人组的竹山①。

小雀　　啊！（指着对面）

司　　　什么？（看过去）

　　　　小雀趁机打开门溜进了室内。

　　　　真纪和谕高也走进了室内。

　　　　真纪、小雀、谕高坐在餐桌旁，开始吃放在大盘子里堆得高高
　　　　的饭团。

　　　　真纪给小雀倒茶，小雀一边给真纪拿酱菜一边说。

小雀　　别府也会生气啊。

真纪　　干脆我们试试他会气到什么程度吧？

　　　　司两手提着垃圾袋过来，重重地放在餐桌旁。

　　　　他折回去，又搬了些垃圾过来。

小雀　　……别府？

司　　　要是不想扔的话，就和这些孩子一起生活吧。

谕高　　这些孩子？

真纪　　怎么了？

司　　　怎么了？怎么了？说不定我确实是有点毛病呢。

　　　　司怒气冲天。

──────────

　　①　日本搞笑艺人组合，由竹山隆范（装傻担当）和中岛忠幸（吐槽担当）两
人组成。

谕高　　嗯,嗯,吃饭,好了,先吃饭吧。

小雀　　吃饭团吗?

　　　　让司坐到餐桌边。

司　　　(笑)你们经常在这种臭臭的地方吃饭吧?

　　　　真纪、小雀、谕高闻了闻,的确有点味道。

司　　　不能叫客人来哦。客人会说,哇,好臭。回头一个朋友都不会

　　　　来了。

小雀　　交一个喜欢闻垃圾味道的朋友不就好了?

司　　　没有这样的人。

真纪　　我们年级有一个人。听说,如果一个是脚不臭的美女,还有一

　　　　个是脚臭的美女,他更喜欢脚臭的美女。

　　　　司、真纪、小雀都惊呆了,又笑。

司　　　那不是变态吗……(一看)

　　　　谕高没笑。

司　　　嗯?

小雀　　(哇)

真纪　　(皱皱眉)

　　　　谕高默默吃饭。

司　　　真的假的?

谕高　　嗯?

真纪　　家森。

谕高　　啊,对不起。我没在听。

小雀　脚不臭的美女和脚臭的美女，你喜欢哪种？

谕高　别府，她在问你问题啊。

司　她在问你。

小雀　可怕可怕可怕。

真纪　啊，但是稍微有点臭，这个家会变得更有魅力吧。

司　不会！马上这里就会变成垃圾堆，引发居民运动，我们也会被
　　迫流浪的……

　　门铃响了。

　　司走向玄关。

小雀　（看着垃圾）这些怎么办？

真纪　运到别府的房间吧？

　　三人正笑着，充满疑惑的司回来了。

司　家森，有客人。

谕高　我的？

小雀　是不是脚臭的美女？

司　（回头转向玄关，对那边的人说）啊，请稍等……

　　进来的人是半田和墨田。

　　谕高大吃一惊。

半田　（一边大声咳嗽一边说）啊，大家好，别拘束。

　　半田笑着和真纪他们点头打招呼。

半田　轻井泽真冷啊。都感冒了。

　　真纪和小雀不知来者何人，两人紧紧依偎在一起。

谕高　　半田,我现在跟你走。你到外面……

　　　　半田使了一个眼色,墨田就往二楼走。

谕高　　你要去哪里?(对着半田,说真纪他们)和这些人没关系。其

　　　　实和我也没关系。

　　　　半田一边深咳一边走到餐桌边,疑惑地看看垃圾袋,又看看

　　　　饭团。

半田　　(问真纪)这饭团里面包的什么?

真纪　　(小声地)鲑鱼和鲣鱼花。

半田　　(没听清)什么?(拿起饭团)

谕高　　半田,那是我的鲣鱼饭团……

　　　　半田一边吃着饭团一边从口袋里拿出一张照片递给谕高。

　　　　照片里是一个挽着谕高的女性。

半田　　这个女人,现在在哪儿?

谕高　　我都说了不知道。我又没什么骨气,怎么会去包庇这种无所

　　　　谓的女人呢?

半田　　你可不是没骨气,也不会觉得这女人无所谓。

谕高　　不不不……

　　　　墨田从二楼下来了。

　　　　他像挥棍棒那样,挥舞着中提琴。

墨田　　找到了。

　　　　谕高一惊。

　　　　半田从墨田手里接过了中提琴。

小雀	那手刚摸过饭团……

半田拿着中提琴就要出门。

谕高	半田,没有这个我的工作就……
半田	(看看垃圾,对着司)这是没扔的垃圾?我帮你们扔吧。

半田和墨田,两手提着垃圾和中提琴,一边重咳一边走出去了。

司	这人不错啊……
谕高	不是好人。而且还感冒了。

谕高回头一看,真纪正拿着手机准备打电话。

谕高	卷小姐,干什么……
真纪	报警……

谕高赶紧抢下真纪的手机挂断。

谕高	那些人不是坏人,坏的是这个女的……(一看,手里的照片没了)

小雀捡起了谕高掉落的照片,看着。

小雀	这女人是谁?
谕高	(害羞地微笑)前妻。

真纪、小雀、司都吃了一惊。

上剧名

2 别墅·二楼的走廊上～谕高的房间

谕高走上二楼,真纪、小雀、司也跟上。

谕高　　我跟你们讲。这个说来话长。

大家走进谕高的房间。

谕高　　请请。小雀，进我房间之前，请先脱了厕所的拖鞋。

小雀　　啊，不好意思。

四人坐下。

谕高　　简单地说，(给大家看照片)这个人叫茶马子，写下来就是茶色的小马驹，是我的前妻。

司　　　你结过婚的呀?

谕高　　是啊，还有孩子。

真纪　　哇。

小雀　　什么?（半笑）

司　　　什么?

谕高　　不是，啊，我按照顺序说明吧。我曾经中过彩票，六千万日元。

真纪　　哇。

小雀吃惊。

司　　　咦?

谕高　　然后，当时我还当过小电影的演员。

真纪、小雀、司　　什么?!

谕高　　话说回来，小学的时候我就骑自行车绕日本一周。

司　　　稍等一下，请稍等。

小雀　　家森，这前情提要可真多。

真纪　　都不知道你要讲什么了。

谕高	我是当演员的时候中的六千万日元。但是，我买完就忘了。等我知道中奖的时候，已经过了兑奖期限了。
真纪	哇。
小雀	哇！
谕高	是很狗血吧？如果是别人的事，说一声"哇"就完了。就因为是自己的，自暴自弃每晚都喝酒，在酒吧遇到了一个女的，她说她养的仓鼠死了她很伤心，我就陪着她一起看电影。电影里的仓鼠也死了。
真纪	（噗地一下笑喷）
司	（吃惊地看着真纪）
小雀	（笑真纪的样子）
谕高	安慰着安慰着就结婚了。我那时候蛮低落的，如果很有活力的话，是不会结婚的吧。结婚对象就是茶马子。
司	那为什么离婚了呢？
谕高	那年是酷暑。
真纪	酷暑又不会导致离婚。
谕高	啊，还有，可能还有我一直没能正式工作的原因。

真纪、小雀、司心想原来如此。

| 谕高 | 结婚是这个世界的地狱。老婆是食人鱼，结婚证就是施加了诅咒的死亡笔记。每天吵架，领了离婚证，但还是不想离开儿子，也抗拒过，有一次我从车站的楼梯滚下来住院了，（说到一半，瞥了一眼真纪，转变了话题）总之人生中从没有那么恨过 |

一个人。

真纪、小雀、司苦笑，都惊呆了。

谕高　　茶马子和我离婚之后，马上又谈了一个男朋友。这个人叫西园寺诚人，虽然很有钱，但却没有继承家业，想要成为小说家，是个任性的男人。他和茶马子连夜逃走了。刚才那两人是那人父亲的部下，目的是拆散西园寺诚人和茶马子，好把他带回家。明白了吗？

真纪、小雀、司似懂非懂。

司　　　总之，只要知道那个茶马子和西园寺的地址……

谕高　　哎，其实我知道。

谕高打开了旁边放着的纸箱。

里面放着乐器盒，再打开，里面是小孩子用的小号小提琴。

谕高　　离婚的时候，偷偷让孩子拿上了。茶马子那个家伙，把这个给寄回来了。

谕高放下了小提琴，指着纸箱的盖子。

上面写着邮寄信息，发件人的名字：大桥茶马子，还写着东京的地址。

司　　　这个地址……

谕高　　（摇头）茶马子还没蠢到会写自己的地址。

小雀　　是这个。

小雀指着快递信息上的便利店盖章。

受理章显示，是横须贺车站前分店。

谕高	嗯,那家伙还不至于伪装着跑到很远的地方去邮寄。
司	这样啊。啊,但是光凭横须贺就能找到吗?
真纪	只要去小学找就行了。
谕高	嗯,因为有儿子。
司	对哦。
真纪	你沉默至今不是为了前妻,是为了儿子吧。
谕高	(苦笑承认)我明天会去见见茶马子。见一面,好好聊一下……然后,小雀,我有个请求。
小雀	什么?

3 道路（另一天，早晨）

行驶的面包车内,谕高在开车,小雀坐在副驾驶座。

小雀	为什么我要扮成你的女朋友呢?
谕高	因为茶马子觉得我会孤独死。我要给她看看,根本不会这样。
小雀	卷小姐不是看起来更像是你女朋友吗?
谕高	茶马子知道我的。
小雀	(没在听,伸懒腰)到了请把我叫醒。

小雀蜷缩起来睡觉了。

谕高把空调温度调高。

行驶的面包车后面隔着几辆车,一辆黑色的面包车也跟了上来。

车内播放着《两人的夏季物语》,半田额头上贴着退烧贴,把感冒药和阿波罗巧克力往嘴里送。

4　别墅前的马路

准备上班的司走到马路上一看，一个女性鬼鬼祟祟地在脚边找东西。

这个人就是戴着口罩把脸藏着，但没戴眼镜的镜子。

司　　怎么了？

镜子　　找眼镜……

司　　掉了吗？

司看看脚下想帮她找。

镜子　　（眯着眼睛看司，注意到了，吃惊）啊，不，不用了。

镜子准备离开。

司　　别别，我正在找呢。

此时，别府那边传来了声音。

真纪的声音　　别府！

真纪举着猫头鹰甜甜圈的信封跑过来。

司"啊"的一声，走了过去。

镜子慌张地躲到了停着的小卡车后面。

司从真纪手中接过了信封。

司　　不好意思，谢谢。

镜子躲在小卡车后面，看着真纪和司……

真纪　　不客气，（走了几步又回头看）对了，趁现在。

司　　什么？

真纪　　之前你在那儿接吻了吧？

司	啊,啊,是的。

镜子躲在小卡车后面听着……

真纪 别府,你是不是想当成没发生过?

真纪往前走,司往后退。

镜子一边听着,一边躲到更里面一些。

司 不是,那个……

真纪 虽然表面看起来没事,但她在等你的回音啊。

真纪往前走,司往后退。

因为真纪往前逼近,镜子只得爬上小卡车的车斗,趴在上面躲着。

司 这个,我之前不是听说她喜欢家森吗?

真纪 小雀这孩子……

司 卷小姐,停下。

真纪 什么?

真纪和司都抬起一只脚,看着脚下。

有一副掉落的眼镜。

真纪 是别府的吗?

司 不是。阿姨?(回头看)

镜子的身影已经不在了,小卡车载着趴在拖车上的镜子开走了。

真纪和司依旧抬着腿,颇感奇怪,四处张望。

5 横须贺·能看到大海的马路

停着的面包车内,小雀和谕高正在吃黑船便当①。

---

① 横须贺特产。

小雀看看谕高,他没碰便当,眺望窗外,吹着《两只老虎》的口哨。

小雀　你是见前妻紧张吗?

谕高　妻子、猫和独角仙这三者按照能沟通的话题排序的话,分别是猫、独角仙、妻子。

小雀　(微笑)独角仙。

谕高　茶马子这个人,莫名冬天也会穿凉鞋,莫名手机不管怎么换都有裂痕。把装着蛋糕的盒子拿给她,她都能给你竖过来拿。你明白吗?

小雀　(一边笑)家森,你是不是被自己的想法过度支配了?

谕高　(移开眼神,看着窗外)我住院的时候,茶马子不来,只有儿子一个人过来了。那时候,儿子说想早点长大。我那时候每天都在想,想变回小孩子。啊,我这样的父亲太没用了,我就这样想着,盖了章。

他回头一看,小雀已经拿着便当睡着了。

谕高苦笑,从小雀手上接过便当,拿了毛毯给小雀盖上。

6　小学·校门前

谕高环顾四周,看着小学生们放学。

老师突然看看谕高。

谕高用保护者式的微笑点头打招呼。

7　能看到大海的马路

睡在面包车里的小雀睁开了眼睛。

伸了个懒腰,听到了《两只老虎》的声音。

她感到疑惑,走到外面一看,小学生大桥光大(7岁)正一边吹着竖笛一边走路。

8　马路～公园

谕高跑过来了。

小雀在公园前,指着说:"那儿！那儿！"

谕高一看,光大坐在游乐器材上,用竖笛吹着《两只老虎》。

谕高不由自主地转过身去。

他深吐一口气,转过来,朝光大走去。

小雀在一旁守着。

马路上停着一辆黑色的面包车,半田吃着黑船便当。

半田　　♪我是热奶茶!

谕高来到了光大的面前。

谕高　　……光大。

光大　　(点头)

谕高　　你认识我吗?

光大　　爸爸。

谕高　　嗯。啊,你认识我啊,嗯。

光大　　爸爸,你等下。(把竖笛给他)

谕高　　嗯。(接过来)

光大背着书包站起来了。

光大　　我家在那儿。清水商店二楼。

谕高　　……嗯。（点头）

光大　　你等下。

　　　　光大走到饮水处,伸出手打开水龙头。

　　　　谕高伸出双手,想把光大抱上去,结果光大就在原地喝了水。

　　　　光大喝完水,用袖口擦擦嘴角的水。

谕高　　（放下了手）你长高了。

光大　　我们回家吧。

谕高　　……光大。

　　　　谕高抱起了光大。

谕高　　我们去爸爸那儿吧。

　　　　小雀在旁边看着,突然听到背后有脚步声,回头一看。

　　　　光脚穿着凉鞋的大桥茶马子(30 岁)和西园寺诚人(29 岁)手

　　　　挽着手走过来了。

　　　　小雀想:糟了! 赶紧看向谕高,指给他看。

谕高　　什么?

　　　　茶马子来到了公园。

茶马子　光大?（用关西口音喊着,注意到抱着光大的谕高）啥?

　　　　谕高不由自主地抱着光大就跑了。

茶马子　干什么呀?!

　　　　谕高惊慌地看着茶马子,就这么逃走了。

　　　　小雀也捡起谕高弄掉的竖笛,逃跑了。

茶马子　（对着发呆愣住的西园寺）追呀！

茶马子脱下凉鞋正打算追的时候，半田和墨田从面包车上下来了。

墨田　副部长。（指着半田额头上贴的退烧贴）

半田　哦。（撕下退烧贴）

两人堵住了茶马子。

茶马子和西园寺一惊。

抱着光大的谕高和小雀逃远了。

9　别墅·一楼（夜晚）

菜做到一半，拿着筷子和面包粉的真纪和司呆呆地看着。

小雀和谕高、光大回来了。

光大　这里是爸爸的家吗？

谕高　嗯，是爸爸的家。

谕高和光大去了客厅。

真纪、司、小雀看着他们。

真纪　（对着小雀）发生什么了？

小雀　是诱拐。

餐桌上有炸竹荚鱼。真纪、小雀、司、谕高和光大说了声"开动啦"，便开始吃。

真纪把酱油浇在竹荚鱼上，然后把瓶子递给小雀。

小雀把酱油浇在竹荚鱼上,然后把瓶子递给司。

谕高眼睛跟着后面转动,心里颇为疑惑:"咦? 咦?"

司把酱油浇在竹荚鱼上,然后把瓶子递给光大。

光大正准备把酱油浇在竹荚鱼上。

谕高　　光大,你等一下。

光大不解,停手了。

谕高　　等下等下。大家在浇什么?

真纪　　酱油。

谕高　　炸竹荚鱼不应该浇猪排酱吗?

司　　　啊,对不起。

司慌张地站起来,打算去厨房。

但是光大浇上了酱油。

谕高　　光大,你干吗你干吗? 别府哥哥正准备……

光大　　酱油就可以啊。

谕高　　我们家一直都是浇猪排酱……

光大　　妈妈说了,猪排酱也好酱油也好,什么都能吃的人才受欢迎。

谕高　　……

真纪、小雀、司惊叹拍手。

真纪　　(对小雀)真厉害!

小雀　　(对真纪)真受欢迎啊!

光大把酱油放到了谕高面前。

谕高不吭声,把手伸向酱油瓶。

司看到了，便打算坐下。

谕高说："不行，我吃不来。"还是把手缩回去了。

司一看，还是准备去厨房拿猪排酱。

谕高又说："不，还是用酱油吧。"便伸出了手。

司打算坐下。

谕高又缩回了手。

谕高 别府，可以帮我拿点猪排酱吗？

司 好。

司走到厨房。

司 （打开冰箱回头看）家森，你要伍斯特酱①还是中浓酱？

谕高 伍斯特酱！

10　同·谕高的房间

光大穿着谕高松松垮垮的运动服。

谕高帮他把袖管卷起来。

谕高 （抬头看）就开着灯吧。

光大 可以关上。

谕高 （感到惊讶）啊，是吗？（关灯）

光大钻进了被子。谕高给他盖好被子，依偎在他旁边用手撑着脸。

谕高 哎，你平时都是和妈妈一起睡的吧。

---

① Worcestershire sauce，又名辣酱油，一种英国调味料。

光大	跟妈妈和诚人。
谕高	哼。光大，最近小提琴拉得怎么样了？
光大	现在学竖笛。
谕高	那是学校教的吧？好不容易学了，还是要坚持。你的第四指 现在按得到了吗？
光大	那个……爸爸。
谕高	嗯？
光大	离婚什么时候结束？
谕高	……
光大	大概几个月？
谕高	（不知如何作答）

11　同·一楼

真纪、小雀、司在刷牙，谕高从二楼下来了。

三人一边刷牙一边问他："孩子睡了？"

谕高从冰箱里拿出啤酒喝起来。

谕高	我是不是应该退出四重奏？

真纪、小雀、司含着牙刷……

谕高	应该找份工作，再重新建立好家庭吧。如果看到我工作的样 子，茶马子也会重新考虑的……

门铃响了。

真纪他们拿出牙刷，为了让牙膏泡沫不要从嘴角流出，头稍稍上抬。

真纪　会不会又是那两个人？

司　不是吧？

　　　　小雀拿了红酒开瓶器给他。

　　　　真纪拿了叉子给他。

司　为什么是我去？（折回来）

　　　　门铃反复在响。

　　　　谕高听到了，感到疑惑。

　　　　司准备走到玄关。

谕高　等下。这个按门铃的方式……（听门铃的声音）是茶马子。

　　　　谕高慌张地躲到厨房里面。

小雀　你出来不就行了吗？

谕高　我还没准备好。（指着胸）拜托了。帮我试探一下，她有没有愿意接受我的意思。

12　同·玄关

　　　　茶马子不悦地按着门铃，门开了。

　　　　真纪、小雀、司拿着牙刷微笑。

13　同·一楼

　　　　谕高躲在厨房的墙壁后面，偷偷看着。

　　　　真纪、小雀、司让茶马子坐到沙发上。

真纪　请坐。

小雀　　请坐。

司　　　请请。

　　　　茶马子困惑地坐下了。

　　　　司走到厨房。

　　　　谕高躲在那儿。司用唇语对他说:"出去不就行了吗?"谕高也

　　　　用唇语说:"不行不行不行。"

茶马子　(环顾四周)那个……

真纪、小雀　　嗯!

司　　　(从厨房说)嗯!

茶马子　我是听一个叫半田的男人说的,我家孩子现在在这儿。

真纪　　(指着二楼)是的,在这儿。

　　　　茶马子站起来,准备上二楼。

　　　　真纪和小雀慌张地阻止。

真纪　　现在,那个……

小雀　　他睡得正香。

茶马子　(环顾四周)家森呢?

真纪　　现在,那个……

小雀　　睡得正香。

真纪　　(惊讶地看着小雀)

茶马子　请把他喊醒。

司　　　(声音有些不自然)请喝茶。

　　　　茶马子感到有些奇怪,喝茶。

諭高趁着茶马子左顾右盼的空隙,横着移动到房间的另一侧,
藏到了楼梯上。

司　　　(注意着谕高)我听家森说过太太您……

茶马子　我现在不是他太太。

司　　　前任(不对),曾经(不对),往年的(不对)。

真纪　　我经常听他说起茶马子。

小雀　　你的仓鼠死了吧?

真纪和司感到吃惊。

茶马子　八年前的事儿了。

小雀　　病死的吗?

茶马子　是啊。

小雀　　仓鼠的寿命多久?

司　　　小雀,就不要再说仓鼠了吧……

小雀　　其他还有什么死了?

司　　　我们说说活着的生物吧。

真纪　　说说家森吧。

茶马子　在我心里那个男人已经死了。(苦笑)

真纪、小雀、司……

谕高……

茶马子　(一边笑一边寂寞地说)这样想比较轻松。

真纪对这种说法感到吃惊。

茶马子　他也是这么想我的吧。

真纪　　我觉得家森没这么想。

茶马子　这么想也无所谓。这世上最麻烦的，就是想重新来过的男人。

　　　　谕高……

真纪　　他总是提起你。

茶马子　是说坏话吧。

真纪　　他说人生中从未如此爱过一个女人。

　　　　茶马子感到吃惊。

真纪　　他说结婚是天堂，老婆是喉黑鱼，结婚证是实现梦想的七龙珠。

　　　　小雀、司颇为吃惊。

茶马子　（将信将疑……）

真纪　　（点头）说是如果能重新来过的话……

茶马子　骗人的吧，那个男人应该不会这么说的……

　　　　这时，谕高从楼上下来了。

谕高　　是真的。

　　　　所有人同时惊讶回头。

谕高　　（凝视着茶马子）茶马子是我的七龙珠。

茶马子　……

谕高　　你就是我的喉黑鱼、金吉鱼、石斑。

茶马子　……还有呢？

谕高　　还有，伊势龙虾。

茶马子　鱼。

谕高　　（思考……）

真纪　　（小声告诉他）鲭鱼。

谕高　　鲭鱼！

茶马子　（苦笑混合着微笑）

　　　　谕高和茶马子笑着对视。

　　　　真纪、小雀、司看着两人的表情都感到吃惊。

14　同·司的房间

　　　　司拿着一瓶葡萄酒。

司　　　（指着标签）八四年的。我出生的那一年。

小雀　　打算怎么办？

司　　　把这个作为两人复合的祝福礼物吧。

　　　　小雀从口袋里拿出红酒开瓶器。

　　　　司接过来，戳进软木塞就开始开瓶。

15　同·一楼

　　　　谕高和茶马子隔着距离坐着。

谕高　　茶马子。

茶马子　不要叫得这么随便。

谕高　　你穿着厕所的拖鞋。

茶马子　……（脱了）你擅自就把光大带出来。

谕高　　现在怎么样了？西园寺诚人。

茶马子　回老家了。

谕高　　我没告密。西园寺是被绑架了吗?

茶马子　不是。半田来了之后没多久,大概两分钟,他说"那就回家吧"。

谕高　　啥?

茶马子　反正他家有钱,又对我厌倦了吧。他看到半田之后,就放心地
　　　　哭了。

　　　　谕高靠近了茶马子。

谕高　　你没事吧?

茶马子　也不是第一次被男人背叛了。

谕高　　……我本没打算背叛你。

茶马子　(苦笑)

谕高　　我记得以前也发生过类似的事情。

茶马子　光大发烧的时候,我说带他去医院,你却说给他吃点感冒药就
　　　　行了。

谕高　　那次是……

茶马子　差点就发展成肺炎。

谕高　　我不是带他去了医院嘛。

茶马子　还不是因为隔壁的阿姨说的话。为什么男人相信外人的话,
　　　　却不相信妻子的话呢?

谕高　　我没这个意思……

茶马子　我还在担心能不能付得起这个月的托儿所学费,你却还是要
　　　　搞音乐。

谕高　　你不是喜欢上了搞音乐的我吗?

茶马子　　二十几岁的梦想让一个男人闪闪发光，三十几岁的梦想只会
　　　　　让他凄惨无比。

谕高　　　（无力地苦笑）还真是……

茶马子　　你的这种所谓……哎，算了。

谕高　　　（稍稍不悦）什么？

茶马子　　我差点讲出会让你受伤的话。

谕高　　　你已经都说出来了，被你说了很多了。

茶马子　　被批评受委屈，被批评受委屈，你只会说这个，所以我们才离
　　　　　婚的不是吗？

谕高　　　（被戳中痛处）结果就是你男人又逃走了。

茶马子　　（被戳中痛处）像你这样的白痴，要是在以前，我肯定会被人说
　　　　　是狐狸附体了。

　　　　　谕高想说什么，又放弃了，他贴近茶马子。

谕高　　　光大说，他还想三个人一起生活。

茶马子　　你就和孩子稍微待了一会儿，就以为自己是个好爸爸，真是
　　　　　错觉。

谕高　　　（把手放在茶马子的肩膀上）我们重新来过吧。我会找份工
　　　　　作，为了光大再努力一把。

茶马子　　（笑喷，又变得一脸认真）白痴。要靠孩子维系的时候就是夫
　　　　　妻关系走到终点了。

谕高　　　……（明白了）

16　同·楼梯～一楼

真纪、小雀、拿着空红酒瓶的司,为了给他们一个惊喜正笑着走下楼梯,偷窥两人。

茶马子的声音　　已经迟了。

谕高和茶马子正在说话。

茶马子　你呢,说了绝对不能说的话。

谕高　什么……?

茶马子　啊,啊,你说过,"如果那时候我去兑了彩票,现在就……"

谕高　……

茶马子　那个"现在"里没有我,也没有光大吧?

谕高　……

茶马子　作为妻子,丈夫想象着如果没有结婚的话会怎样。真是没有比这更惨的了。

谕高　……(耷拉下头)

茶马子　(看着这样的谕高,微笑)真是遗憾,六千万。

谕高　……

真纪、小雀、司在楼梯上呆立不动。

17　同·外面（另一天，早上）

黑色面包车开过来停下。

18　同·谕高的房间～二楼的走廊

光大眼睛一睁,就看到茶马子站在眼前。

光大 （环顾四周,感到奇怪）

茶马子 （微笑）早上好。你回家了。

　　　　在外面看着屋内的谕高离开了。

19　同·一楼

　　　　谕高从二楼走下来,真纪、小雀和司站着,半田坐在沙发上。

　　　　半田看到谕高,举起拿在手上的中提琴。

半田 （微笑）我是来还东西的。

谕高 （点头致谢）

半田 多亏了你,我们的工作完成了。

　　　　半田致谢,把中提琴递给他。

　　　　谕高接过来,眼神虚无地看着中提琴。

半田 （看着对面）啊,您来了!

　　　　这次茶马子下来了。

半田 我还有东西要给太太。

真纪 （小声说）不是他太太。

　　　　半田拿出一个厚厚的信封递给茶马子。

半田 这是我们社长的一点心意。

谕高 分手费吗?

　　　　下一个瞬间,茶马子给了半田一个耳光。

　　　　半田也立刻给了谕高一个耳光。

半田 （对着谕高和茶马子微笑）

茶马子叹了口气,收下了信封。

谕高　你收下吗?

茶马子　当然了。(偷偷看了一眼信封内部)

半田　那,我就告辞了。(走到一半,回头对谕高说)给你留下痛苦回忆,不好意思。

　　　像是说给茶马子听的。

茶马子　(看着谕高⋯⋯)

谕高　(一边想着半田这么说的意图)别啰唆了,早点回去吧。

　　　半田苦笑,对真纪他们点头致意后出去了。

　　　谕高盯着中提琴。

　　　他心里一股思绪涌上来,拿着中提琴,打算往地板上砸。

　　　茶马子伸手抓住谕高的手。

谕高　(看着茶马子)

茶马子　(摇头,不让他这么做)你就继续这样就好了。

谕高　⋯⋯

茶马子　(对着司)能给我叫辆出租车吗?

　　　茶马子打算走到二楼。

谕高　过会儿有个演奏会。你听了再走吧。

　　　茶马子不回答,走上了二楼。

茶马子的声音　　光大,爸爸叫我们去听他拉琴。

　　　谕高回头,看着真纪、小雀和司。

谕高　(害羞地示意询问可否)

真纪、小雀和司举手表示了解。

20 音乐餐厅"小夜曲"·外面

茶马子一个人站着,看着远方等待着。

21 同·休息室

光大拿着小提琴。

谕高在他背后支撑着,教他左手的动作。

谕高 2 的指法,3、4,嗯,4 的指法能再伸远一点吗?对,对对。再来一次,2、3、4。手指要一直压住,不要拉完一个音就放开。嗯,对对……(强忍住涌上心头的思绪)接下来换 A 弦,这个 si 是降调,所以要平稳。嗯,对了对了。嗯。嗯。嗯……

谕高盯着光大。

光大注意到了谕高的视线,感到疑惑。

谕高 (想说什么,但是)……(若无其事地微笑,摇头)擦点松香吧。

22 同·店内

开店前,真纪、小雀、有朱坐在客座上。

谕高和光大登上舞台,牵着手给观众致礼。

真纪、小雀、司鼓掌。

两人就位,打开乐谱,谕高拿着中提琴,光大拿着小提琴。

两人对视,调整呼吸,开始演奏《两只老虎》。

真纪、小雀、司聆听着。

谕高和光大一边演奏,一边时不时地交换视线。

"小孩子才会表白。大人请直接诱惑。"

"诱惑。怎么诱惑？"

"诱惑首先要放弃做人。"

"放弃做人，真的没问题吗？"

"大体上有三种模式。变成猫、变成老虎、变成被雨淋湿的小狗，诱惑就这三种。"

营业中，店内宾客满座。

真纪、小雀、司和谕高在舞台上。

谕高演奏着扬·提尔森的《灯塔》。

客座的后方，光大一个人坐着，听着谕高的演奏。

有谁把手放到了光大的肩膀上。回头一看，是茶马子。

茶马子和光大两人一起听着演奏。

23 同·店外面

谕高的演奏还在继续，茶马子和光大坐上了出租车。

谕高把行李装到后备厢，关上。

真纪、小雀、司站在店门口看着他。

谕高回到后排座位旁，正微笑着准备目送光大离开，司机关上了门。

光大隔着车窗看着谕高。

谕高微笑挥手："再见！"

出租车开走了。

谕高挥手送别。

出租车远去消失后，谕高用右手掩面。

真纪、小雀、司看着他。

真纪走进店里，小雀、司也接着走进店里。

谕高一直站在那里，肩膀不停耸动。

24 同·休息室

真纪、小雀、司一边给彼此化妆一边在说话。

小雀　我担心自己会不会孤独终老。

真纪　这么说的话,我们全体都会孤独终老。

司　你们别说这些耸人听闻的。

25 同·走廊~休息室

谕高回来了,开门走进休息室。

谕高　(看着室内的样子,有些呆呆的)······

化妆成"少女漫画眼"的真纪、小雀、司正一边吃点心一边若无

其事地说着话。

真纪　到那时候,大家都会腰疼啊,肩膀抬不起来啊。

小雀　还有少子化问题。

司　是的。(突然回头)家森,关于少子化问题你怎么看?

谕高　(突然想笑,就笑了)

小雀和司走向谕高,突然就卡住他的脖子让他躺下。

真纪压着谕高的脸给他化妆。

谕高　喂,喂,等下等下,你们干什么啊!

26 道路(傍晚)

行驶的面包车内,变成"少女漫画眼"的真纪、小雀、司。

谕高　不好玩。一点都不好玩。

司　(笑着看着外面)啊······你们看那个人。

两个男人站在人行横道那儿说话。

所有人看到其中的一个,都吃惊地注意到了他。

真纪　　咦。

小雀　　咦。

谕高　　咦?

司　　　是吧?

真纪　　作弊竹山?

是一个长相酷似作弊竹山的人。

谕高　　应该不是吧?

司　　　长得很像。

小雀　　这个人长得很像作弊竹山,但不是作弊竹山。

四人笑了。

27　别墅·一楼(另一天,早晨)

阳台上,司、真纪、小雀站成一排,对着谕高。

司　　　打算怎么办? 你们想做什么?

阳台上又堆积了大量的垃圾袋。

谕高　　啊,发生了很多事。(对真纪和小雀致歉)给你们添麻烦了。

司　　　就算发生了很多事,也请去扔垃圾。

房间里传来手机的震动声。

真纪　　啊,电话。

三人走进房间。

司　　　只有一个手机在响吧。

　　　　　真纪、小雀、谕高都拿起手机看。

　　　　　小雀一看,不是自己的。谕高一看,也不是他的。

真纪　　是我的手机。(不知道是谁,接听)喂,你好。我是卷。嗯,啊,

　　　　承蒙你的关照。是,嗯,啊,对不起。

　　　　　小雀注意到了放在一旁的镜子的眼镜。

　　　　　她想这个东西怎么在这里呢。

真纪　　嗯,嗯。紧急,嗯,就这么办。再见。(她低下头,挂了电话)

　　　　　司、谕高问她怎么了。

真纪　　是我东京的房子。我把垃圾放在阳台上忘记丢了,结果发出

　　　　了臭味。

　　　　　小雀看着眼镜······

28　道路

　　　　　行驶的面包车内,后排座位和后备厢里塞着满满的垃圾。

　　　　　真纪戴着口罩在开车,司坐在副驾驶座上。

司　　　把垃圾拿到别的地方丢不会被骂吗?

真纪　　都已经被骂了。啊,回家之前可以先绕去出版社一趟吗?

29　超市 · 店内

　　　　　在货架和货架之间,小雀和有朱并排推着推车挑选食材。

小雀　　你要大采购吗?

有朱　　是的。小雀,下次一起去吃午饭吗?

小雀　　去呀去呀。

有朱　　务必要来。那再见啦。

　　　　有朱笑着挥手,先走了。

　　　　小雀笑着目送,又开始挑选食材,突然有只手搭到了她肩膀上。

　　　　回头一看,站在那儿的,是换了眼镜的镜子。

　　　　小雀呢……有朱感觉到了什么,回头看。她已经排在收银队

　　　　伍里,看不见这边了。

镜子　　我给你发了好几封邮件。

小雀　　你买了眼镜吗?

镜子　　备用的。那个人现在在哪里?

小雀　　在东京。那个,我已经……

镜子　　我想让你把那个人的手机拿过来。

小雀　　你儿子难道不是真的就只是失踪吗?

镜子　　(苦笑)

小雀　　真的就只是失踪,现在在某个地方……

镜子　　为什么不来我这儿了? 也不和我联系?

小雀　　那是因为……

镜子　　那个人,那个戴眼镜的男人……

小雀　　我相信卷小姐说的。

镜子　　……

小雀　　卷小姐没有杀人。

镜子　　(瞪眼)

镜子转身离开。

小雀长吐一口气，推着车走向货架的里面。

有朱在那边，手上拿着商品。

刚好就在小雀和镜子说话时的正后方。

小雀……

有朱看到小雀，笑着走过来。

有朱　小雀。

小雀　（隐藏起内心的动摇）嗯。

有朱　那个，你可以借我一千日元吗？

小雀　（心里感到吃惊）啊，好的……

小雀从钱包里拿出一千日元。

有朱　抱歉，还是两千日元吧。啊，有五千日元吗？

小雀　（她停下了手，心想为什么）

有朱　（笑着，眼睛里没有笑意）

小雀　（心想莫非被她听到了……）

30　东京，公寓·垃圾回收点（傍晚）

真纪把垃圾放到架子上。

真纪　♪上坡道～啊哈哈　下坡道～啊哈哈

司叫了一声："哟！"

司两手提着垃圾袋搬过来。

司　（看着门把手）这里的静电很厉害啊。

真纪	是的呀。

司放下了垃圾准备回去,碰到了门把手。

司	(又有静电了)哟!

31　同·卷家的房间

房间里有双男人的皮鞋。

真纪和司打开玄关的门,走进来了。

真纪去了厨房,司走向阳台前。

司	(看着外面)啊,堆得真多啊。
真纪	小心点啊,以前我老公曾经为了移动花盆掉下去过。
司	啊,这可是三楼。
真纪	摔伤了腰,住了三天院呢。
司	哇。

真纪倒了水,放到桌子上。

司	不好意思了。

司正准备喝水,突然注意到地上有双掉落的男式袜子。

司	(感觉怪怪的……)
真纪	(注意到司的视线)
司	(赶紧移开视线)我开动了。

司喝水。

真纪	我老公的袜子。(害羞地)

32　别墅·走廊～谕高的房间

身旁放着体温计,贴着退烧贴,谕高躺在床上不停咳嗽。

他盯着天花板,好像在想什么。

有人敲门,小雀戴着口罩进来了。

小雀端来了粥,放下。

谕高 (看着,惊讶)小雀,你会做这个?

小雀 (端起来)那我自己吃。

谕高 我吃我吃。

谕高起身半坐,开始吃粥。

小雀准备走出去。

谕高 啊,那个,(把后脑勺转向小雀)你看这里。

小雀 (看看)啊,有道伤痕呢。有一百日元硬币那么大。

谕高 哎呀,就是在车站的台阶那儿摔倒的时候。住院住了一个月呢。你要看照片吗?(拿起手机)

小雀 并不想看。

谕高挑选了一下照片,给她看。

照片里谕高躺在医院的病床上,头和一半的脸都缠着绷带。

照片是从旁边床的角度拍的。

小雀 你这样可以直接去万圣节了。

小雀把手机还给谕高。

谕高接过来,自己也看看照片。

谕高 这个照片是隔壁病床的病人给我拍的。那个人啊……(用力咳嗽)

小雀避开,准备走出去。

谕高　　那个人，就是卷小姐的丈夫。

小雀　　（停下来）……

　　　　谕高的退烧贴已经有一半粘不住，耷拉了下来。

谕高　　实际上我见过卷小姐的丈夫。

小雀　　……（指着）退烧贴。

33　公寓·卷家的房间

　　　　真纪拿着披萨的外卖传单过来。

真纪　　吃披萨行吗？

司　　　好啊。啊，（从包里拿出天津甘栗的袋子）还有刚才买的这个。

真纪　　这个东西不能当饭吃吧。（看看传单）这个稍微有点旧。新的……

　　　　真纪站起来，穿过散落在地上的袜子旁，走向厨房。

　　　　司看着……

　　　　真纪从一堆信件里翻找着传单。

真纪　　我记得传单是在这里面的……

司　　　袜子，你不收拾一下吗？

真纪　　（苦笑）啊……

司　　　你先生不在了以后，这袜子就一直这样放着吗？

真纪　　是的！（看看传单）尽是寿司。

　　　　司走到了袜子前面。

司　　　我帮你扔了吧。

真纪　　（微笑）

司　　　一直放在那儿也太……

真纪　　那不是垃圾。

司　　　……对不起。

　　　　听到外面的大雨声。

真纪　　啊,下雨了。

司　　　（回头,凝视着窗外的雨）

34　别墅·谕高的房间

　　　　谕高一边拿起小雀带给他的新退烧贴往额头上贴,一边说话。

谕高　　卷小姐的丈夫住进了我隔壁的病床,大家亲密相处了好几天,
　　　　我还看到卷小姐好几次。

小雀　　啊……

谕高　　那天,我是为了见到卷小姐才去那个卡拉 OK 店的。

小雀　　啊……为什么?

谕高　　（用力咳嗽）我为了把光大接回来,需要钱。我想跟卷小姐借
　　　　钱……呃,也算是敲诈吧,因为我听到了他们奇怪的对话……

小雀　　（手伸出一半停下来了）为什么要跟我说这个?

谕高　　因为我现在喜欢上大家了。我不想再撒谎了……我也不想对
　　　　你撒谎。

小雀　　（苦笑）

谕高　　还有,我已经不想再怀疑卷小姐了。

小雀　　（什么？）

谕高　　在医院的第三天晚上,她丈夫告诉我说:"我实际上不是移动
　　　　花盆掉下去的,是妻子推我下去的。"

小雀　　……

35　公寓·卷家的房间

　　　　窗外,雨越下越大。

　　　　司在餐桌上剥着栗子。

　　　　袜子还是放在原处没动。

　　　　真纪一边看着披萨的外卖单一边打电话。

真纪　　两千五百三十日元。好的。拜托了。

　　　　真纪挂了电话。

真纪　　店里繁忙,说是要等一个小时以上。

　　　　真纪坐到了司的对面。

真纪　　我们先吃了这个,再等外卖吧。

　　　　真纪正准备从袋子里取出栗子,司把刚刚剥好的栗子递给她。

真纪　　不用,我自己来……(还是接过来了)那我就不客气了。

　　　　真纪吃着司给她的栗子。

　　　　司看到了,继续剥下一个栗子。

真纪　　卖这个的大叔,是个有趣的人。

　　　　司把剥好的栗子递给真纪。

真纪　　啊,够了够了。

司把栗子放到真纪面前,又继续剥下一个栗子。

真纪　……(吃了)别府你也吃啊。

司把剥好的栗子又一次放到真纪面前。

真纪　(觉得够了)别府。

司　(打断真纪的话)你打算等你老公等到什么时候?

真纪　……(歪下头)我是在等吗?

司　你不觉得很傻吗? 还恋着那袜子。

真纪　(微笑)并不是恋着袜子。

司　居然和袜子是三角恋关系。

真纪　(微笑)怎么了,别府?

司　你老公现在可能和其他女人在一起。

真纪　……

司　卷小姐,你老公是怎么追求你的? 他现在也在跟其他女人说着同样的情话。

真纪　……

司　在床上,你老公从哪里开始吻你呢? 现在肯定和其他……

真纪打算离开座位,司抓住她的手腕。

司　现在和他在一起的,不是那个"爱着却不喜欢的老婆",而是"又爱又喜欢的恋人"。

真纪　你说这些不觉得很空虚吗?

司　是的,那倒是,嗯。

真纪　那。(别说这些了)

司没有了刚才的气势，变得悲伤。

司　　　我和你在一起就会有两种混杂的情绪。快乐又悲伤，愉快又
　　　　寂寞，温柔又冷淡。爱就是空虚。(盯着真纪)爱着爱着，就空
　　　　虚了。

真纪　　(也盯着他看)

司握住真纪的手。

司　　　就算这样对着你说话，碰到你，也感受不到你……那我到底要
　　　　怎样才能把你夺过来？

司的手指扣着真纪的手指。

理解司想法的真纪，无法拒绝司的举动。

司　　　(盯着真纪看……)

真纪　　(也盯着司看……)

这时，玄关那儿响起了什么声音。

真纪和司被吓了一跳，不由自主地松开了手，回头看。

听到了有人在用钥匙开门的声音。

真纪和司站起来了。

司　　　披萨……

真纪　　我刚刚才打电话……

锁打开了，门开了。

真纪、司……

第 5 话

1　教堂·礼拜堂内

　　　　小雀和镜子坐在长椅上说话。

镜子　后来我去了东京的公寓。那个人，把别的男人带到了他们夫妻俩的房间。

小雀　你说的那个男的是别府吧？他只是去扔垃圾的⋯⋯

镜子　什么事都没有的男女会是那副表情吗？

小雀　（什么？）

2　镜子的回忆

　　　　在东京都内的公寓走廊，镜子站在有卷家门牌的房间前。

　　　　她掏出一串钥匙，拿出一把开门。

　　　　她转动门把手，开门，走进室内。

她脱下鞋子，走进客厅一看，真纪和司比肩错落而立。

两人看着她，是害怕的表情。

镜子 （看着真纪的表情……）

真纪 （知道是镜子，不再害怕）

司 （是谁啊?）

镜子堆出笑容。

镜子 好久不见，真纪。

镜子挥着双手。

真纪 （笑着）妈妈。

两人走近，相互握着手。

镜子 你在?

真纪 在啊。

镜子 那个呢? （做出错误的拉小提琴的姿势）

真纪 四重奏? 今天……

镜子 稍等下。借用一下洗手间。

镜子走到房间里面。

真纪 妈妈，洗手间在（这里）……

镜子走进寝室，赶紧看床。

床整整齐齐，看不出睡过的痕迹。

真纪 妈妈，这边这边。

镜子 啊，抱歉。好久没来这儿了。

镜子一边偷偷看看司和餐桌上的栗子壳，一边往回走。

镜子　　（对真纪指指洗手间，问是不是这里）

真纪　　（微笑着点头）

　　　　镜子走进厕所的瞬间，笑容消失。

　　　　镜子一边喝茶一边看着玄关的方向。

　　　　真纪目送司离开。

司　　　那我在车上等你。

　　　　司走出去，真纪返回。

镜子　　我马上就回去了。

真纪　　妈妈，你的腰怎么样了？

镜子　　还是老样子。

真纪　　你躺下，我给你按摩。

镜子　　好啊。

真纪　　好的，躺下。躺下，对。

　　　　真纪放了一个靠枕，让镜子躺下。

　　　　真纪跨在镜子身上，给她按摩。

镜子　　（呻吟）哎呀，发出了奇怪的声音。

真纪　　（微笑着）妈，你身体硬邦邦的，经常出去走动啊？

镜子　　有时候吧。

真纪　　你交男朋友了？

镜子　　（意味深长地微笑）

真纪　　真的啊？

真纪拿起镜子放在一边抢眼的金属亮片包仔细看。

真纪　　莫非,这个包就是你男朋友买的? 下次带他来听演奏会吧。

镜子　　不要,轻井泽很冷吧。

真纪　　天气暖和了之后就可以啊。

镜子　　干生回来了之后一起去吧。

真纪　　(表情阴郁)……嗯。

镜子　　开玩笑的。

真纪　　(对这个说法)开玩笑……

镜子　　我总感觉干生再也回不来了。

真纪　　(手停下了……)

镜子　　会不会是死了?

真纪　　……抱歉。

镜子　　(没想到她会这么说,一惊)

真纪　　我要是跟你多通点电话就好了。妈,你在想这些吗? 不会这
　　　　样的吧。

镜子　　(感觉到这是真纪的真心话)嗯……

真纪　　(把手放到镜子的背上)不可能是那样的,不会的!

镜子　　(困惑……)

3 教堂·礼拜堂

正在说话的小雀和镜子。

镜子　　干生应该有买保险。那套公寓也是,能卖不少钱吧……

小雀　　卷小姐，卷小姐这个人不会为了钱做这种事情的。

镜子　　（……心想这也不一定）

　　　　镜子把照片给她看。

　　　　镜子靠近小雀，放在两人之间耀眼的亮片包被挤到了小雀身边。

镜子　　丈夫死的第二天就参加这种派对的人？ 表里不一吧？

小雀　　（摇头）我没看出来……

镜子　　你不也跟那个人说谎了吗？ 那个人注意到你的表里不一了吗？ 能看出来吗？

小雀　　……

镜子　　（苦笑）从相逢开始就是因为谎言，现在还装什么朋友。

小雀　　（无法反驳……）

4　同 · 外面

　　　　从教堂出来的小雀走着路。

　　　　有朱站在树荫下，靠在树上。看到小雀离开，她走进了教堂。

5　音乐餐厅"小夜曲" · 店内（傍晚）

　　　　开张前的店内，小雀和谕高还穿着日常便装，正拉着几个特别在意的小节。

小雀　　还有哪里呢？

　　　　谕高一边翻乐谱一边小声说。

谕高　　之前的事情，她跟你说了吗？ 她把丈夫从阳台（做出推的动作)的事情。

小雀　家森,她是被老公遗弃的人。

谕高　我知道,但是你可以直接问她啊。

小雀　这能直接问吗……

真纪和司进来了。

小雀和谕高不说话了,翻看乐谱。

真纪　修改的部分可以吗?

谕高　嗯。(对小雀)那个。

小雀　嗯。

多可美推着大二郎的胸口,从里面出来了。

多可美　奇怪吧。

大二郎　奇怪吗? 不奇怪吧,不奇怪呀。

司　怎么了?

多可美　(说大二郎)这个人,随便就看我的手机。

大二郎　我们是夫妻呀。有什么不能看的?

多可美　就算没有,(对着四人)不管是恋人也好夫妻也好,手机被看了
总是不高兴的吧?

真纪　我还好。

小雀　我不喜欢。

司　我基本无所谓。

谕高　我会看,但不喜欢被看。

大二郎　嗯?

多可美　嗯？

真纪　我觉得看的人也不太对。

小雀　被看了也没啥吧。

司　感觉无所谓啊。

谕高　会看的。

大二郎、多可美　（同时指着）一个一个地说！

6　同·休息室

有朱拿起了和外套、小提琴放在一起的真纪的手机。

她确认门关着，便开始操作。

7　同·店内（夜晚）

真纪、小雀、司、谕高演奏结束，向观众致礼。

司看到别府圭（30 岁）坐在观众席后方朝自己轻轻举手，一惊。

真纪　（注意到别府圭的动作，问司是不是认识他）

司　是我弟弟。（害羞、卑微的笑容）

还剩下一些稀稀拉拉的顾客在喝酒，在靠边的座位上，司和圭一边喝红酒一边聊天。

司　（害羞地）感想就算了吧。

圭　（微笑喝酒）

司　（感觉真的说不出感想，喝酒）

圭　(做出想起来的样子)啊,对了。就说别墅吧。

司　(啊,怎么会提到这个呢)……听说,要卖了?

圭　啊,那要听哥哥的意见了。

司　现在啊……

圭　其他三个人都没工作吧? 听说哥哥你一个人在照顾其他成员。

司　啊,但是大家都在努力……

圭　都是些不肯放弃的人……

司　……(含糊地微笑着歪下头)

圭　然后呢,我跟妈妈他们也谈过。把他们赶出去也不近人情,要么给他们介绍份工作之类的?

司　(啊)可以的话,工作我们可以自己找……

圭　关系好当然不错。但首先要把这个当成生意来经营,各自不独立的话,各方面都会很难吧?

司　……(点头)

8　大贺音乐厅·厅内(另一天)

真纪、小雀、司和谕高拿着乐器盒,从侧梯走下舞台。

面对着观众席,真纪、小雀和谕高情绪高昂。

司有点情绪低落,看起来有点困惑。穿着西装的男子朝木国光(66岁)来到司的身边。

朝木递给他一张名片,上面印着"朝木音乐事务所　制作人朝木国光"。

朝木　　总是承蒙你弟弟的关照。

司　　　（点头接过来，心有疑惑）……

　　　　朝木正对着四人站着。

朝木　　七月这里已经定下来要举行古典音乐节。那将是交响乐、歌
　　　　剧、钢琴等顶尖音乐家汇聚一堂的盛典。

　　　　真纪、小雀、谕高发出惊叹声。

朝木　　请大家一起要来参加。

　　　　真纪、小雀、谕高看看观众席……

真纪　　（不知为何表情僵硬）绝对不行！

　　　　真纪的声音在大厅里回荡。

真纪　　像我们这种菜鸟来演奏的话，绝对会垫底的……

　　　　小雀和谕高慌张地阻止她。

小雀　　卷小姐，一起加油！

真纪　　那可是最顶尖的盛典啊。我不是最顶尖的，从最差的开始倒
　　　　着数还能快点数到我。（开始掰着指头数）

谕高　　试试看吧。

真纪　　大家绝对会离席的！大家都要睡着了！

小雀　　没关系。

谕高　　没问题的。

真纪　　会有人打呼的……

　　　　真纪的声音在回荡。

朝木　　啊，总之先让我听一下你们的演奏吧。

司	好的。（仍感到疑惑）
真纪	会被人扔生鸡蛋的！

9 音乐餐厅"小夜曲"·店内（夜晚）

真纪、小雀、司、谕高演奏结束了。

真纪一边翻着乐谱一边看后方。只见朝木双手抱胸面露难色。她心想，果然不行。

10 同·休息室

真纪、小雀、司和谕高刚刚回来。

真纪	我想他被吓跑了呢。没有被追杀，还算好……

这时，朝木一边鼓掌一边走进来。

朝木	不，很棒！很棒！

四人一惊。

朝木	我感到不可思议，大家为什么没成为专业演奏者呢？（对真纪）第一小提琴手，你以前是做什么的？
真纪	（疑惑地）家庭主妇……
朝木	（对着小雀）大提琴手，你拉的大提琴很有趣。
小雀	（点头致谢）
朝木	（紧握着谕高的手）Très bien!（法语：太美妙了）
谕高	（紧张地）Merci!（法语：谢谢）
朝木	（对着四人）我可以说两句吗？所谓专业，并不是技术好就可以的。你们光芒四射，很有灵气。

四人互相对视。

朝木　在音乐界摸爬滚打了四十年的我可以断言,你们会受欢迎的。

真纪、小雀、司和谕高心里惊喜。

朝木　当然也有问题。现在我来说问题。大提琴。

小雀　在。

朝木　玩的感觉过了。你不好好把握高音的音准怎么行呢?

小雀　嗯!

朝木　中提琴。你要多看看乐谱。乐谱的基础坚实才能发挥出独创性。第二小提琴手,运弓不要太害羞,要大胆。

司　嗯!

谕高　嗯!

朝木　第一小提琴手。要享受音乐,陶醉于音乐。

真纪　嗯!

四人开心地盯着朝木。

11　别墅·一楼

真纪、小雀、司和谕高拿着乐器聚集在客厅里,用松香擦琴弦。

他们想平静下来,却无法抑制兴奋。

真纪　我觉得他在逗我们玩吧。

谕高　是的是的。但是大家都还笑呵呵的。

真纪　你不也一样。

小雀　"是!"应得超大声耶!

真纪	真像小学生。
小雀	他肯定是说的客套话。
谕高	那种人，你们懂的。
真纪	巧舌如簧。
小雀	飘飘然之后没站好可是会摔跤的。

大家一边自嘲一边笑着准备，突然大家都沉默了。

真纪	……但是，挺高兴的。

是的，大家都很高兴。

四人回忆起来。

司	（一直在想什么）……是啊。
谕高	嗯，没想到啊。
司	是的。
小雀	被这么夸赞，人生还是头一回呢。
司	是的。
真纪	头疼啊，他的期待值那么高。
司	是的，那个。

三人疑惑。

司	我有一个梦想。哪怕只有一次也好，拉得狂野任性，被大家当成狂人。

三人心想这算什么梦想。

司	小雀有梦想吗？
小雀	梦想，就是住在被窝里。还有，在房间里可以吃回转寿司。

司　　　家森呢?

谕高　　当选 Junon 美少年①……

司　　　(打断)卷小姐呢?

真纪　　全家平安,无病无灾。

司　　　(点头,对大家)好了,那些梦想,我们就暂时抛下吧。

　　　　三人疑惑。

司　　　我们此时此刻,说不定正处于人生的上坡。扔掉各自的梦想,
　　　　暂时,暂时把甜甜圈洞四重奏作为大家的梦想。

司　　　(对着真纪)可以吗?

真纪　　(点点头)越来越带劲儿了。

　　　　小雀看着司、谕高和真纪微笑。

　　　　四人架起乐器。

12　同 · 小雀的房间

　　　　小雀确认了一下乐谱,正打算拿别的乐谱,乐谱中突然掉出了
　　　　一张照片。

　　　　就是那张真纪在派对上笑着的照片。

　　　　小雀……

13　同 · 一楼

　　　　小雀拿着换洗衣服从二楼走下来。真纪在餐桌旁,戴着耳机

---

①　JUNON SUPER BOY,是由日本知名杂志 *JUNON* 编辑部主办的美
男子选拔赛。

在写文稿。

小雀没去浴室,她看着厨房的方向。真纪没有注意到她,还在敲着键盘。

小雀盯着真纪的侧脸……

真纪　（突然）混蛋!

小雀一惊。

真纪回头,这才注意到小雀。

真纪　（看着小雀)咦?（大声说)

小雀　啊。

真纪　咦?（大声说,啊的一声,下意识地摘下耳机)啊,我刚才说什么了吗?

小雀　（微笑)说了"混蛋"。

真纪　（苦笑)

小雀坐在真纪的前面。

小雀　什么东西这么混账?

真纪拿出附带照片的男摄影师资料给她看。

真纪　我在把这个人的采访变成文稿。这人真是个混蛋。

小雀　混蛋。（微笑)

真纪　这人结婚了,却不把妻子当女人看,说是没有恋爱的感觉。

小雀　啊。（微笑,向真纪示意)

真纪　（苦笑)啊,我有点代入到了自己身上了。

小雀　（微笑)你也说过你老公是"混蛋"吧。

真纪　　咦？嗯……(想起来了,微笑)在朋友的结婚派对上,我喊过他
　　　　"混蛋"。

小雀　　(想起来了)结婚派对!

真纪　　老公失踪后的第二天。

小雀　　这样啊。咦,你老公失踪后的第二天,你去参加派对了?

真纪　　去了呀。

　　　　小雀一边卷着资料的边角。

小雀　　咦,你不担心他是不是遇到了车祸吗?

真纪　　(摇头)因为我很快就知道了,他是要逃离我。

小雀　　为什么?

真纪　　那天,妈妈来了。是他的妈妈。

小雀　　(点头)嗯。

真纪　　我婆婆知道他不见了,很慌张。我看到了,想起了一件事。

小雀　　嗯。

真纪　　这是他第二次逃跑了。之前的一次,是他从婆婆那儿逃跑。

14　东京都内·镜子的家·餐桌

　　　　镜子打开报纸,一边吃着生鸡蛋拌饭,一边浏览着社会版面。

真纪的声音　　我听他说过,和他一起生活的婆婆变得很烦人,他虽然
　　　　　　　感到抱歉,但有一天还是突然离家出走了。

15　别墅·一楼

真纪　　(微笑)啊,那个人又做了同样的事情。就像他从婆婆身边逃

走一样，这次从我身边逃走了。我就像婆婆那样，被抛弃了。
被那个混蛋。

小雀　（心想：原来如此。放心了）……

真纪　所以，我就去参加派对，痛快地开心开心。我就痛快地笑着，
大喊着"混蛋，你看我这样不也没事吗？"，就这样拍了张照片。
那张照片还在吧……

真纪想把照片给小雀看，就在手机里找。

小雀　你这些话，跟你婆婆说过吗？

真纪　说不出口。她真的蛮可怜的……没了吗？（放弃寻找，放下
了手机）

小雀之前的疑惑都迎刃而解。

小雀　（安心地笑着）拍照片时你是什么表情？

真纪　混蛋！（摆出胜利的手势，笑了）

小雀　（微笑）打扰了。我去洗澡了。

小雀站起来打算过去。

真纪　（注意到什么）小雀。

真纪把手伸到小雀的腰部。

小雀感到奇怪。

真纪把粘在小雀衣服上的不知道什么东西拿下来了。

是金属亮片。

真纪　（微笑）粘在你身上了。

小雀　(微笑)谢谢。

说着,小雀若无其事地走了。

真纪把亮片放到旁边,继续开始工作。

但是她突然又想到了什么,再次拿起亮片,盯着看。

走到一半的小雀也突然想起来什么,一惊,回头看。

真纪想,应该是巧合,就又把亮片放下了。

小雀放心了,走向浴室。

真纪还是觉得有点奇怪,回头看看小雀的背影,心里浮现一丝
怀疑……

16　东京都内·道路(另一天)

面包车行驶在能看到东京塔的路上。

17　排练录音棚·走廊上

在朝木的带领下,真纪、小雀、司、谕高拿着乐器在走。

朝木　这个给你们,(发传单)给你,给你,给你,给你。

四人一看,是钢琴家若田弘树演奏会的传单,都感到紧张起来。

18　同·录音棚内

室内播放着音量很大的流行乐。

长桌子上摆着一个舞台的模型,指挥家冈中兼(35岁)在进行
说明。

冈中　请大家参加的,是这一次现场演奏会的钢琴五重奏。

华丽的舞台装置上,有一个水晶钢琴,还有背后长出巨大天使翅膀的华丽装饰。

谕高　这个是……

冈中　是钢琴家若田。

工作人员藤川美绪(30 岁)一按按钮,钢琴家的衣服和翅膀就华丽地闪烁起来。

四人　(哇～)

穿着王子王妃的华丽衣服,戴上假发的真纪、小雀、司和谕高并排坐着,神情茫然……

藤川　真让人心跳加速啊。

冈中　心跳加速啊。(对着四人)那我就来说明一下各自角色的设定,如果有问题请举手……

四人举手。

冈中　请说。

谕高　所谓设定?

冈中　我来说明一下。大家是外星生命体,是战斗的四重奏乐团。

四人举手。

小雀　什么叫战斗的四重奏乐团?

冈中　嗯,这个表演的名字叫《四重奏美剑王子爱死天 ROO》。

藤川拿出一份上面写着《四重奏美剑王子爱死天 ROO》的

牌子。

四人想举手的，又退缩了，手只举了一半。

冈中　嗯，具体角色的设定，卷小姐是三十几岁的熟女，家森先生是
　　　施虐狂，别府先生是处男，世吹小姐是妹妹的角色。

四人用举起的手抓头。

冈中　首先，卷小姐的口头禅是："谢谢你巧克力。"你可以说一下试
　　　试吗？

真纪　谢谢你巧克力。

冈中　嗯，要更带点熟女的感觉。

真纪　……谢谢你巧克力。

冈中　好！很好！

藤川和工作人员都鼓掌。

冈中　（对着司）已经太迟了寿司。

司　　已经太迟了寿司。

冈中　（对谕高）多多指教淡菜。

谕高　多多指教淡菜。

冈中　（对小雀）哥哥茶碗蒸。

小雀　哥哥茶碗蒸。

冈田　（对真纪）谢谢你巧克力。

真纪　谢谢你巧克力。

冈中　多多指教淡菜。

司　　　已经太迟了寿司。

冈中　　还没到你。

　　　　朝木挂断了电话,回来了。

　　　　四人惊慌,用求助的眼神看着。

　　　　朝木盯着四人,然后鼓掌。

朝木　　不,太美妙了! 太美妙了!

　　　　朝木和冈中握手。

　　　　四人……

19　同·楼梯

　　　　真纪、小雀、司、谕高坐在楼梯上开始吃便当,各自反复练习着
　　　　诸如"谢谢你巧克力"之类的台词。

谕高　　我总觉得,那个,和想象中的不一样……

司　　　哎……

　　　　藤川端来了茶,分给四人。

藤川　　对不起,打扰了。

　　　　四人接过来,道谢。

藤川　　大家组成四重奏很久了吗?

司　　　没有,才几个月。

藤川　　真厉害。这就能接到这么好的工作了。

　　　　四人表情有所保留。

藤川　　我其实也是钢琴演奏者。(比画了一下自己)但是,我完全没

办法登台。（看着四人）很让人憧憬呢。

对面的工作人员喊了一声："藤川！"

藤川　　加油！

藤川低下头，走向工作人员。

四人怀着复杂的思绪目送……

真纪　　必须加油。

三人点头，表示同意。

20　同·录音棚内

真纪、小雀、司、谕高在进行演奏的排练。

开始演奏的瞬间……

冈中　　停停停停。（阻止）

四人感到奇怪。

冈中来到小雀身边，用力握住了她的胳膊。

冈中　　要多点活力。

小雀　　嗯……

冈田　　这样，这样。（带动她的胳膊）

小雀　　嗯……

冈中　　要调动全身。（看着真纪）嗯，总觉得有点太无聊了。

真纪　　哪儿？（看着乐谱）

冈中　　（抓着真纪的裙子，对藤川说）在这里开个衩吧，开到这里。

冈中　　好的，接下来换舞蹈。

真纪和小雀,司和谕高各自组成一对,跳着交谊舞,步调总是无法一致。

冈中看看手表,拍起手来。

冈中　好了,辛苦了。

司　咦……那个,还在练习呢。

冈中　就只有入场的时候需要,你们可以的。

真纪　演奏呢……

冈中讲到一半就走出去了。

四人正在想怎么办,藤川来了。

藤川　很感动。非常好。

四人心存怀疑。

小雀　但是,演奏的练习都还没弄好……

藤川　(微笑)观众很重视角色,音乐不要紧的。

四人表情微妙。

藤川　怎么了?

谕高　没什么。今天我一直有个疑问,衣服那些,有的会妨碍演奏。运弓也像是在跳舞,那样没法进行完美的演奏。

藤川　啊,但是就是这样的主题啊。大家都在为了让观众怦然心动而努力。

司　这我也知道的……

藤川　(有点发呆似的苦笑)这就是工作。

四人……

朝木　大家辛苦了。

司　那个,时间不够了,就这样练习……

朝木　接下来是和赞助商的酒会。

　　　四人感到惊讶。

小雀　因为是第一首曲子,我们想再练练。

朝木　酒会也不是玩,是接待工作。

真纪　说不定来不及。

朝木　不会。所谓专业,就是要让一切都来得及。

谕高　我们也想按照要求,竭尽所能表演出最完美……

朝木　按照要求完成是一流工作,竭尽所能表演出最完美是二流工作。我们这种三流的,就是开心快乐地工作就好。(笑)

司　我们也是你们好不容易选出来的……

朝木　(认真的表情)之所以会选择你们,是因为你弟弟拜托我的。

司　(吃惊)……

　　　真纪、小雀、谕高恍然大悟。

21　卡拉 OK 包厢·单间(夜晚)

　　　狭窄的室内,真纪、小雀、司、谕高挤着坐在一起,在乐谱上记着笔记。

司　明天早晨,在和钢琴和音之前,我们先做好我们能做的事情。

　　　大家点头,摊开乐谱,准备好乐器。

小雀　是几点的?

小雀　　一点半。

　　　　大家架好乐器,互相示意,开始了演奏。

22　音乐厅·外景(另一天,早上)

23　同·后台准备室

　　　　真纪、小雀、司和谕高刚刚走进后台准备室。

　　　　藤川拿着衣服来了。

藤川　　(笑着)昨晚睡着了吗?

真纪　　嗯,今天表演一场棒棒的演奏会!

　　　　藤川做出一个加油的姿势,走出去了。

小雀　　啊,怎么办? 我还想再和一次。

司　　　赶紧换了衣服,和一次吧。

真纪　　我去趟厕所,马上回来。

24　同·洗手间

　　　　真纪洗了手,抬头一看,镜子里是自己紧张的脸。

　　　　她用手背敲了敲脸颊,给自己鼓劲儿。

25　同·走廊~后台准备室

　　　　工作人员匆忙地来回奔走。真纪回来了,正准备进入后台准

　　　　备室,看到一脸严肃的朝木和冈中出来了。

真纪　　拜托了。

　　　　但是,两人看都没看真纪一眼就走了。

真纪感到疑惑，走进后台准备室一看，小雀、司和谕高都像虚脱了一样。

真纪一惊。

小雀 ……我不喜欢这种。

司、谕高……

小雀 我绝对无法接受。

司、谕高……

真纪 怎么了？

司 若田先生，就是钢琴师若田先生迟到了，没法进行五重奏的排练。

真纪 咦……不排练直接上台吗？

司 不是，听说若田先生好像来不了了。

真纪 我们的演出取消了？

司 节目表都定了，好像还是要登台的。

真纪 那……

司 （支支吾吾很难回答的样子）

小雀 直接放卡拉OK。我们就跟着音乐，装出在演奏的样子。

真纪 ……

小雀盯着记着满满笔记的乐谱，一手抓起来，把乐谱揉成一团。

三人吃惊。

小雀把乐谱揉成一团，用力往地上砸，又有点后悔，盯着被揉成一团的乐谱。

谕高从小雀手上取过乐谱,放在旁边。

谕高　　好了,没必要做了。

真纪和司看着谕高。

谕高　　没必要做这样的工作,我们是演奏者。假拉根本就是把人当傻子嘛。

司　　　对不起……

谕高　　为什么别府你要道歉? 小雀,没事。真纪,回去吧。

真纪　　(看着这样的司……)

谕高　　回家回家。

司　　　好的……

真纪　　家森。

谕高　　没事,我去说。

真纪　　我们上吧。

谕高　　什么……

小雀和司都惊讶地看着真纪。

真纪把小雀揉成一团的乐谱拿在手上。

真纪　　我们站到舞台上吧。

谕高　　但是,是放卡拉 OK……

真纪把桌子上被揉成一团的乐谱展开,一边用手背抹平一边说。

真纪　　毕竟,这本来就是一件难以置信的事。我们本来就没资格来演奏,没有资格被称为专业选手,连普通人能做到的事我们都做不到。被那样表扬,又听说可以到这么大的音乐厅来表演,我们不都觉得是骗人的吗？果然如此。我想，这是我们的实力。这就是现实。

小雀、司、谕高有所领悟……

真纪　（看着三人微笑）既然如此，我们就试试吧。好好认清自己是三流演奏者，认清自己没资格当社会人士，全力表演，装出在演奏的样子。我们要把专业的表演，把甜甜圈洞四重奏的梦想，都表演给他们看！

小雀、司、谕高……

司　（对着小雀和谕高低下头）拜托了。

谕高一边看着旁边，一边点头。

小雀盯着真纪。

真纪也反过来盯着她。

小雀悲哀地摸着大提琴。

小雀　好的。

司低头向小雀道谢。

真纪　（强忍住涌上心头的思绪）谢谢你巧克力。

26　同·停车场（夜晚）

演出结束后，真纪、小雀、司和谕高把乐器装上停着的面包车，坐进去。

朝木和藤川过来送行。

朝木　呀，表演相当精彩！

藤川　　让人心动!

司　　　谢谢。

　　　　四人认真行礼。

　　　　真纪开动面包车,驶离。

　　　　朝木和藤川目送着驶离的面包车。

藤川　　他们不是太开心吧?

朝木　　有志向的三流就是四流。(无奈的样子)

27　街角

　　　　真纪、小雀、司、谕高拿着乐器盒来了。

　　　　四人站在街头一角,交换眼神,决定就是这里了。

　　　　四人拿出乐器开始准备。

　　　　四人并排而站,支起乐器,交换眼神。

　　　　真纪吐了一口气,四人开始演奏《偶得风琴之歌》。

　　　　路过的行人走过,也就匆匆瞥一眼就继续走路。

　　　　四人若无其事地演奏。

　　　　人逐渐聚集起来。

　　　　不知不觉中,周围聚集了十位左右的听众。

　　　　四人偷偷交换眼神。

　　　　他们感觉到一种真实感。

上剧名

28　别墅・司的房间（另一天）

司拿着手机在打电话。

司　　　嗯。毕竟是圭特意帮我安排的。嗯,抱歉。啊,对。不,关于钱的事,还有离开这个别墅的事,再说吧,嗯……

29　教堂・外面

小雀正在打电话。

小雀　　（对方接听了）喂。现在我在老地方那个教堂。啊,是吗? 嗯。那个,这是我最后一次报告了。是。我的结论是,卷小姐……喂?

30　东京都内・镜子自己的家・餐桌

镜子吃完了饭,正在一边收拾碗筷一边打电话。

镜子　　已经够了。你不用说了。已经不需要了。

31　教堂・外面

听到镜子说的话,小雀感到疑惑。

32　别墅・外面

小雀带着疑惑回家,走进屋内。

33　同・玄关～一楼

小雀进来了。

小雀进到室内,看到真纪坐在客厅,旁边紧挨着的是有朱。

连衣裙和半身裙堆积如山,两人摊开裙子。

任何一件都微妙地不适合真纪她们。

　　　　　小雀看到两人的笑脸……

有朱　　这一件我觉得蛮适合。

真纪　　啊，真的。非常适合。

有朱　　这一件也行……（注意到小雀）你回来啦。

真纪　　啊，你回来了，小雀。

小雀　　我回来了……

真纪　　有朱把衣服给我拿过来。

有朱　　这是秋叶时代①用过的东西，稍微改一下就可以穿了。

真纪　　我去把针线包拿过来。

　　　　　真纪走到二楼。

　　　　　小雀一看，有朱的口袋里插着录音笔……

　　　　　有朱注意到她的眼神，淡淡地把录音笔塞进去。

有朱　　拉大提琴，还是要穿版型宽一点的裙子。

小雀　　是啊……

　　　　　餐桌边，真纪和有朱在进行简单的衣服改造，对面坐着小雀。

真纪　　他们还在吵架吗？

有朱　　后来多可美就给手机设了密码，大二郎就要求不要做这种像
　　　　是锁上他们夫妇的卧室一样的事。

真纪　　（微笑）手机不是卧室。

———————————

　　①　指的是有朱当地下偶像时，在秋叶原活动的时代。

有朱　　（微笑）是的。

　　　　桌子底下，有朱把手伸到口袋里，操作录音笔。

　　　　小雀看着她的手的动作……

有朱　　卷小姐你看过你老公的手机吗？

真纪　　唔……

有朱　　（看看小雀）看过吗？

小雀　　没有没有。

有朱　　（对真纪）你不在意吗？

真纪　　不会不在意的。

有朱　　看的人，还是怀疑对方吧？

真纪　　嗯，还有，想知道那个人的全部。

有朱　　啊。

真纪　　比如没和自己在一起的时候，都在做什么。

有朱　　你怎么看待那个？就是只要出轨没被发现就没事。

真纪　　啊。

有朱　　只有没法做到不被发现的人才会出轨。

真纪　　（微笑）发现也好，没被发现也好，出轨都不行啊。

有朱　　我只要他不被我发现就好。

真纪　　咦？

有朱　　（对小雀）你呢？

小雀　　所谓只要不被发现就行，不就等于穿了裤子但是没穿内裤吗？

真纪　　（微笑）是的。

小雀　　不恶心吗？

有朱　　但是穿着裤子。

真纪　　但是没穿内裤。

有朱　　这么一说，人际关系也是这样，不就像穿着裤子但没穿内裤吗？

真纪　　（笑着）或许是吧。

有朱　　我觉得只要穿了裤子，没穿内裤也没事。

真纪　　对你说谎也可以吗？

有朱　　全部说谎是不行。七分真话三分谎言的话，不就是真话吗？

真纪　　你这么说的话，人的百分之七十都是水，人就是水吗？

有朱　　不就是（指真纪）水、（指小雀）水、（自己）水吗？（微笑）

　　　　三人微笑。

真纪　　（对有朱）我之前也有这种感觉。但是像小雀，她就完全不会说谎。

小雀　　（吃惊）

真纪　　选择和这样的人一起很重要吧。正直、感情坦率，和这样的人在一起，无比快乐。

小雀　　……

有朱　　（惊叹地看着小雀）

真纪　　（对着小雀）之前发生了很多事。回头我们再到路边去演奏吧。

小雀　　（含糊地微笑点头）……

有朱　　但是所谓夫妇,不就是建立在谎言的基础上才成立的吗?

　　　　真纪一惊。

小雀　　(发现有朱出招了,看着有朱)

真纪　　(想着自己)就算是夫妇,也最好不要说谎。

有朱　　卷小姐,你结婚了吧。你丈夫是不说谎的人吗?

真纪　　(难以回答)嗯。

有朱　　你和你丈夫都说真话吗?

真纪　　我们家……

小雀　　(插进来)卷小姐,你有那个的吧?

真纪　　嗯?

小雀　　年轮蛋糕啊。

有朱　　你和你丈夫——

真纪　　(对着小雀)有吗?

有朱　　(看着小雀,觉得她引跑了话题)

小雀　　(注意到视线)没有吗?

有朱　　我肚子不饿。

小雀　　有小鸡图案的……

有朱　　你和你丈夫——

真纪　　(对着小雀)啊,蛋糕卷?

小雀　　啊,嗯。

有朱　　我不吃。

小雀　　我想吃。

有朱　　卷小姐。

真纪　　嗯？（看着有朱）

有朱　　现在家里事情怎么办？你不在家，你丈夫不会生气吗？

真纪　　（感到意外）

小雀　　我想吃有小鸡图案的蛋糕卷。

真纪　　（对有朱）吃吗？

有朱　　不了。

小雀　　很好吃哦。

有朱　　我属鸡。

小雀　　这跟属鸡有关系吗？

有朱　　我不喜欢吃鸡肉。

真纪　　是蛋糕卷。只是小鸡图案，又不是鸡肉。

小雀　　我叫小雀，但我实际上是人。（微笑）

有朱　　（不予理会）我不喜欢甜食。

真纪　　啊，这样啊。

小雀　　但是端上来还是会吃吧——

有朱　　你的房子是在东京吧？

真纪　　（看看小雀，看看有朱，对有朱说）我老公现在不在。

小雀　　（想着不说话也行）……

真纪　　一年前失踪了。（苦笑）

有朱　　咦，离家出走吗？为什么啊？

小雀　　理由不用问了吧？

有朱　呃，不能问吗？卷小姐她说……

小雀　因为你好像在打探人家的秘密……

有朱　不能问吗？（你不也做过吗？）

小雀　……

有朱　你不想知道吗？

真纪　（虽然气氛不对，还是微笑）我也不知道，我和丈夫，恐怕就是
　　　我自己单相思。

有朱　对你丈夫单相思，哎——

真纪　我老公肯定也是穿着裤子掩饰着。应该说已经没有爱情了吧。

有朱　嗯，是倦怠期吗？

小雀　（斜眼看着有朱）

有朱　（注意到了小雀的眼神，仍平静地对真纪说）但是夫妻之间，一
　　　般不都没什么爱情嘛。

真纪　是吗？但是，夫妻之间有怦然心动的感觉不是挺好的吗？ 没
　　　有这种感觉还继续的话，是伪装吧？

有朱　嗯，你都在说什么呀，夫妻之间的神话故事。

真纪　什么？

有朱　卷小姐，那条裙子你真的喜欢吗？

　　　真纪摸不着头脑。

有朱　你没觉得哪里有点不对吗？但是你是不是想，这裙子是别人
　　　特意拿过来的。

真纪　（看着裙子……）

有朱 （啪地一拍手）你看，就算是你，也会撒谎吧。

真纪 ……

小雀 （对有朱）嗯，什么啊？

有朱 什么什么啊？

小雀 你是不是知道她不会喜欢这裙子还拿过来了呀？

有朱 呀，都是些不需要的东西。

小雀 为什么要把这些……

有朱 嗯，小雀你不说谎吗？

小雀 ……什么？

有朱 大家都会说谎吧？这个世界上最真的话，大概就是正义大抵是要输，梦想大抵不会成真，努力大抵没有回报，爱大抵会消失吧。经常说那种耳熟能详的吉利话的人，不是无视现实吗？夫妻之间不一定要有恋爱的感觉。你非要分得清清楚楚是不行的。非要那样的话，就会像下围棋一样，搞不好满盘皆输。爱啊爱啊爱啊爱啊，到最后就会想杀了他。咦，不对吗？就是因为把恋爱感觉带入到夫妻关系里，才会导致夫妻之间的杀人案件……

真纪 （打断）为什么？

有朱 啊，什么为什么？哪个部分？

真纪 你是不是对我有什么想法？

有朱 最后你老公为什么失踪了？

真纪 不清楚……不是说了不知道吗？

真纪心里也有自己的疑惑,无法明确回答出来。

小雀　卷小姐,好了,不用回答了。

真纪　(回忆)我不知道,只是……

小雀　我们吃蛋糕卷吧。

有朱　你丈夫可能已经死了。

真纪听了双方的话,不知回复谁的。

真纪　……(对小雀)我们吃蛋糕卷吧。

真纪站起来,走向厨房。

有朱　因为觉得被背叛了,卷小姐才会……

有朱站起来,打算跟着真纪过去。

小雀也站起来,抓住有朱的胳膊。

被这么一拉,有朱口袋里的录音笔掉出来了,正好滚到了真纪的脚下。

小雀、有朱都吓了一跳。

真纪看着脚下的录音笔,感到奇怪。

她回头一看,柜台上电脑和录音笔都放得好好的。

有朱正打算去捡,真纪先捡起来了。

小雀感到紧张。

小雀　卷小姐,蛋糕卷。

真纪按下了录音笔的播放键。

开始播放出声音了。

谕高的声音　卷小姐是不挤柠檬汁的那一派吗?

真纪吃了一惊。

有朱心想糟了。

小雀……闭上了眼睛。

真纪的声音	比起挤不挤，抱歉，我觉得重点并不是这个。
司的声音	那是什么？
真纪的声音	为什么在挤之前，没有问一下呢？
谕高的声音	对呀！就是这一点。当然有人想往炸鸡上挤柠檬，我也没说不行。
真纪的声音	家森先生的意思是，"要挤柠檬汁吗？"为什么不事先问这一句呢？

真纪按了好几次快进键。

真纪的声音	后辈问我老公："你爱你太太吗？"
小雀的声音	嗯，你老公怎么说？
真纪的声音	爱。他说，爱，但是不喜欢。

小雀睁开眼睛，看着。

真纪在看小雀。

小雀	……
真纪	（是这样吗？）
小雀	……
真纪	（你的？）
小雀	（……避开目光）
真纪	（为什么？）

有朱　（双手合十,轻轻地）对不起！是你婆婆拜托我们的。

真纪　（惊讶……）

　　　真纪看了看放在柜台上的金属亮片。

有朱　那个人很奇怪,说你把你老公杀了。我们都觉得这绝对是妄
　　　想,所以都相信你。（对着小雀）对吧？都想着给调查清楚,
　　　对吧？

真纪　……（淡淡地看着小雀）这样啊。

有朱　是的。

小雀　（不看真纪）……

　　　真纪走到小雀前面的时候,门铃响了。

快递的声音　　别府先生,你的快递。

　　　小雀顺势就嗖地一下走向玄关。

真纪　（为什么？在满心悲伤中,目送着小雀的背影）

有朱　我们是站在你这一边的。

真纪　（没听到,看着客厅）

　　　那里是摆放在一起的小提琴和大提琴。

34　别墅附近的道路

　　　小雀离开别墅,一个人在走。

35　别墅·玄关～一楼（夜晚）

　　　玄关的门开了,司和谕高回来了。

司　　找到兼职了吗？

谕高　　有一个好像还行，不过是做日本料理的。

司　　　厨师。不是蛮好的吗？

　　　　　走进室内。

　　　　　房间里也没有开灯，空无一人。

　　　　　窗帘拉开着，桌子上摊着缝了一半的衣服。

司　　　我回来了……

谕高　　没有厨师服……

司　　　（环顾四周）卷小姐？小雀？

谕高　　你觉得我适合穿厨师服吗？

司　　　（打断他）她们出门了吧？

　　　　　司打算上二楼。

谕高　　哎，我穿厨师服……

　　　　　真纪下来了。

司　　　啊，你在啊。

真纪　　（稍稍低着头）你们回来了。

司、谕高　　我们回来了。

真纪　　对不起，我没能去买东西。

司　　　啊，那随便弄点什么吧。

谕高　　卷小姐，你觉得我穿厨师服……

司　　　（感到低着头的真纪有点不对）怎么了？

真纪　　（动摇）……

36 轻井泽车站前、人行天桥附近

小雀正走上天桥。

前面下来一个男子,帽子拉得很靠眼睛,戴着口罩。

小雀和男子都低着头,两人撞到了一起。

小雀撞到了扶手上,男子摔了一跤。

男子带的行李箱被撞开了,钱包、换洗衣服、牙刷都凌乱不堪。

小雀　　啊,对不起。

男子的声音　　(小声)没关系。

男子慌乱地收拾东西。(男子的鞋子和裤腿好像染上了橙色油漆)

小雀　　没事吧?

男子　　(小声地)没事。

小雀　　(听不清楚,抬头看他)

男子　　(小声地)没事没事。

男子做出手势,让小雀快走。

小雀　　(低下头)对不起。

在一堆散乱的东西里,小雀注意到了一张有点破旧的传单。

她捡起来,感到奇怪。

是甜甜圈洞四重奏的传单。

小雀感到吃惊,看看男子。

小雀　　那个,你知道这个四重奏乐团吗?

男子也吃了一惊,回头,拉了拉口罩,稍微露出一点脸来。

男子　　（小声地）该说知道吗……

小雀　　（听不清楚,把脸凑过去）

37　别墅·一楼

真纪、司、谕高坐在餐桌边。

真纪操作好手机,放到两人面前。

司和谕高看着她的手机。

谕高　　（看表情是知道这事的,啊的一声）

司　　　（像想起来似的）卷小姐……

真纪　　是我丈夫。

屏幕里,是一张朋友帮忙拍的照片。

餐馆的桌边,真纪单手端着红酒,和卷干生（42岁）并排坐着。

干生就是在车站前的天桥和小雀撞到的男子。

38　轻井泽车站前，人行天桥附近

干生把行李都塞进了行李箱。

小雀注意到干生的右手掌缠着绷带,还有点儿渗血。

小雀　　你的手没事吧?

干生赶紧把手往后藏。

干生　　（小声地）不是在这儿摔的。

小雀　　（听不见）什么?

干生　　（小声地）是被狗咬的。

小雀　　（听不见,把脸凑近）

干生　　拉布拉多。

小雀　　（听不见）什么?

第5话　完

第 6 话

1 佐久市，网吧·店内（早晨）

店里头的包厢门开了，干生走出来。

他穿着沾着橙色油漆的鞋子，走到另一个包厢前。

干生　（小声地）小雀？你醒了吗？

没有回音，于是他用缠着绷带的手敲门。

手很疼，他叫了一下："喔!"改成用胳膊肘敲门。

干生　小雀？

没人回应。于是干生打开了门，可能是靠着什么睡着了，小雀直接倒在地上。

干生　对不起……

小雀顶着一头乱发，睁开眼睛，看着干生。

小雀　嗯？

干生　　啊，我是槙村。

小雀　　啊，槙村先生。家森的朋友。

　　　　干生指着放在旁边的甜甜圈洞四重奏传单里的谕高。

干生　　他是我的后辈。

　　　　干生无名指上戴着戒指。

小雀　　（看到戒指，已经感觉到了什么……）

干生　　夜间包房套餐好像是到七点，时间差不多了。

小雀　　谢谢。

　　　　干生说了声不客气，回到自己的包厢。

小雀　　（心中有一个猜测，看着他的背影）……

　　　　小雀和干生一边结账一边在说话。

小雀　　（偷看正在拿钱的干生手上的戒指）如果你要见家森的话，我
　　　　带你去别墅。

干生　　不，我只是想听他的演奏，我会去店里拜访的。

小雀　　今天没有演奏，明天有。

干生　　那就明天……

小雀　　现在去吧。

干生　　（没办法，只得同意）那就打扰了。

店员　　找您四十日元。

　　　　小雀准备去接找零，结果钱掉了。她弯腰去捡，看到干生的鞋
　　　　子和裤腿上沾着橙色的什么东西。

这么冷的早晨，

在阳台上吃札幌一番拉面真是美味啊。

把此刻当成你我二人的高潮不好吗？

小雀　　这种很流行吗?

干生　　(小声地)踩到了什么东西。

小雀　　槙村,有没有人说过你讲话的声音很小?

　　　　两人一边聊着天一边走出去了。

　　　　收银台后面的架子上,放着防盗用的橙色彩球。

2　别墅·一楼

　　　　真纪左手上戴着戒指,正在用手机打电话。

真纪　　嗯,上来的地方就是检票口。嗯,一会儿见。

　　　　真纪挂了电话。

　　　　司从厨房出来,准备去上班。

司　　　你婆婆要来吗?

真纪　　是的。

司　　　没事吧?

真纪　　(点头)比起这个,我更担心小雀……

司　　　小雀也回复我了。

　　　　司把手机给真纪看,里面是小雀的邮件,写着:"今晚住在佐久的网吧。明天回去,别担心。(笑脸)"

司　　　她还在笑呢。

真纪　　小雀平常不会用表情的。

司　　　(领悟)

真纪　　今天让我来做晚饭吧。我做很多热乎的饭菜等着大家。

司	好的,我也会早点回来的。
真纪	还有,要买点咖啡牛奶回来……

谕高走过来。

谕高	我也要出门了。说是有一个可以轻松到手十万日元的工作。

真纪、司一惊。

谕高	什么事?
司	户口……
谕高	我不卖户口。
真纪	黑帮组织……
谕高	(不禁微微一笑)我才不会去黑帮,也不会去搬奇怪的东西。
	是打工。

3　轻井泽车站前的人行天桥

从车站方向走来的小雀和干生,走在人行天桥上。

真纪正从反方向的楼梯走上来。

双方慢慢接近。

小雀和干生正准备过桥的时候,有个老婆婆的手推车倒了。

干生赶紧跑过去,小雀随后也赶过去。

两人扶起了老婆婆。

真纪从两人的身后通过,走向车站。

双方都没注意到对方。

4　轻井泽车站・新干线检票口前

真纪站在检票口前等着,镜子和其他几位乘客一起出来了。

真纪　(笑着)过来很远吧。

镜子　(苦笑)习惯了。已经来了好几次了。

真纪　(感到意外,有点困惑,但还是微笑着)

5　别墅·一楼～玄关

小雀进来了,环顾空无一人的房间。

小雀　家森? 家森? 卷小姐……?

干生在玄关处紧张地等待着。

6　同·玄关前

干生等着,门开了,小雀露出脸来。

小雀　家森好像不在家,你进来等吧。

干生　不,但是……

小雀　请进,请进,槙、村先生。

小雀把干生招呼进来,关上了门。

上剧名

7　音乐餐厅"小夜曲"·店内

开张前的店内,谕高、大二郎和多可美正在说话。

谕高　是猴子吗?

多可美　嗯。是为了北轻牧场的活动准备的,但是不知怎的猴子自己
偷偷跑出来了。

大二郎　（对多可美）那猴子很珍贵吧？

多可美　据说这种猴子有蓝色的，（难以启齿的感觉）蛋蛋。

谕高　　蛋蛋？

大二郎　什么蛋蛋？

多可美　（难以启齿）你们自己搜一下。蓝色的，蛋蛋，猴子的。

　　　　谕高和大二郎用手机搜索。

多可美　总之，据说如果能给他们抓到这种猴子的话，北轻牧场就会给

　　　　十万日元。

　　　　谕高和大二郎看着搜索出的内容。

谕高　　唉，蓝色的蛋蛋。

大二郎　蓝色的蛋蛋是这个吧？

谕高　　唉？

大二郎　是这个？

　　　　谕高和大二郎好像很兴奋。

大二郎　（对谕高）是的，怎么样？一起？

谕高　　（对大二郎）一起吧，嘿。

　　　　两人把搜索出来的结果给对方看。

　　　　照片是睾丸呈鲜蓝色的猴子（黑面长尾猴）。

谕高　　哇。

大二郎　哟。

谕高　　蛋蛋。

大二郎　蛋蛋。

谕高　　蛋蛋。

大二郎　蛋蛋。孩子他妈,你看。蛋蛋知道吗?

谕高　　这是蛋蛋呀,蓝色的蛋蛋。

　　　　多可美冷冷地看着两人。

多可美　不就是睾丸吗? 自己身上就长了的东西,有什么好兴奋的。

谕高　　抱歉……

大二郎　对不起……

　　　　有朱从里面出来了。

有朱　　怎么了? 蛋蛋是什么?

谕高、大二郎　　（在多可美跟前不方便说,紧闭着嘴）

8　教堂·礼拜堂里面

　　　　真纪和镜子进来了。

镜子　　我和小雀一直约在这里见面。

真纪　　（微笑）这样啊。

　　　　镜子坐在长椅上,真纪坐在旁边。

　　　　真纪带了两份咖啡,拿出一份给镜子。

　　　　镜子没有接。

真纪　　（微笑）妈,趁热喝吧……

　　　　镜子突然抽了真纪一巴掌。

　　　　真纪拿着两杯咖啡……

真纪　　……（微笑）妈,这里是教堂。

镜子　你要装到什么时候？说真话吧。

真纪　我……

镜子　你杀了干生吧？

真纪　（正准备说什么）……

　　　一对年轻人走进来参观。

　　　两人不说话了……

9　别墅·一楼

　　　小雀从厨房拿来了给干生的茶和自己的三角形包装的咖啡牛奶。

　　　干生心神不宁地站着，看着放在一边的小提琴。

小雀　……这是卷小姐的。

干生　（一瞬间吓了一跳）什么？

小雀　你对小提琴有兴趣啊？

干生　不是……

　　　干生坐着。

干生　谢谢。（喝了口小雀端来的茶）

小雀　（一边插着三角形包装盒的吸管）槙村，你结婚了吗？

干生　什么？

小雀　结婚戒指。

干生　（看着自己的戒指）啊，这个是戒指吗？

小雀　不是吗？

干生　更像饰品吧。

小雀　　看起来像是戒指。

干生　　看起来像戒指的饰品。

小雀　　看起来像戒指的饰品就是戒指啊。

干生　　（微笑）啊，对。

小雀　　总觉得在哪儿看到过你这个戒指。啊，槙村，你的正常体温是
　　　　多少啊？

干生　　什么？

小雀　　我可以给你测一下吗？

干生　　（想糊弄过去，开玩笑）这里是医院吗？

小雀　　我有个朋友的老公，体温是 37 度 2，（指着脖子）据说这里散发
　　　　出好闻的味道。

干生　　（歪着头，喝了口茶）

小雀　　家森也不联系我。（拿起手机）

　　　　小雀操作手机，打开给真纪写邮件的页面，正准备打字。

　　　　玄关的门铃响了。

小雀　　（看着干生）是回来了吧？

干生　　（紧张）……

　　　　小雀斜眼看着干生，走向玄关。

　　　　小雀打开门一看，是个送快递的。

快递员　你好。

小雀　　（啊，错了）辛苦你了。

　　　　小雀取过快递一看，是出版社寄给真纪的包裹。

快递员　麻烦在这里签字。

　　　　小雀签字。

快递员　（看着脚下，微微笑了）这个，没事吗？

小雀　什么？

　　　　小雀顺着快递员的视线看过去，是染上橙色的干生的鞋子。

快递员　这好像是被彩色球扔过的啊。

小雀　彩色球？

快递员　你没在银行或者便利店看到过吗？是打强盗用的。这样往脚上扔，让他染上颜色。

小雀　啊……

　　　　小雀签好了字。

小雀　辛苦你了。

　　　　小雀关上了门……

　　　　小雀从伞架上拿起了一把比较粗的伞。

　　　　小雀拿着伞走到室内一看，干生正蹲在真纪的小提琴前凝视。

小雀　……卷先生。

干生　哎。

　　　　小雀明白了。

干生　（放弃了）

小雀　这……那个。

　　　　小雀指着干生被染成橙色的裤腿和缠着绷带的右手。

小雀　是银行吗？

干生　　是便利店。

小雀　　啊,你在便利店干什么了?

干生　　我没钱。

小雀　　你抢钱了?

干生　　不,不算抢钱。店里正好没人,收银台也开着,我就走进去了。

小雀　　你偷了多少钱?

干生　　(伸出三根手指)

小雀　　三万。

干生　　(伸出四根手指)三万九千。

小雀　　那你的手怎么了?

干生　　店里的人出来了。我吓了一跳,把肉包的那个……

小雀　　啊。

干生　　把那个推倒了,砰的一声。

小雀　　啊,那个好像很高啊。

　　　　小雀拿起电话,拨打真纪的号码。

干生　　你干什么?

小雀　　叫警察来啊。

干生　　呀……(动摇)

小雀　　你要是讨厌警察的话,为什么要在便利店抢钱呢?

干生　　对不起……

　　　　小雀给真纪电话打到一半。

小雀　　呃,怎么办。要怎么跟卷小姐说呢? 真头疼啊……

10　教堂·礼拜堂里面

年轻情侣从教堂里走出来了。

真纪和镜子坐着。

真纪　　我也不知道,为什么会变成这样。

镜子　　你怎么会不知道? 你们结婚了,一起生活了两年。你们吵架
　　　　了吧,就算是离家出走,也要有什么理由吧······

真纪　　没有吵架。当我注意到的时候,就没了。

镜子　　什么没了?

真纪　　他对我的,恋爱的感觉。

11　别墅·一楼

小雀和干生面对面在说话。

小雀　　卷小姐一直在等你回来。结果你在便利店抢钱,真有才。

干生　　我一直在想她。

小雀　　失踪的人,想着被抛弃的人,真是挺开心啊。

干生　　我总是觉得对不起她······

小雀　　真的这么想的话,为什么做这些事?

干生　　啊······

小雀　　嗯?

干生　　因为我不喜欢她了。

12　教堂·礼拜堂里

真纪　　······(回忆)

13　别墅·一楼

干生　　……(回忆)

14　回忆开始了，出租车内(夜晚)

　　　　干生坐进后排座椅,手上拿着印有广告代理公司名字的信封。

干生　　(对司机小声说)请开到本乡。

司机　　(听不清)什么?

干生　　到本乡。

司机　　本乡,好的。

　　　　这时,有人咚咚地敲着车窗。

干生　　(对司机)可以开下门吗?

　　　　车门开了,是一个胖胖的男子。

男子　　卷先生,对不起,我叫不到出租车。

干生　　啊,行,你上来吧。

男子　　还有今天拍摄中拉小提琴的这位。

干生　　请。

　　　　胖男人和真纪坐进来。

真纪　　(看不清楚脸,对干生说)抱歉。

干生　　(看不清楚脸,对真纪说)没关系。

　　　　胖男人的左右分别坐着真纪和干生,三人坐得挤挤的。

男子　　(对司机说)那,我一个人在幡谷下车。

真纪　　(小声说)我在早稻田下车。

司机　　（听不清）什么？

干生　　还有一个人在早稻田下。

司机　　好的。

　　　　干生隔着胖男人第一次看到了真纪，真纪也看到了干生，两人
　　　　轻轻点头打招呼。

干生的声音　　那时候就有种一见钟情的感觉了吧。

真纪的声音　　那时候，只觉得他是个工作中认识的人。

15　小酒馆（一周后，夜晚）

　　　　热闹的店内一角，真纪和干生面对面坐在两人桌上。

干生　　（指着自己）我不是姓卷吗？

真纪　　（没听清，把脸凑近）

干生　　（把脸凑近）真纪你应该不会选择我这种名字的人作为结婚对
　　　　象吧？

真纪　　（微笑）卷真纪好像不太好听呢。

　　　　干生为真纪倒醒酒器里的红酒。

干生　　你平常都拉什么曲子呢？啊，古典乐我不太熟悉。

真纪　　今天参加管弦乐团，拉了名叫马斯卡尼的作曲家的一首歌剧
　　　　《乡村骑士》。真的是首非常美的曲子……

　　　　两人继续互相说着话。

真纪的声音　　一起吃了几次饭后，我开始在意他下次什么时候打电
　　　　话给我。啊，我可能喜欢上这个人了。

16　草坪球场（一个月后）

几个孩子在放风筝。

真纪和干生坐在简易长椅上，眺望着。

干生的声音　　她是我从没见过的类型，优雅，学音乐。不知道她在想
　　　　　　　什么，有点神秘感吧，很有魅力。

两人看着孩子们奔跑，抬头看着风筝飞上天空，大声喊："哇！"
干生拿出了手机。

两人依偎在一起笑着自拍，还特意把空中飞舞的风筝拍进
去了。

17　马路～公寓·前面（夜晚）

真纪和干生一边走在夜晚的道路上，一边说着话。

真纪的声音　　和他在一起，感觉不用掩饰。

干生的声音　　和她在一起，总觉得心里怦怦直跳。

两人到达了公寓前。

两人互相看着，示意已经到了。

干生　　（想起了什么）啊。

干生从书房里拿出了一本蓝色封面的书。

干生　　这个是类似诗集的书。

真纪　　啊，是卷先生写的吗？

干生　　不是不是，是我喜欢的作家写的。不是名作，如果你喜欢的话。

真纪　　　（表示谢意）啊，作为交换，我给你一个马斯卡尼的。

干生　　　啊，CD？

真纪　　　现在。（指着房间）

18　公寓·真纪的一居室

暗暗的房间里，音响里传出了《乡村骑士》间奏曲。

桌子上放着打开的 CD 盒、被撕开的砂糖包、便笺纸上有两人为彼此画的猫肖像（真纪画得不好，干生画得好）、两个茶杯（其中一个倒下了），还有一本稍微沾了一点茶水的蓝色封面的书。

真纪和干生站在厨房里，正在接吻。

真纪手上还拿着抹布。

19　林荫大道（一个月后）

真纪和干生稳稳地并排走着。

真纪挽着干生。

干生的声音　　她说要成为卷真纪了，也挺好的。

真纪的声音　　没有这样求婚的吧，好好说一次呀。

干生的声音　　我们结婚吧。

真纪的声音　　好。

干生的笑脸。

干生的声音　　我们说一起走过人生。

真纪的笑脸。

真纪的声音　　两人一起决定了。

20　商店街（半年后）

　　　　真纪和干生提着很多的购物袋回来了。

　　　　两人啃着买回来的可乐饼。

　　　　一边说真好吃真好吃，一边笑着说话。

真纪的声音　　结了婚，想和他成为一家人。

干生的声音　　结了婚，想和她还像恋人一样。

21　卷家的公寓·房间

　　　　架子上放着两人的一些照片，其中有结婚照。

　　　　真纪从购物袋里拿出窗帘。干生把窗帘挂起来。

干生　　啊，你选了这个颜色？

真纪　　选错了吗？

干生　　不，蛮好的。

　　　　干生开始挂窗帘。

干生　　刚才你的电话响了。

真纪　　我接了。问我下个月参不参加管弦乐队。

干生　　你继续拉小提琴吧。

真纪　　可是你回到家，空无一人会觉得寂寞吧？

干生　　你只要按照自己的喜好，做你自己就好了。

真纪　　那我选择待在家里。（微笑）

干生　　（歪着头微笑）

真纪拿着东西走进卧室。

干生装好了窗帘，注意到放在一边的纸箱子里有一本书。

拿起来一看，是干生送给真纪的那本蓝色封面的书，里面夹着
两人画的猫。打开一看，夹在第9页。

干生微笑，又微微苦笑，放了回去。

一个月后，夜晚。

真纪在厨房把炸好的鸡块装满了盘子。

干生脱下鞋子，在房间里换衣服。

真纪　　我试着做了炸鸡。

干生　　喔！（开心地）

真纪把装满炸鸡的盘子放到桌子上。

真纪　　我记得你说喜欢的。

干生从冰箱里拿出啤酒和两个玻璃杯。

干生　　小孩喜欢的东西，我基本都喜欢。这个绝对好吃。

干生坐下来倒啤酒。

真纪　　怎么样？（微笑）

真纪拿起旁边的柠檬，往炸鸡块上挤。

干生一边倒啤酒一边看着。

干生　　（啊，挤了柠檬）

真纪　　请。（看干生）

干生　　（微笑）那我就开吃了。（吃了一口，看真纪）这是地球上最好

吃的东西吧。

真纪　　　（微笑）你又来了。

　　　　　真纪回到了厨房。

　　　　　干生瞥了一眼旁边的柠檬，一边吃一边说着好吃好吃。

真纪的声音　　无论我做什么，他都说好吃，然后都吃了。

干生的声音　　我决定无论她做什么，我都说好吃。

　　　　　三个月后，夜晚。

　　　　　真纪和干生在客厅一边喝酒一边说话。

真纪　　　调动？

干生　　　要被调到总部的人事部，不再参与制作。

真纪　　　这样啊。

干生　　　啊，工资好像会涨的。

真纪　　　（担心地看着干生）能调回来吗？

干生　　　只要是社员（就不会回不来吧）。

　　　　　真纪站起来，绕到干生的身后，抱紧他。

真纪　　　辞职吧？

　　　　　干生吃惊。

真纪　　　你不是不喜欢一线工作吗？

干生　　　真纪，我还没有自由接活的能力啊。

　　　　　真纪更加用力抱紧了干生。

　　　　　干生握着她的手说谢谢。

干生的声音　　以后我还能早点回家。

真纪的声音　　他说，我们一起去看电影、泡温泉吧。

卧室里，床头边的花瓶里插着花。床上，干生压在真纪身上。

干生正准备解开真纪睡衣的纽扣，但怎么都解不开。

真纪说"你等下"，便自己解纽扣。

干生等着。

干生的声音　　我们去看了医生，要孩子的话有点困难……

真纪的声音　　有点遗憾。

干生的声音　　我希望两个人可以一直像恋人那样。

真纪的声音　　即使只有两个人，家人就是家人。

一个月后，夜晚。

干生穿着西装，回来了。真纪出去迎接。

干生指着装着 DVD 的袋子。

干生　　（害羞地说）这是我看过的最棒的影片。

真纪　　啊，我会哭吧。

把房间光线调暗，真纪和干生依偎在沙发上看电影。

电影里说着法语台词。

真纪　　这个人是坏人吗？

干生　　啊。嗯，也不算是坏人吧。

真纪　这个人刚刚道别了，怎么还在啊？

干生　时间轴变了。这是三年前的场景。啊，唉，要回放吗？

真纪靠着干生睡着了。

干生含着眼泪、攥着鼻子看着电影。

他不经意瞥了一眼真纪，感到有点寂寞。

另一天，夜晚。

干生对迎接他的真纪指了指手中袋子里的DVD。

真纪和干生正在观看影片。

传出了悬疑片的音乐，还有枪声。

真纪　哇！哎呀！（兴奋）这个人是？

干生　好人。

真纪　这个是大团圆结局吗？挺有趣的。

干生　有趣啊。（实际上一点都不觉得有趣）

三个月后，深夜。

干生一个人看电影。

一边喝酒一边眼眶湿润，看着电影。

去厨房打算倒酒，发现架子里有本书插在杂志里。

是那本蓝色封面的书，里面夹着画着猫的便笺纸，打开一看，还是在第 9 页。

干生……

另一天，白天。

干生在洗衣机前面，从洗衣篮里拿出自己的衬衫和内衣，放到洗衣机里。

真纪的内衣也混在里面，他也淡淡地放到洗衣机里。

干生回到房间里，真纪正在看电视。

干生 公交线路上不是开了家咖啡馆吗？稍微有点远，我们散步过去看看吧？

真纪 今天特别冷呢。家里有咖啡，要不我泡点？

干生一看，柜台上放着用胶带绑起来的三包六百八十日元的咖啡豆。

干生 ……（开朗地）真的哎。那我去趟书店就回来。

干生穿上外套，出去了。

真纪笑着目送了他，又继续看电视。

真纪的声音 在一起的时候，我们不用勉强彼此，不用撒谎，也不用隐瞒，直接做自己就好。

22 草野球场

孩子们在放风筝。

干生一边喝咖啡一边眺望着他们。

干生的声音　　在一起之后才发现，理所当然，她也是个普通人。

真纪的声音　　但为什么恋爱的时候，怎么都没办法做自己呢？

23　卷家的公寓・房间

　　　　　　真纪正在用吸尘器打扫房间。

干生的声音　　谈恋爱的时候，我觉得她是个特别的人。

真纪的声音　　在他面前开始习惯做真实的我。

24　草野球场

　　　　　　干生不经意一看，稍远处的长椅上，有一对情侣正一边抬头看

　　　　　风筝，一边开心地说着话。

　　　　　　他有点寂寞地凝视着。

干生的声音　　最初那个颇有些神秘感的她，现在已经不存在了。

25　卷家的公寓・房间

　　　　　　真纪在厨房里做饭。

真纪的声音　　我以为我得到了一个家。

　　　　　　晚上，收音机里播放着流行乐。

　　　　　　干生隔着柜台在说话。

干生　　真纪，你为什么不拉小提琴呢？

真纪　　（苦笑）因为我已经放弃小提琴了。

干生　　家里的事没关系，你做你自己喜欢的事吧。

真纪　　（微笑）现在我做的就是我喜欢的。

　　　　　　干生觉得吵，把收音机的音量调小了。

干生　　　……嗯。

真纪　　　我现在就感觉很幸福。

　　　　　干生……

干生的声音　　她这么说，让我觉得有点无聊。

　　　　　真纪开心地做着饭。

真纪的声音　　很开心。我想要支持这个人。

　　　　　卧室里，床头的花瓶里插着花，真纪和干生躺在床上。

真纪　　　管理委员会在说，管道有些问题。

干生　　　哦。

真纪　　　但是，吉田和石川不是关系不好吗？

干生　　　啊。我来跟吉田谈谈吧。

真纪　　　太好了，谢谢。

干生　　　嗯。晚安。（拉了拉被子，睡觉了）

真纪　　　（啊，想着要睡觉了）晚安。

　　　　　真纪看着花。

　　　　　深夜，真纪在睡觉，干生起来看着天花板。

干生的声音　　这样不行。她是我的妻子，陷入爱河才结婚的，我必须
　　　　　　要加油。

　　　　　另一天，晚上，真纪和干生一边吃一边说话。

真纪开心地时不时说笑。

真纪的声音　　我想让气氛变得轻松愉快,会说些电视上看到的话题。

真纪笑着在听。

干生的声音　　她生活的圈子很狭窄,话题基本都是电视上看到的,但是我必须听着。

26　马路（一个月后,傍晚）

从公司回来的干生,走在路上,遇到了一群摄影组,正在拍摄模特。

以前一起乘坐过出租车的胖子也在里面。

干生带着复杂的思绪看着,这时手机响了。

一看,是真纪的邮件:"你辛苦了。回来的时候可以买点洗碗机用的洗涤剂吗?"

干生输入了 OK,又突然停下,删除,输入了:"抱歉,今天加班,晚点回家。"

他背对着摄影组,走回原来的方向。

27　独立电影院前（夜晚）

放映结束了,干生走在那些从电影院出来的观众当中。

女人的声音　　干生。

回头一看,是水岛玲音(31 岁)。

干生　　啊……

玲音　　啊,那再见了。（笑着）

玲音突然对干生使出锁喉功。

28 咖啡馆·店内

四人座的桌子上,干生和玲音并排坐着,聊着刚刚看的电影。

干生 唉? 最后是选择了乔治吗?

玲音 是啊,搞得我一下子笑出声来了。

干生 (指着玲音)我听到笑的声音了。

玲音 (指着干生)你听到了。

干生 唉? 最后是为什么分手的?

玲音 人嘛,价值观是不是相符,气量大不大,只要有一个不对,就麻烦了。

干生的表情变得僵硬。

干生 (转换话题)你的猫"断头台"还好吧?

玲音 很健康啊。我还住在那个公寓里。

干生 明大前面?

玲音 嗯。这会儿来吗?"断头台"也会很开心的。(轻轻的)

干生 它会记得我吗?

玲音 我有话想对你说。(想邀请他)

干生 ……(淡淡微笑)明天还要早起,我回去了。

29 卷家的公寓·房间

柜台上放着洗碗机的洗涤剂。

真纪和干生在客厅里一边喝酒一边说着话。

真纪　　　吉田说,为什么要在这里放着伞架。

干生　　　啊。

真纪　　　那首先跟石川说明。石川是不是喜欢草莓大福的?

干生　　　嗯。

真纪　　　我想带着过去,有八个装的,还有十二个装的,你觉得哪种好?

干生　　　……十二个装的吧。

真纪　　　嗯,是吗,相差四百日元。

　　　　　真纪拿着空啤酒瓶去了厨房。

　　　　　干生的表情一下子就变了,变得严峻。

真纪的声音　　他是个一直很温柔的、一百分的丈夫。

干生的声音　　她是个一百分的妻子,我很珍惜她。

30　商店街(一个月后)

　　　　　干生从公司回来,正在路上走。

　　　　　干生停在房产中介前,远远看着租赁小套公寓的广告贴纸。

干生的声音　　我看见自己喜欢的东西,一看旁边,她也是同样的感受。这种小事微不足道。我对自己这么说。

31　卷家的公寓·房间(夜晚)

　　　　　回家后的干生,换了衣服,真纪看到了塞在干生包里的杂志。

　　　　　温泉特辑。

　　　　　干生心想,被发现了。

　　　　　真纪颇感兴趣,翻开看起来。

真纪问，这里不错吧？干生回答说，是。

干生的声音　　有一次，和她一起去了温泉。

真纪的声音　　在那儿，遇到了关系很融洽的一对夫妇。

干生的声音　　一问，两人已经结婚四十年了。

真纪的声音　　（感觉很开心）四十年了啊。

干生的声音　　（感觉很沉重）四十年了啊。

一个月之后，夜晚。

干生扎紧了垃圾袋，真纪从腋窝下拿出了体温计在看。

真纪　　我好像有点发烧。

干生　　多少度？给我看下。

真纪　　（微笑）完全没事……

真纪用手扶着沙发的靠背，然后倒了下去。

干生　　真纪！

32　医院·病房（另一天）

真纪住院了，睡在床上。

干生往准备好的架子上塞换洗衣服和毛巾之类的。

真纪　　（笑了）在救护车里，你喊着真纪、真纪，都哭了啊。这样我会
害羞的。（害羞地笑着）挺开心的，就是不用那么担心的。

干生　　（微笑）……

33　卷家的公寓·房间（夜晚）

干生回来了，开灯，进了房间。

房间里空无一人。

干生的声音　　她一点都没变。

干生依靠着沙发，吃着炒饭。

感觉太安静了，他就走到架子前，选了部 DVD。

干生的声音　　从一开始到现在，她一直喜欢我。

干生一边看着电影一边喝茶。

看着看着，不禁扑哧一笑。

笑声越来越大。

干生的声音　　可是……

干生又选了另外一部 DVD。

他又一部一部地挑选了好几部。

从冰箱里拿出罐装啤酒，开心地一边打开一边准备放回去，突然注意到——

餐桌上放着医院的挂号单和发票。

干生表情恢复平静，有点罪恶感。

干生把架子上的 DVD 和书往纸箱里装。

默默地装着。

突然，他看向昏暗的窗外……

干生的声音　　不行，我想如果我死了，真纪会伤心的。我不能死。但是我越想越⋯⋯

34　同·房间（半年后）

真纪目送穿着西装去上班的干生。

真纪的声音　　我是在他失踪之后，才知道他辞职了。

35　公园

干生啪地一下坐在长椅上，无所事事地喝着咖啡。

真纪的声音　　收到调令后，提交了辞呈的事，他都没说过。他就和往常一样，装作去上班的样子。

干生的手机收到了一封邮件，一看，是玲音发过来的。内容是："'断头台'死掉了，帮帮我。"

纠结一番后，干生回复："抱歉。我没法帮你。"

36　卷家的公寓·房间（夜晚）

真纪在厨房里往盘子里装沙拉。

真纪　　今天你好早啊。

干生用大铁锅做着西班牙烩饭。

干生　　我已经相当习惯了。

干生拿着铁锅走进客厅。

干生　　啊，真纪，铁锅垫子。

真纪　　啊。

干生　　烫烫烫。

真纪　　　等下。

　　　　　真纪不管三七二十一从旁边架子上取下了一本书，放到桌
　　　　　子上。

真纪　　　好了。

　　　　　干生正打算放下，发现——

　　　　　这本正是他送给真纪的蓝色封面的书。

　　　　　干生……

　　　　　干生把铁锅放在书上。

真纪　　　（看着西班牙烩饭）你不是做得很好吗？

干生　　　做成功了。（微笑）

37　草野球场（另一天）

　　　　　飞着的风筝失去力量，掉落到地上。干生用目光追随其后。

干生的声音　　　第二天，等我发现的时候，我的脚已经跨在阳台的栏杆
　　　　　上了。

38　医院·病房（另一天）

　　　　　干生住院了，躺在病床上。

　　　　　真纪往架子上塞换洗衣服和毛巾。

真纪　　　跟你说了，不能在阳台上用梯子。

干生　　　从三楼掉下来死不了。

真纪　　　还有人从二楼掉下来死掉的呢。

干生　　　好好。

这时，有个人推着点滴架进来了。

真纪回头一看，是头和脸都缠着绷带，有三分之一看不出人形的，穿着睡衣的谕高。

干生　　（对真纪）我隔壁床的。

谕高　　你好。

真纪　　你好，承蒙关照。

谕高一边偷看真纪，一边走向自己的床位。

夜晚，熄灯后，干生用枕边手电筒看书。

窗帘拉开了，缠着绷带的谕高露出了脸。

干生被这突然出现的面孔吓了一跳。

谕高　　你吃香蕉吗？（指着香蕉）

干生　　啊。（点头）

谕高坐在旁边，剥了香蕉给他。

干生道谢后接过来开始吃。

谕高从绷带的缝隙里吃着香蕉。

谕高　　白天那位是你太太吗？

干生　　是的。

谕高　　很漂亮啊。真让人羡慕啊。

干生　　（被吸引了，对谕高说）你结婚了吗？

谕高　　我的婚姻是地狱。

干生　　是吗？

谕高　　不提了。你看起来很幸福啊。

干生　　（苦笑）也没有很好。

谕高　　你有那么好的老婆，再抱怨的话我可要生气了。

干生　　（话虽如此）……

谕高　　看起来又温柔，又优雅。难道不是一位可以打一亿分的完美
　　　　妻子吗？

干生　　（话虽如此）……

谕高　　你有没有睡觉的时候被吸尘器吸过脸？有没有被问过为什么
　　　　一天要吃三顿饭那么多？

干生　　她给我的炸鸡上挤了柠檬汁。

谕高　　什么？

干生　　（我自己）不喜欢柠檬。

谕高　　（苦笑）就这点事啊。

干生　　（无法释然）住院也是因为我老婆。

谕高　　啊？

干生　　我是被老婆推了一把，从阳台上掉下去的。

谕高　　（眼神变了）啊……

干生　　说什么完美，什么一亿分。

　　　　干生露出低声下气的表情。

干生的声音　　因为我挺不甘的，想反驳他。

39　居酒屋・店内（两个月后）

　　　　餐桌边，干生和原来的同事西村在吃饭。干生背对着出入口。

西村　你为什么辞职啊？

干生　为什么呢……

西村　大村当上部长后，真是够呛。

　　　店员喊着欢迎光临。

　　　真纪和两位女性朋友走进来了。

干生　大村不行啊。

　　　店员带着真纪入座，是干生背后的座位。

干生　每次那家伙惹出事情，都是我给他擦屁股的。

　　　真纪注意到了干生的声音，往这边看。

　　　她感到意外，正打算喊干生。

干生　为什么不把那家伙调走？

　　　干生粗暴的声音让真纪不敢出声。

西村　（附和着他）哎，是的呀。

　　　店员走过来，上了一盘炸鸡。

店员　让您久等了。这是比内地鸡的炸鸡块。

　　　真纪听到炸鸡块，在后边微微笑了。

西村　要挤柠檬汁吗？

干生　不用了，我不喜欢柠檬。

　　　背后的真纪吃了一惊。

西村　挤点比较好吃。

干生　在外面吃饭就让我随心所欲吧。

西村　（苦笑）你不是最近才结婚的吗？

干生　　　两年？才两年啊。

西村　　　对你太太还在热恋期吧。

干生　　　你不懂。我爱她。

西村　　　那……

干生　　　虽然爱她，但是不喜欢她了。

　　　　　在后面听着的真纪……

干生　　　这就是婚姻。（吃饭）

　　　　　真纪对朋友小声说了什么，站起来走出了居酒屋。

朋友 A　　卷小姐说什么？

　　　　　在背后听到的干生吃了一惊。

朋友 B　　不知怎的突然不舒服了。

朋友 A　　啊，我没听见。她那个人声音很小。

　　　　　干生愕然……

40　绿地

　　　　　正在走路的真纪。

真纪的声音　　我是想要一个家，所以结婚了。

　　　　　其他时间，干生走在同一条马路的另一侧。

干生的声音　　就算结婚了，我还是想像恋人那样。

　　　　　真纪突然走得快起来。

真纪的声音	我意识到的时候,他已经不是我的家人了,而是成了我单相思的对象。

其他时间,干生走在同一条马路的另一侧。

干生的声音	她不是恋人了,她成了家庭的一员。

真纪在奔跑。

真纪的声音	为什么会变成这样?

其他时间,干生走在同一条马路的另一侧。

干生的声音	我们想要的东西,正好是相反的。

41 卷家的公寓·前面的马路(夜晚)

干生站在公寓前,抬头看着三楼窗户的灯光。

干生的声音	但是这样是不行的,我想好好跟她谈谈。

42 同·房间

真纪开着收音机,回头,走向玄关。

真纪的声音	我要好好跟他谈谈。

玄关的门开了,干生进来了。

真纪	(笑着)你回来啦。
干生	(笑着)我回来了。

两人走进房间。

收音机里播放着古典乐。

真纪　今天很冷啊。

干生　是吗？我一整天都在公司的。

真纪　饭马上就做好了，先喝点啤酒。

真纪拿出啤酒和杯子，递给干生。

干生　谢谢。（接过来）

两人的笑容都有点不自然。

两人都想对对方说点什么，但是都有点说不出口。

看着对方的脸，想说点什么。

这时，收音机里传来了《乡村骑士》间奏曲。

两人都感到惊讶，一起看向收音机。

和结婚典礼的照片放在一起的，是两人刚认识的时候自拍的那张依偎在一起露出纯真笑容的照片。

两人又一次互相看着对方的脸。

确认了各自脸上的悲伤。

但是真纪还是想说点什么。

然而干生避开了眼神，走向客厅。

真纪放弃了，走向厨房。

干生背对着厨房坐着，脱下鞋子，往杯子里倒上啤酒，打开电视。

真纪站在厨房，情不自禁地就地坐下，用手背掩面而泣。

两人都在强忍着悲伤。

真纪站起来，看着干生的背影。

真纪　　（强忍着泪水）……抱歉，我忘了买辣油。

　　　　辣油就摆在厨房里。

真纪　　我去便利店买下辣油。

干生　　（依然背对着她）嗯。

　　　　真纪解下围裙，穿上外套出去了。

　　　　听到关门声的干生转过头看。

　　　　真纪已经不在了。

　　　　干生心里满是悲伤和罪恶感……

　　　　他站起来，拿起包和外套，留下袜子，赤着脚走向玄关。

43　同·前面的马路

　　　　干生一出来，就在马路前面看到真纪的背影。

　　　　颤抖的背影。

　　　　干生凝视，转过身，朝着反方向走去。

　　　　真纪擦擦眼泪，准备调整呼吸。

　　　　回忆到此结束。

真纪的声音　　所谓夫妻，到底是什么呢？

44　教堂·礼拜堂内

　　　　真纪和镜子正在说话。

　　　　镜子眼神严肃，认真感受真纪，听她讲述回忆。

真纪　　我一直在想，但是没想明白。如果哪里不一样的话，我们是不
　　　　是就不会这样了。（回忆，苦笑）如果我们像青梅竹马一样在

某个不知名的小岛上相识,关系很好,也不会想要这样,想要
那样的。每天都会见面,但不是男女关系,也不是家人,是不
是那样就会一辈子关系都很好? 是不是那样会比较好? 不
过,已经不会有答案了。

镜子　　(感受到了她的情绪,反省)我来找。一定会带回你身边……

真纪　　(摇头)抱歉,妈。我想提出离婚。

镜子　　(困惑)等等……

真纪　　承蒙您的关照了。(低头)

45　别墅·一楼

小雀和干生正在说话。

干生　　我立刻把离职金提取成现金。从新宿坐上深夜巴士,一开始
去了关西(有点开心地说)。

小雀　　(附和着他)啊,哦。

干生　　还挺有趣的。到了今年,就剩下七十日元了。(笑了)

小雀　　(一起笑了)啊。

干生　　再这样下去要冻死了。(笑了)

小雀　　(原来如此,一起笑着)哈哈哈,啊,所以你要来找卷小姐……

干生　　我去了东京的公寓,附近的人给我发了这个传单。

小雀　　(打断他)啊,行了。

小雀站起来了。

干生　　我没想给真纪添麻烦……

小雀　是啊,见到的话,卷小姐会很高兴吧。她会很高兴吧……

　　　　小雀拿起手机准备打电话。

干生　警察……(要阻止她)

小雀　(拨开)她说这叫空欢喜。

　　　　小雀开始打电话。

　　　　干生动摇了,表情僵硬……

46　猫头鹰甜甜圈·书库

　　　　司在书架上查看文件,突然灯灭了。

司　哦?(环顾四周)

　　　　他回到入口处,打开开关,灯不亮。

　　　　司拿出手机一看,电量只剩下百分之一。

　　　　他心想糟了,输入了广告部内线的号码,正打算拨号。

　　　　此时来了一个电话,是谕高打的。

司　(犹豫了一下,还是接了,语速很快地说)喂。

47　山里

　　　　不知为何在山里的谕高,环顾四周寻找着。

谕高　有朱?有朱?(对着手机)啊,喂,别府。那个。

48　猫头鹰甜甜圈·书库

司　家森,那个,你急吗?什么?不,我没生气。我现在被关在公司仓库里,快没电了。不,我没生气,这个断了的话,我就无法跟任何人联系了……

通话断了。

司 （看手机,屏幕黑了)不是吧⋯⋯

49 山里

谕高半笑着打电话。

谕高 啊,卷小姐。现在方便吗? 别府好像被关在公司的仓库里。

（笑了)

50 教堂附近的马路

真纪在用手机打电话。

真纪 知道了。我现在回去,找找名片之类的,联系别府的公司看看。好的,那先挂了。

真纪挂了电话,匆匆走了。

51 别墅·一楼

转动钥匙,玄关的门开了。

有朱探头探脑看了一下,进来了。

她收拾好钥匙,蹑手蹑脚地轻轻走进来。

52 同·真纪的房间

小雀的嘴上封着胶带,双手向后被绑在床腿上。

她嗯嗯嗯地想喊喊不出来,扭动着身体。

53 同·一楼

有朱四处环顾房间,凝视着客厅里放着的小提琴盒子。

有朱开心地拿起来背上,心想二楼或许还有,正打算爬上二楼。

干生下来了。

54 同·真纪的房间

楼下传来了有朱的惨叫声。

小雀心中一惊。

55 同·一楼

有朱被干生追赶着,跑到厨房。

有朱 你要干吗?

干生 啊,那个(小提琴)。

干生过来,紧逼着她。

有朱 干吗干吗干吗?

干生 那个,那个……

干生把手伸向小提琴。

有朱抓起了特福(Tefal)的锅,朝着干生的侧脸打过去。

干生蹲下呻吟。

有朱扔下掉落的锅手柄,出了厨房,走向阳台方向,打开门。

有朱到了阳台,正打算从旋转楼梯下去的时候,被背后的干生抓住了肩膀。

干生抓住了小提琴盒子,摇晃着有朱。

干生 这是真纪的小提琴!

干生强行抢下小提琴盒子,把有朱撞飞了。

干生因为反冲力,抱着小提琴盒子撞到了玻璃窗,他啊的一声,看着前方。

56　同·外面

从阳台上可以看到有朱仰面朝天摔落在别墅院子里。

57　同·真纪的房间

小雀听到了重物掉落到楼下的声音,心想,发生了什么?

58　马路

真纪急着往家里赶。

第6话　完

第 7 话

1　山路的入口

"小夜曲"餐厅的休旅车开过来，停下。

谕高和有朱下来了。

有朱　那如果，(看着手机上的黑面长尾猴)我抓到这只猴子的话，可以领钱吗？

谕高从后备厢拿出了狗笼子。

谕高　那不行吧，你又不是没工作。我现在没工作，倒是可以试试。

有朱　如果没钱的话，把中提琴放到拍卖网上不就行了？

谕高　中提琴在拍卖网上能卖掉吗？

两人朝着山路的方向走去。

有朱　乐器很贵吧？

谕高　我的还好。卷小姐和别府的应该挺贵的。

有朱　　（内心关心,但只是淡淡回应着)

2　山路

　　　　谕高和有朱走树木丛生的路上。

　　　　谕高一个踩空,摔进了草丛里。

有朱　　没事吧?

谕高　　（装出潇洒的样子)嗯,我刚刚滑下来很快,这会儿走回去也
　　　　很快。

　　　　他站起来,大步流星地走起来。

　　　　有朱一看,谕高掉了一串钥匙。

　　　　她偷偷弯腰捡起来,握在手里,藏在背后。

有朱　　现在谁在别墅里啊?

谕高　　没人在。

　　　　有朱感到意外。

谕高　　我忘了问猴子的名字了。（回头)

　　　　有朱跑着,转过头。

有朱　　我到对面找找就回来。

谕高　　呃,等等……

　　　　他想去追,又摔到了草丛里。

3　山路的入口附近

　　　　有朱跑过来,打开停着的休旅车,钻了进去。

　　　　她用高超的技术倒车、掉头,麻利地开上车道,疾驰而去。

4　猫头鹰甜甜圈·书库

司在书架上查看文件，突然灯灭了。

司　　　哦？（环顾四周）

5　别墅·真纪的房间

干生抱着大提琴站着。

干生　　（叹了口气）实在对不起。

往自己的脚踝缠胶带的小雀停下手，瞪着干生。

干生举起了大提琴。

小雀看到了，无可奈何，只好继续缠绕胶带。

干生　　不用缠那么紧。只要不能动就行了。

小雀捆好了脚。

干生　　啊，对不起，嘴也要。

小雀给嘴也贴上了胶带。

干生　　不好意思，谢谢。啊，那，对不起，我来绑手吧？

干生把大提琴放到旁边。

干生　　失礼了。啊，放到后面。啊，对，这样。

干生把小雀的手在背后缠绕起来，又拴到了床脚上。

他听到了楼下有什么声音。

干生心里一惊。

6　同·一楼

干生下来一看，遇到了有朱。

有朱吃了一惊。

有朱　　（哀号）

　　　　干生被她的哀号吓了一跳，看着有朱背在肩上的小提琴盒子。

干生　　你在干什么？

有朱　　什么什么……

干生　　你要把它怎么样？

有朱　　什么？

　　　　有朱后退，逃向餐厅。

　　　　干生追过去。

有朱　　干什么？

　　　　有朱进了厨房。

干生　　呀，那个（小提琴）。

　　　　干生过来，紧逼着她。

有朱　　干吗干吗干吗？

干生　　那个，那个……

　　　　干生把手伸向小提琴。

　　　　有朱抓起了旁边放着的特福锅，朝着干生的侧脸打过去。

　　　　干生蹲下呻吟。

　　　　有朱扔下掉落的锅手柄，出了厨房，走向阳台方向，打开门。

　　　　有朱到了阳台，正打算从旋转楼梯下去的时候，被背后的干生抓住了肩膀。

　　　　干生抓住了小提琴盒子，有朱回头。

干生　　这是真纪的小提琴！

　　　　干生强行抢下小提琴盒子，把有朱撞飞了。

　　　　由于反冲力，干生抱着小提琴盒子撞到了玻璃。他看着前方，啊的一声。

7　同·外面

　　　　从外面看，有朱从阳台上往后翻下，仰面朝天地摔倒在别墅院子里。

8　同·里面

　　　　干生走到了阳台下狭小的院子。

　　　　有朱仰面朝天倒在地上。

　　　　眼睛闭着，一动不动。

　　　　干生抓起了有朱的胳膊，一松开，胳膊直接咣当一声落在地上。

　　　　干生心惊胆战地把耳朵贴近她的心脏。

　　　　干生吓了一跳，慌张地拿起有朱的手机，准备拨打。

　　　　用颤抖的手拨打119，又把手机扔到地上。

干生　　（回头看有朱）……啊，已经。（不想面对）

9　同·外面

　　　　真纪回来了。

　　　　内侧停着甜甜圈洞的面包车，旁边停着"小夜曲"餐厅的休旅车，一共两辆车。

　　　　真纪从邮箱里取出信件，心想："这是什么？"

真纪正打算走向玄关的时候，听到别墅里传来了声音。

她感到奇怪，正打算过去看看究竟，夹在胳膊下的信件掉了。

真纪蹲下来捡信件，这时候眼前出现了一双鞋，是有人踉踉跄跄地从别墅里出来了。

真纪抬头一看，是干生。

真纪⋯⋯

干生带着一副要哭的表情走近，和真纪一样蹲了下来。

干生　　真纪。

真纪一股思绪涌上心头，用手背掩面而泣。

干生　　真纪。（怎么办？）

真纪只露出眼睛。

真纪　　⋯⋯你瘦了？

干生的衣服上沾着雪和落叶。

真纪用手把它们拍掉，手停在了他身上。

真纪　　你瘦了。一日三餐，好好吃了吗？

干生　　（点头）吃了。

真纪　　昨天呢？吃了什么？

干生　　炒荞麦面。

真纪　　（注意到了干生手上的绷带）怎么了？

干生　　（回头，隐藏）

真纪　　让我看看，脏了。

干生　　没事。

真纪 怎么会没事？干生，你以前也这样说……（指着别墅）进去吧。

消下毒……

真纪拉着干生的胳膊，正准备站起来。干生不动，真纪被拉了回来。

真纪摔在干生身上，两人都摔倒了。

真纪贴得很近地看着干生的脸。

她非常开心，但是有点害羞地苦笑。

真纪 你回来了。

干生看到了别墅的后方。

干生 ……对不起。

真纪 （心想：只有对不起吗？带着苦笑的表情）

10 同·真纪的房间

被绑着的小雀头歪着，在确认手腕。

她开始用床角摩擦绑着的胶带。

11 同·一楼

真纪和干生进来了。

真纪 坐吧。

真纪直接走向厕所。

阳台那一侧的门还敞开着。

干生赶紧走过去，看到外面，心里极度不愿意面对，关上门，拉上了窗帘。

12 同·厕所

真纪拿来了消毒液和绷带,走到一半,看看镜子。

用手理了理凌乱的头发。

拿起口红,快速涂了几下。

上剧名

13 猫头鹰甜甜圈·书库~走廊

司用手电筒照着,在记事本上写,"给通行中的各位:我被关在书库里,麻烦了,可以请您帮我联系保安吗? 广告部 别府司",然后认真地把这张纸撕下来。

他趴在地上,把纸从门缝下塞了出去。

走廊上,从门缝里塞出去的纸,被地上的口香糖黏住,反面朝上。

司自以为大功告成,觉得自己做得不错。

14 山路

谕高从树林里出来,身上沾着叶子。

环顾四周,只看到大树环绕。

对面好像有个倒下来的广告板。

谕高跑过去,捡起来一看,上面画着一张松鼠的插画,旁边写着:

"野餐猜谜 想一个人独处的时候吃的东西叫——什——么?"

谕高　（发怒了）松饼！（日语发音类似"别管我"）

　　　　他用力踢飞了广告板。

15　别墅·一楼

　　　　真纪给干生换上新的绷带。

真纪　没撞到头吧？

干生　我只是摔了一跤。

真纪　这样也很危险。手机也好,杯子也好,只是摔一下就可能会
　　　摔破。

干生　（看了下阳台）啊!

真纪　说只是摔了一下的人,一般都没摔跤。

　　　　真纪看着干生。

　　　　干生低着头。

真纪　（微笑）你吃点什么吗？

　　　　真纪站起来,走向厨房。

干生　不……

真纪　蛋包饭的话,很快就能做好……

　　　　地上散落着小锅、锅手柄、打泡器、麦片盒等。

真纪　（怎么回事?）

　　　　干生看着真纪的样子……

　　　　真纪走回来,又朝二楼走去。

真纪　小雀？（对干生）你等下。

真纪准备上二楼。

干生　　真纪。

真纪　　嗯？

干生　　没什么。（低头，摇头）

真纪心生疑惑，打算走上二楼。

干生　　真纪。

真纪　　嗯？

干生　　（摇头）

真纪觉得奇怪，走上二楼，但是马上感觉不安，返回，坐到干生面前。

真纪　　你让我等什么？你在怕什么？

干生　　（低着头）

真纪　　什么？怎么了？你见到小雀了？

干生　　（指着二楼）

真纪　　她在呀？

干生　　（点头）

真纪　　在睡觉吧。

干生　　（眼神游离，小声说着什么）

真纪　　（听不见）什么？

干生　　被绑住了。

真纪　　什么？

干生　　她说要报警，所以我就让她不能动。

真纪　　（无法理解）……

干生　　那孩子没受伤。那孩子挺好的。

真纪　　什么？

干生　　对不起……

真纪　　报警？什么报警？为什么报警？

干生　　在浜松。

真纪　　浜松,嗯。

干生　　我抢了便利店。

真纪　　（无法理解）……

干生　　我没钱了……

真纪　　（无法理解）……

干生　　那时,(右手)这个……

真纪　　你把店员……?

干生　　店员没受伤,店员很好。

真纪　　你只抢了钱？

干生　　还把装肉包的机器碰倒了,摔坏了。

真纪　　……是吗？(拿起干生的手)我知道了。去警局吧。我和你一
　　　　起去。去警局。

干生　　（摇头）

真纪　　你逃的话肯定会被抓回去的。虽然我不知道,但是我想不会
　　　　太久的。我会等你回来的。啊,如果你讨厌被等待的话,我也
　　　　可以只准备让你可以回来的地方。你回来的那个时间,我煮

好饭,出去,没关系。没关系,我们一起去警局……

干生　我杀了人。

真纪　（大吃一惊）

干生　还杀了人。

真纪　（稍稍一笑,觉得不可能）你说了,店员很好。

干生　是刚才。

真纪　什么?

干生　在那儿。（指着阳台）

真纪　（吃惊,看着阳台）

　　　干生走到阳台前,拉开窗帘。

真纪　（看看）……（微笑）什么都没有。

　　　干生打开门,走到外面。

　　　真纪感到意外,跟着走了出来。

　　　干生指向护栏外面,真纪偷看。

　　　两人并排站在阳台上朝下偷看。

　　　过了一会儿,两人又走了回来。

　　　关上门,回到原来的座位坐下。

　　　真纪在思考着什么……

干生　……真纪,那个,你还没交吧。

真纪　……什么?

干生　还没交给区政府吧?

真纪　（察觉到了）嗯……

干生　　离婚申请，东京的夫妇不知道能不能在轻井泽交？挺微妙的。
　　　　在长野结婚的夫妻，在香川提交离婚申请的话，就像在乌冬面店
　　　　里点荞麦面……啊，能搜出来吗？离婚申请在居住地以外……

真纪　　……

干生　　总之我们先去区政府，市政府吧，还要盖章……

真纪　　有谁看到了吗？

干生　　什么？

真纪　　（看阳台）

干生　　（看阳台）没有。

真纪　　小雀呢？

干生　　（摇头）

　　　　真纪呼的一声，吐了一口气。

真纪　　逃吧。

干生　　（什么？）

真纪　　逃走，到一个没有人的地方，我们一起生活。

干生　　不……

真纪　　干生，被抓住的话就再也出不来了。没关系，我会跟你一起
　　　　的，两个人一起比较方便。如果你讨厌一起的话，我会和你保
　　　　持一定距离的。

干生　　你为什么？

真纪　　不要说"你为什么"。

干生　　都是我自己做的。

真纪　我们还是夫妻。

干生　……你好好提出离婚申请吧。你可以好好过自己的人生……

真纪　好了,不要说什么自己的人生。不好玩。这种人生,我不需要。

干生　(看着阳台)就这样放着吗?

真纪　(摇头)不能就这么放着。

　　　真纪站起来,走向玄关。

　　　干生还摸不着头脑,就听到啪嗒啪嗒的声音,是真纪拿着睡袋回来了。

干生　什么……?

真纪　怎么,又不能放在那儿。

干生　搬到哪里去啊?

真纪　不能放在那儿。

16　同·二楼的走廊

　　　真纪在用手机浏览浜松的地方新闻报道。

　　　报道称,市内的便利店遭到了一个三四十岁男子的抢劫。男子抢了现金逃走,警察正在排查防盗录像。

　　　真纪……

17　同·真纪的房间

　　　小雀将背后手上的胶带在床角摩擦时,门开了,真纪进来了。

小雀　(含混不清地喊真纪)

　　　真纪走到小雀的面前,看着她被捆绑的手脚。

真纪　疼吗?

小雀　　　（笑着摇头）

真纪　　　没关系？

小雀　　　（笑着点头）

真纪　　　（放心了,点头）

小雀　　　（用表情示意门外,喊着你丈夫,你丈夫）

真纪　　　（理解)谢谢。在别府和家森回来之前,你还要再忍耐一会儿。

小雀　　　（笑着,感到一惊）

真纪　　　对不起,现在还不能解开。

小雀　　　（什么？ 吃惊）

真纪　　　（想跟小雀解释)那个,小雀⋯⋯

小雀　　　（叫：快给我解开!）

真纪　　　（心想不能多说废话)我们稍稍出去一下就回。

小雀　　　（从她的表情里察觉出异常,不解）

真纪　　　对不起,本来今天我要做小雀最爱吃的,大家一起开开心心
　　　　　　地⋯⋯我们稍稍出去一下就回。

小雀　　　（盯着她,好像在问要去哪里。)

真纪　　　（也盯着她）

小雀　　　（摇着头表示不行）

真纪　　　⋯⋯

　　　　　　这时干生来到门外,拿出铲子。

干生　　　我找到了这种。

真纪　　　嗯。

小雀明白肯定是发生了什么大事,呻吟着、挣扎着要和真纪抗议。

真纪　　（看着小雀,说对不起）

真纪和干生一起出去了。

小雀　　（呻吟着:卷小姐! 卷小姐!）

18　同·里面

有朱睁开了眼睛,看看左边,看看右边。

她想动动脚,感到有点疼。

她听到有人踩着雪的脚步声,转动眼珠一看,干生正朝这边走过来。

她吓了一跳,闭上了眼睛。

真纪和干生走到她身边,她能听到两人局促不安的呼吸,有朱继续屏住呼吸。

有朱被放进了睡袋。

19　同·真纪的房间

小雀背后的手在拼命挣扎。

绑着手的胶带被割断了。

她用力把剩余的部分都弄断,终于解放了,伸出手。

动了动手和指头,确认没事,她一下子撕掉了嘴上的胶带,呼了一口气。

20　同·外面

真纪和干生从里面搬来了一个重重的睡袋。

他们打开甜甜圈洞面包车的后门，钻进去，把睡袋放在座位脚下。

座位上堆了一堆东西，有小提琴、铲子和一整套行李。

干生一直凝视着睡袋。

真纪　　（避开目光）不能看。

真纪回头看着别墅告别，拿出车钥匙准备坐进车内。

干生　　我来开。

真纪点头，把钥匙递给干生。

干生坐进去了。

真纪走到副驾驶一侧，正准备打开门，发现汽车落锁了。

她敲车窗，叫干生开锁。

干生把副驾驶的车窗摇下一半。

真纪　　车门开一下。

干生　　这附近有没有什么大点的湖之类的？

真纪　　什么？

干生　　（指着后面）我和这个人一起沉下去。

真纪　　你在说什么？

干生　　我不能再靠你了。

真纪　　别说这些。

干生　　如果警察来了，你就说我和情人逃了，糊弄过去。

真纪　　一起逃……

干生　　（微笑，举手告别）

干生踩了油门，发动了面包车。

真纪敲敲车门,喊着:"等一下!"

但是面包车疾驰而去。

真纪跑着去追,看到了"小夜曲"餐厅的休旅车,伸手拉了下车门,门开了。

车上插着钥匙。

她正准备坐进去的时候,小雀从玄关跑出来了。

小雀　　卷小姐!

真纪回头一看,一瞬间两人四目相对。

但是真纪还是钻进去,把车开走了。

小雀　　卷小姐!

21　林荫大道

干生开的面包车在飞奔。

稍微后面一点,真纪开的休旅车也在飞奔。

面包车里的干生,看看后视镜,确认了一下。

滚落在后排座椅脚下的睡袋。

睡袋里的有朱轻轻地蠕动。

22　道路

遇到了红灯,干生的面包车和卷小姐的休旅车一前一后停着。

干生从后视镜里看着休旅车……

真纪看着前面的面包车……

变成绿灯了,面包车左拐了。

真纪也准备左拐,这时人行横道走过一对中学生情侣,一边过马路一边打情骂俏。

真纪怎么也通过不了,心里焦急。

真纪好不容易左拐了,却看不到干生的面包车了。

真纪心想糟了……

23　别墅·外面

走出别墅的小雀正准备追的时候,有一辆出租车开过来,停下了。

小雀正想着会是谁呢,一看,走下来的是镜子。

小雀心想:呀……

镜子看到小雀,走过来了。

镜子　小雀,那个人……

小雀情不自禁地抓住了镜子的手。

小雀　你儿子还活着。

镜子……

小雀把钥匙递给镜子,指了指别墅。

小雀　你等等。

小雀走到已经开到路上的出租车,拦住了车。

镜子　你去哪儿?

镜子想追上去,但突然扶了下腰。

小雀钻进了出租车。

24　道路

行驶的出租车内,小雀坐在后排座位。

小雀　　开上国道,呃……先开上去。(看着窗外,寻找车辆)

25　大坝前的国道

　　　　被大山环绕的大坝。

　　　　面包车停在前面的路边上。

　　　　干生从驾驶席下来,走到大坝边,看看这附近是不是合适。

　　　　他靠在栏杆上,看着下面的大坝。

　　　　他想,就在这儿了。

　　　　车内,睡袋滚落在车后座的地上。

　　　　拉链被拉开,有朱探出了脸。

　　　　她想再拉开一点,结果头发被缠住了。

有朱　　疼疼疼……

　　　　她把拉链往回拉了一点,再拉开,吐了一口气。

　　　　她从睡袋里出来,坐起来,感觉身上有点疼,突然注意到——旁边放着真纪的小提琴。

　　　　她准备伸手去拿,先看看窗外,看到干生在对面看着下面的河。

　　　　有朱警觉是那个男人,脸色大变。

　　　　干生正打算行动,听到了引擎的声音。

　　　　回头一看,有朱正坐在驾驶座上手握方向盘。

　　　　干生非常惊讶。

既不是努力，

也不是信念，

人的心是由习惯筑成的。

和干生视线相交的有朱也非常害怕。

有朱倒车往后开,利落地掉头,扬长而去。

干生被留在原地,一脸愕然……

26　道路

真纪开的休旅车行驶着。

她看到显示前方是"汤川大坝"的牌子。

真纪直接往前开,迎面遇到了正开过来的甜甜圈洞四重奏的面包车。

真纪一惊,在擦肩而过的时候踩了刹车。

面包车也同时停了车,两人并排停着。

面包车驾驶席上坐着的有朱,看到真纪的脸,表情变得很害怕。

真纪也是,看到了有朱,吓得不轻。

两人都摇下车窗,情绪激动。

真纪　对不起!

有朱　对不起!

真纪感到意外。

有朱下来了。

有朱　(指着面包车)还给你。

真纪　好。

真纪下来了,看着她,觉得她还活着很匪夷所思。有朱迅速地爬上休旅车。

有朱 还给你了哦。

真纪 那个……

　　　有朱又漂亮地来了一个掉头,疾驰而去。

真纪 (大声喊)我老公呢?

27　猫头鹰甜甜圈·书库

　　　司坐在宽敞的椅子上,打着手电筒,有点优雅地玩着拼字游戏。

　　　手电筒突然灭了,他一惊,晃了晃。

　　　晃了几下亮了,又灭了,他又晃了几下。

28　山路的入口

　　　谕高回来了,本应该停在那儿的休旅车不见了。

　　　他感到奇怪,一直站在那儿。突然休旅车就开过来了,漂亮地停在了谕高的旁边。

　　　有朱打开了车窗。

有朱 我一直在找猴子吧?

谕高 你去哪儿了?

有朱 一直在找猴子吧?

谕高 (没太明白)嗯。

29　道路

　　　小雀坐在行驶的出租车内,看着窗外。

司机 啊,不管去哪儿,都会经过这儿的。

小雀　　那，请再回头开一遍。

　　　　遇到了红灯，停了。

　　　　她一看，旁边车道上停着"小夜曲"餐厅的休旅车。

　　　　有朱在开车，谕高坐在副驾，两人开心地在唱着什么。

小雀　　（打开车窗）家森！

　　　　车里的谕高没有注意到旁边出租车内的小雀，还在唱着收音
　　　　机里传出的轻井泽民谣。

小雀　　家森！

　　　　谕高没有注意到她，仍和有朱唱着轻井泽民谣。

　　　　休旅车开走了。

小雀　　家森！

30　道路（傍晚）

　　　　干生走投无路，在路上彷徨失措。

　　　　突然一看，发现巡逻中的警察正在检查停在路边的自行车。

　　　　干生盯着他们，走过去。

干生　　那个。

警察　　嗯。

干生　　这是我第一次……

　　　　这时，面包车停在了干生的背后。

　　　　他回头一看，真纪从驾驶座上探出了头。

真纪　　（一边窥视着干生和警察的样子）对不起，我来迟了。

干生　（惊讶）……

真纪　很冷吧，快上来。

　　　干生默默点了点头，坐到了副驾驶座上。

警察　注意安全。

真纪　谢谢。

　　　警察骑上自己的自行车走了。

　　　真纪松了口气，干生坐了进来。

真纪　（微笑）没想到她竟然活过来了。

干生　（看到真纪的笑脸，感到安心，浮现出笑容）明明仔细地（指着耳朵）确认过的。

真纪　但是，刚才（指着对面）我见到她了。她还跟我道歉了。

干生　那个人，想把你的小提琴拿走。

真纪　啊？

干生　她是那种人吗？

真纪　是个有趣的人。（握着方向盘）那……

干生　真纪，我……

真纪　（打断他）回东京吧。

干生　不……

　　　真纪注意到了干生微妙的反应，但还是笑着开动了面包车。

31　便利店·前面的停车场

　　　真纪和干生坐在停着的面包车内。

真纪　　我去买杯茶就来。肚子饿了吗?

干生　　(因为在便利店前,所以低着头,摇头)

真纪　　(把手放到干生肩膀上)我马上就回来。

　　　　真纪下车,走进店内。

32　道路～便利店前面

　　　　小雀坐在行驶中的出租车内。

　　　　她看着窗外,注意到了停在便利店前的面包车。

小雀　　(警觉,对司机说)停车!

33　便利店·店内～前面的停车场

　　　　真纪拿了两杯热茶、两个饭团,走向收银处。

　　　　店门发出了开门的声音,真纪望去,是小雀进来了,走过来。

真纪　　(吃惊)······

　　　　小雀默不作声,在一旁站着,看着真纪。

　　　　真纪惭愧地低下头。

　　　　小雀拿了一个饭团过来,放到收银台上。

店员　　(看着真纪,意思可以买单了吗?)

真纪　　(反应过来)······

店员　　(结账)八百一十日元。

真纪　　好。

　　　　真纪付钱。

店员　　刚好。谢谢。

真纪拿了自己买的东西，转身，走向和入口相反的方向。

小雀拿了自己买的东西，跟在她身后。

真纪绕路绕了一圈，小雀也跟在后面绕，走出了便利店。

真纪正准备走向面包车的时候。

小雀抓住了真纪的胳膊。

真纪回头，看着小雀的手。

真纪 ……刚才没给你松绑，你生气了？

小雀依旧抓着真纪的胳膊。

小雀 非常生气。被抛弃的感觉，满满的。

真纪 对不起。

小雀 好了。我也对你撒过谎，骗过你。扯平了。回别墅吧。

真纪 现在，不太方便……

小雀 你去哪儿？

真纪 你最好不要知道。

小雀看着面包车内低着头的干生。

小雀 窝藏犯人罪。对吗？

真纪 嗯……

小雀 卷小姐？

真纪 真为难。

小雀 （提高嗓门）哪里为难？

真纪 ……

小雀 四重奏你打算怎么办？会变怎样？再见？拜拜？啊？啊啊？

真纪　　……因为我们是夫妻。

小雀　　夫妻啊。夫妻是什么？我不也和你用同一种洗发香波吗？头
　　　　发上散发的味道都是一样的。

真纪　　……

小雀　　你别去。

真纪　　……小雀。

小雀　　（什么？）

真纪　　我喜欢他。

小雀　　……

真纪　　一直没变，还是喜欢他。

小雀　　……

　　　　真纪把脸凑近到小雀耳边。

　　　　小声说着什么。

小雀　　……

真纪　　（盯着小雀，低下头）

　　　　真纪钻进了面包车的驾驶座。

　　　　开出停车场，跑远了。

　　　　小雀被留下，一直站在原处不动。

34　东京都内实景（夜晚）

35　卷家的公寓·走廊

　　　　真纪和干生一人提着一袋装着萝卜等东西的塑料袋走进来了。

真纪　　三百八十日元。(微笑)

　　　　　两人站到了门前。

　　　　　门上有写着"卷"的名牌。

36　同·房间

　　　　　真纪和干生进来了。

　　　　　干生放下了购物袋,凝视着房间。

干生　　(害羞地说)不错的房间。

真纪　　(微笑)欢迎回来。

干生　　(微笑)我回来了。

　　　　　干生注意到了掉在地上的袜子。

　　　　　真纪捡起来。

真纪　　你脱了就一直这么放着。(训斥般地微笑着说)

　　　　　她把袜子拿去水池。

干生　　(一边微笑,一边还心有疑惑)

37　别墅·真纪的房间

　　　　　镜子穿着睡衣,撑着腰走进了真纪的房间。

　　　　　小雀伸手关了灯。

小雀　　晚安。

镜子　　小雀。

小雀　　腰疼吗? 要我帮你揉揉吗?

镜子　　我担心干生。如果知道他们两人去哪儿了,要马上告诉我。

小雀　　（别有所思）嗯。

38　同·一楼

谕高吃着撒了碎三文鱼的茶泡饭。

小雀拿着大提琴下来了。

谕高　　卷小姐去哪儿了？她还说今天要做饭给小雀吃呢。

小雀走进客厅，整理大提琴。

谕高　　别府也没回来。难不成他们俩去吃寿司了？太狡猾了吧。

小雀把弓靠到大提琴上，轻轻地拉了一下。

谕高　　怎么了？怎么感觉你心情不好。

小雀　　没有不好。

谕高不再追问，继续吃茶泡饭。

小雀开始用大提琴拉琼妮·米切尔的《青春的光和影》（*Both Sides Now*）。

小雀　　（一边拉一边回忆）……

回忆，便利店前的真纪和小雀。

真纪把脸凑近小雀的耳朵。

轻轻地说。

真纪　　我想和他上床。

小雀　　……

小雀的手失去了力气，放开了真纪的胳膊。

小雀继续拉着……

39　东京，卷家的公寓·房间

真纪往餐桌上的花瓶里插上花。

干生洗好澡，穿着浴袍走出了浴室。

真纪	暖和点儿了吗？
干生	嗯。
真纪	（一直盯着干生看）
干生	嗯？
真纪	那个呢？
干生	唉？（有点抗拒）
真纪	来吧。（催促）

干生不情愿地回到浴室，又回来了。

干生	哇！

他敞开浴袍。

里面穿着运动服。

真纪	（开心地大笑）
干生	（心想有那么好笑吗，歪着头微笑，再一次敞开了浴袍）哇！
真纪	（又一次拍手大笑）
干生	（歪着头）有趣？
真纪	（一边笑一边点头）
干生	（看着这样的真纪微笑）

餐桌上放着关东煮的锅,真纪和干生面对面坐着。

干生　　开动了。

真纪　　开动了。

两人把关东煮当成点心,吃饭。

干生嘴里塞得满满的,拼命在吃。

真纪　　(心想怎么了,看着他)

干生　　好吃。

真纪　　一开始,听你说,就着关东煮这么吃饭,我吓了一跳。

干生　　完全可以吃的吧。

真纪　　现在是可以吃了。(吃着)

干生　　有汁水,可以就着饭吃。

真纪　　挺搭的。

干生　　第二天也好吃。

真纪　　嗯。(想起来了,笑了)

干生　　什么?

真纪　　我们的成员里,有一个叫家森的。

真纪把旁边放着的甜甜圈洞的传单拿过来。

真纪　　(指着谕高)这个人。有一次,在吃了咖喱的第二天,他说,(模仿谕高)"是谁,谁把我留隔夜的咖喱吃掉了?"

干生　　(想象,微笑)嗯。

真纪　　我说,前一天晚上全部都吃完了。(模仿)"什么,咖喱一晚上都吃完,不就等于旅游预定了旅馆,却当天回来吗?"

干生　（笑着）真是麻烦。

真纪　很麻烦。吃完咖喱的，（指着照片）是小雀。"这种东西不就是
　　　想吃的时候就吃是最好吃的吗?"

干生　是啊。

真纪　小雀这孩子，想睡觉的时候，在哪里都能睡着。之前洗澡的时
　　　候，（做出洗头的动作）就这样睡着了。

干生　（笑着）真厉害啊。

真纪　两人争论不休的时候，来劝架的，（指着照片）是别府。小学时
　　　候的昵称是干事长。

干生　（笑了）

真纪　但是也有电量耗尽的时候，被家森骂的时候，他就会卷起衣服
　　　的袖子，等注意到的时候，才发现变成无袖的了。

干生　（笑着）你们可真有意思。

真纪　（点头）大家都挺有趣的。大家一起享受着各自的有趣，我们
　　　是靠缺点连接在一起的。

干生　哦。

真纪　我们互相说着这个不行，那个不行。

干生　（微笑）真好。

真纪　（微笑）你呢?

干生　嗯?

真纪　我想听听你冒险的故事。

干生　啊，这一年。（苦笑）

真纪　　发生了很多事吧。

干生　　是啊。嗯,三百张通心粉沙拉折扣券的互抢事件。

真纪　　(笑着)都什么啊。

干生　　还有放火烧毁遗迹事件,泰拳冠军为了一条毛巾哭泣事件。

真纪　　真是太残酷了。那,说说通心粉沙拉吧。

干生　　一晚上八百日元的旅店里,有一个叫泉谷的人。

真纪　　啊,有柚子胡椒粉哦。

干生　　啊,我要。

　　　　真纪走向厨房。

　　　　真纪从旁边放着的购物袋里取出了柚子胡椒,注意到冰箱旁

　　　　放着葡萄酒。

真纪　　有葡萄酒。喝吗?

干生　　啊……

真纪　　不要?

干生　　还是喝吧。(内心微妙)

真纪　　(看着他的表情)下次再喝吧。

干生　　(点头)

　　　　真纪放下葡萄酒,返回餐桌坐下。

真纪　　啊,我忘了拿柚子胡椒。(苦笑)

　　　　真纪正打算站起来,干生让她坐下,自己去了。

　　　　干生把手伸向放着的柚子胡椒。

干生　　吃完之后,我们去本乡警局吧。

    真纪……

干生　还有，在这之前，先去区政府。

    真纪……

    干生看着这样的真纪，拿起了葡萄酒。

干生　还是喝吧。喝一杯再去也没事吧……

真纪　（动摇）……

    干生看到真纪的表情，放下葡萄酒，返回餐桌。

干生　（垂下头）对不起。

真纪　（感到疑惑）

干生　任性地离家出走。让你担心了一年。

真纪　……（微笑）你又没有做需要道歉的事。

干生　我做了。

真纪　我挺开心的，做了喜欢的事情，拉了小提琴，活出了自己的样
　　　子……

干生　我丢下你一个人。

真纪　……（微笑）

干生　真的对不起。

真纪　反正你也回来了，来见我了。

干生　我以为你已经不在等我了。

真纪　（微笑，偏着头）

干生　你要是忘了我就好了……

真纪　毕竟，你什么都没对我说。

干生　　……（点头）

真纪　　因为你没直接对我说。

干生　　（点头）

真纪　　嗯。

干生　　我一直想着你。

真纪　　嗯。

　　　　真纪期待着。

干生　　没有忘记过你。

真纪　　是吗？怎样的？

　　　　真纪有想听到的话。

干生　　我们做了两年夫妻了。

真纪　　嗯。

干生　　我们在这里一起生活，很快乐。

真纪　　嗯。

干生　　充满着美好的回忆。

真纪　　嗯。

干生　　我真的很在乎你，一直都是，现在也很在乎。

真纪　　嗯。

干生　　所以，幸福……

真纪　　嗯。

干生　　想让你变得幸福。

真纪　　……

干生　　我很感激。

真纪　　……

干生　　谢谢。

真纪　　……（低下头）

　　　　真纪决定不让干生看见，抬起了头。

真纪　　（微笑）彼此彼此，谢谢。

干生　　（点头）

真纪　　结婚两年——是三年，一直很幸福。

干生　　（点头）

真纪　　我很爱你。

　　　　《乡村骑士》间奏曲响起。

　　　　真纪一边说话一边吃饭。

　　　　真纪听着干生这一年的经历，笑着。

　　　　真纪帮干生重新绑上绷带。

　　　　真纪准备好了替换的袜子、内衣等。

　　　　两人往包里装行李。

40　区政府·前面

　　　　真纪和干生走到这里，进去了。

41　同 · 夜间窗口

真纪和干生向窗口递交了离婚申请。

马上就受理了。

两人没想到,就这样结束了。

42　警局 · 前面

真纪和干生走过来了。

两人在警局前面对面站着。

干生伸出两手做出要拥抱真纪的动作。

真纪没有回应,只伸出了右手。

干生握住了她的手。

干生举手说再见,真纪也同样举手。

干生走向警局。

真纪一直目送他。

真纪脸上一扫阴霾,切换了心情,转身。

43　马路上

真纪一个人在走路。

取出手机,一看,想起来了。

她滑动手机,像是在找通话记录。

真纪　……啊。(想起了重要的事情)

44　猫头鹰甜甜圈 · 走廊上~书库(清晨)

真纪和保安一起急匆匆地走过来。

书库前,保安取出了钥匙,插进钥匙孔,开门。

真纪和保安走进去了。

真纪一看,司坐在椅子上。

司　　　(注意到了,抬起头)啊,卷小姐。

司的毛衣和衬衫一起卷到了肩膀处。

45　音乐餐厅"小夜曲"·店内（另一天,夜晚）

真纪、小雀、司和谕高拿着乐器进来了。

四人　　早上好。

有朱在打扫。

有朱　　早上好。

有朱对走过她面前的真纪说。

有朱　　(用一直以来的那张笑脸)今天也请多关照。

真纪　　(不自然的笑容)请多关照。

真纪一边这么回答一边经过,看了下有朱的侧脸,心里扑通扑通地担心,心想,这孩子没事吧?

46　别墅·一楼

餐桌上,真纪、小雀、司、谕高在用铁板煎大阪烧。

谕高　　呃,那么,卷小姐,你的姓变了吗?

真纪　　嗯,改回旧姓了。

小雀　　那就不是卷小姐了。

真纪　　名字上来说是这样。

司　　　你的旧姓是什么?

真纪　　我姓早乙女,叫早乙女真纪。

小雀、司、谕高　　(吃惊)

司　　　早乙女真纪?

真纪　　是。

　　　　小雀、司、谕高似乎有点兴奋。

小雀　　唉,好像有点带劲儿。

真纪　　为什么?

谕高　　你们家是名门吗? 家里有管家吗?

真纪　　就是普通人家,没有管家。

谕高　　嗯,你会用大阪烧就着饭吃。

司　　　和这没关系吧。(指着真纪的外表)不过,的确有早乙女的
　　　　感觉。

真纪　　有早乙女的感觉吗?(歪下头)

小雀　　感觉层次提高了。

谕高　　从小鱼苗变成鲫鱼的感觉。

小雀　　离婚了挺好。

司　　　其实我一直觉得,是不是不要提到卷真纪这个名字比较好。

　　　　小雀和谕高表示同意。

谕高　　我想你会不好意思吧。

真纪　　我没觉得。

小雀　　卷真纪读音是 makimaki,听起来像是偶像的名字呢。

真纪　　是真名。

司　　　以后叫你早乙女行吗?

真纪　　就叫名字,叫真纪吧。

谕高　　这样叫的话,就感觉在叫原来的卷小姐啊。

司　　　是的呀,离婚的感觉就减弱了。

谕高　　好不容易离婚了,总觉得好像又变回卷小姐了。

小雀　　那能不能叫真纪?

谕高　　(强调卷小姐)好像又变回卷小姐了。

真纪　　(对小雀说)嗯。

谕高　　(强调卷小姐)好像又变回卷小姐了。

司　　　那,就叫名字,真纪,真纪。

真纪　　嗯。

谕高　　不觉得又变回卷小姐了吗?

司　　　(看着对面)哇!

　　　　三人疑惑,回头看。

三人　　哇!

　　　　镜子在楼梯上趴着,看着这边。

真纪　　怎么了?

　　　　真纪慌张地跑过去。

镜子　　谢谢款待。

　　　　她拿出了吃饭的盘子。

真纪　　我去取。

镜子　　（对着三人）对不起,腰治好了我就回去。

三人　　没关系……

　　　　真纪从二楼下来了。

　　　　小雀坐在沙发上,抱着大提琴睡着了。

　　　　真纪微笑看着这样的小雀,坐在壁炉前,把手上拿的书放到膝
　　　　盖上。

　　　　是一本蓝色封面的书,上面还有洒了红茶的痕迹。

　　　　小雀醒了,注意到真纪在这儿。

　　　　她注视着一边摸着膝盖上放的书、一边目不转睛的真纪的
　　　　背影。

小雀　　（盯着）……啊,我睡着了。

真纪　　（回头,看看小雀,微笑）

　　　　小雀放下大提琴,坐到真纪旁边。

　　　　小雀偷偷看了一下,真纪就把书给她看。

真纪　　这是结婚前他给我的诗集。

小雀　　（哼地微笑）

真纪　　我不太懂。他跟我说的电影也是,哪一部都不好看。

小雀　　（微笑）

　　　　真纪盯着壁炉,把书放进去了。

　　　　小雀吓了一跳。

　　　　真纪盯着燃烧的书。

小雀在一旁守着，站起来，拿起大提琴。

小雀　　来一曲吗？

真纪　　（点头）

真纪和小雀，两人并排拉着《偶得风琴之歌》。

两人交换视线，开心地拉着。

第7话　完

第 8 话

1　照月湖

真纪、小雀、司和谕高并排坐在冰面上的折叠椅上,用短钓鱼竿伸进冰洞里垂钓。

司看着手机邮件,屏幕上内容是"出售别墅的时候,查询评估金额"。

司……

四人一起钓起了西太公鱼,发出了"喔"的欢呼声。

小雀　毫不费力!

谕高　它们都是笨蛋!

真纪　到底是鱼类。(嘲笑)

完全钓不到鱼,四人叹气。

司	难道不是因为大家把鱼类当成笨蛋吗？
谕高	（不开心地）嗯，别府，你是说鱼听得懂我们的语言？
司	（嫌麻烦的样子）抱歉。
小雀	说点有趣的事吧。
真纪	我昨天晚上（已经开始笑了）做了一个有趣的梦。
谕高	（惊讶，皱眉头）
真纪	我们几个人要在一个大演奏厅表演，上了台竟然看到了空中千秋，为了上去表演费了老大劲儿。（一边笑一边说）
小雀	啊。
司	啊。
谕高	……
司	这么一说，我也做了个有趣的梦。
谕高	（惊讶，皱眉头）
司	（已经开始笑了）有一天，突然我们四个人就灵魂互换了。（笑着）
真纪	啊。
小雀	啊。
谕高	……
小雀	啊，我昨天也做了一个梦……
谕高	等下等下，你们到底在说什么呀？
小雀	做梦……
谕高	不是在说做梦吧。

小雀　　就是在说做梦。

谕高　　真纪,听了别人做的梦,要怎么回答?

真纪　　哦。

谕高　　小雀。

小雀　　哦。

司　　　(想着自己也会被点名,在等着)

谕高　　听了别人做的梦,只能回答"哦"吧。"哦"之后什么都不会产
　　　　生。不要让别人说"哦"。

小雀　　(觉得麻烦,看着真纪)肚子饿了。

真纪　　又很冷,回去吧。

小雀　　回去了回去了。

　　　　四人开始收拾。

司　　　那个,其实,我们的别墅……

　　　　三人疑惑,看着司。

司　　　(在众人的视线下,说不出口)不……不,你们知道吗,我们家,
　　　　春天的时候会有很多松鼠聚集过来。

三人　　(惊讶,停下手)

司　　　什么?

谕高　　一直苦于没有话题,怎么到了要回去的时候,大家都有好玩的
　　　　事说了呢?

司　　　对不起。

小雀　　不是蛮好的吗? 在回去的车上说松鼠的事吧。

谕高　回程我已经想好了要玩文字接龙了。

　　　　真纪叫着:冷啊冷啊,先回车上去了。

司　　真纪!

真纪　你们在干什么呢? 早点回去吧。

2　别墅·一楼(夜晚)

　　　　餐桌上摆满了菜肴,刚做好饭的镜子系着围裙。

　　　　真纪、小雀、司、谕高看着一桌菜肴。

司　　好厉害!

谕高　看起来很好吃。

　　　　大家都很兴奋。

镜子　腰好不容易治好了。承蒙大家的关照。

　　　　四人纷纷道谢,坐下。

小雀　中午没能吃饭,肚子饿了。

真纪　没吃夹在椅子缝里的面包真是太好了。

　　　　四人合掌。

四人　开动啦……

镜子　稍等一下。吃饭前我有话想对大家说。

　　　　四人不知何事,筷子停在半空中。

谕高　啊,如果又是道歉的话,(对着真纪和镜子)你们私下就行……

真纪　我已经没事了。(挥手)

小雀　(挥手)

镜子坐下了。

镜子　　我在这边住了好儿天了，太麻烦了。

　　　　四人拿着筷子，只想早点吃饭。

镜子　　大家生活习惯之乱，我都看在眼里。

　　　　四人就像被训斥的小孩一样，听着说教。

镜子　　一大早起来就乱糟糟的，这个找不到那个找不到。你们知道

　　　　为什么会这样吗？因为前一天晚上没有做好准备。

真纪　　嗯。

司　　　嗯。

镜子　　吃好饭后，也不抓紧时间去洗澡，而是拖拖拉拉地聊天。

小雀　　嗯。

司　　　嗯。

　　　　四人特别特别想开饭。

镜子　　我也不想说这些的……

　　　　她一边说一边走到厨房，给西太公鱼裹上粉。

镜子　　人啊，晚上最晚十点钟就要睡觉。这样才会滋养心灵和身体。

　　　　小雀看着菜，又看看镜子，偷偷地伸出手，抓了小菜放到嘴里。

　　　　三人啊的一声。

　　　　小雀一脸享受的样子。

镜子　　有一位我很尊敬的拼布老师说过，既不是努力，也不是信念，

　　　　人的心是由习惯筑成的。

　　　　真纪、司和谕高都确认了镜子没有看向这边，不断偷偷伸出

手,吃着。

盘子里逐渐出现了空白,小雀伸出手,快速把小菜拨了拨。

镜子 要说是怎么回事呢,心是非常脆弱的。但是一旦变成身体的习惯,就不容易变乱。

四人瞅准时机,用手抓着吃。

小雀看到镜子转过身,站起来,拿了对角线最远处的一个菜。

三人 (喔! 危险!)

小雀已经在大口大口地吃了。

三人 (真是个冒险家)

司和谕高也站起来,吃着远处的菜。

四人 (战战兢兢)

镜子 不是说必须要做什么。重要的是,在想之前,手脚就动起来了。如果把日常的生活过好了,就能沉着应付了。明镜止水。心就自然会变美了。拼布的老师说的。冬天用冷水洗脸吧。

真纪开始用勺子从大汤碗里舀汤。

三人 (有汤的不行,有汤的不行吧?)

真纪就着汤碗喝汤,美味!

三人惊叹不已。

司盯着桌子中央的一个大盘子主菜。

三人 (那个不行! 那个不行! 别!)

司 (我要吃!)

司用叉子叉向主菜。

三人　　（哇!）

　　　　司迅速分给全员。

四人　　（喔!）

　　　　但是盘子空了。

　　　　小雀伸出手,摆弄了一下装饰的生菜。

三人　　（不行不行,那个不行!）

　　　　四人分别从其他碗里移了一点菜,放进去。

镜子　　首先,从今天开始,为了改变习惯,我们制作一张时间表! 然
　　　　后……

　　　　镜子回来了,注意到餐桌上食物的惨状,看看四人的脸。

　　　　四人虽然腮帮鼓鼓的,但是表情是真的在认真反省。

镜子　　……（对着这样的四人,表情缓和,微笑）

四人　　（看到她的笑脸,觉得笑了就好,都放心笑了）

镜子　　（表情严肃）

四人　　（又害怕起来）

上剧名

3　轻井泽车站・车站前（另一天）

　　　　真纪和镜子走过来,停下了。

真纪　　（递给她一张便笺纸）这是律师的号码。

镜子	（深深鞠躬，接过来）回去之后，我立刻去见那孩子。
真纪	嗯，那，我们再电话联系……
镜子	（摇头）我不会再和你联系了。
真纪	（惊讶）
镜子	（拿起真纪的手）活出自己的人生吧。
真纪	（困惑）
镜子	抱歉，那再见了，拜拜。

镜子笑着挥手，走远了。

真纪	（看着背影）妈妈！

真纪跑着追上去。

镜子摊开两手，真纪把手提袋递给她。

真纪	是腌野泽菜。
镜子	（明白了）来这儿不买这个可不行。

两人微笑。

4 别墅·小雀的房间

小雀裹在被子里睡觉。

5 小雀的梦

别墅的一楼，手里拿着漏勺的司带领着背大提琴盒子和包的小雀。

司	冬天的轻井泽也很不错。就是到了晚上，到处都是拉下的铁门。
小雀	（环顾四周，看着司手上拿的漏勺）

司　　（注意到自己手上拿着漏勺）啊，我这会儿刚好在做饭。

　　　　小雀和司面对面坐在餐桌旁，正准备吃番茄意大利面。

司　　以后请多关照。

小雀　请多关照。（准备吃）

司　　啊。（等等）

　　　　司解下了自己的围裙，站到小雀的背后。

司　　番茄意大利面很危险。因为你穿的是白色的漂亮衣服。

　　　　司给小雀围上围裙，系好。

　　　　小雀看着出现在自己跟前的司的左手，感觉他给自己系围裙
　　　　有点紧张，说了声谢谢。

　　　　小雀有点紧张，拿起起司粉，撒在司和自己的意大利面上。

　　　　两人相视一笑，开始吃意大利面。

　　　　司在阳台上晾衣服。

　　　　小雀坐着，一边喝着三角形包装的咖啡牛奶一边看着司。

司　　世吹小姐，我之前也喝过这一款牛奶。你喜欢喝这个？

小雀　什么？啊，是的。（看着三角形包装盒）一直喜欢，喜欢到忘了
　　　　喜欢这回事。（微笑）

6　别墅·小雀的房间

　　　　小雀一边睡觉，一边害羞地摸着脸。

7　同·一楼

　　谕高翻阅着镇上杂志的招聘栏，表情正惆怅之时，系着围裙、拿着漏勺的司来了。

司　　　这个月有营业额了，不用勉强去打工啊。

谕高　　别府，就算结婚了，也别赶我出去啊。

司　　　我要结婚吗？

谕高　　真纪也离婚了，这不是机会吗？

司　　　……（仅仅是嘴唇动了下，无声地说了句"是喔"）

谕高　　你是在想"是喔"，对吗？

司　　　我没在想，没在想。

　　谕高一边坏笑一边走到了二楼。

　　接着从楼上走下来的是小雀，她看着系着围裙、拿着漏勺的司。

小雀　　（慌张）

司　　　怎么？

小雀　　没什么，感觉刚才做梦了。

司　　　哦？

小雀　　啊，不要说做梦的事儿了。

司　　　小雀，你吃午饭吗？

　　司走到厨房。

　　小雀看了看，自己穿着白色衣服，心想不会真的和梦里一样吧。

小雀　　（盯着在厨房的司）……

小雀给仙人掌浇水。

司端着饭从厨房走到餐桌。

司　　仙人掌需要浇水吗?

小雀　仙人掌才要好好浇水呢。

小雀开心地看着仙人掌上一个小小的花苞,坐到餐桌边。

午饭是荞麦面。

小雀　(不是番茄意大利面啊)……

司解下围裙放在旁边椅子上,把小刨菜板和芥末递给她。

司　　怎么了?

小雀不回答,把芥末嘎地一下刨进司的汤汁里,又嘎的一声刨
进自己的汤汁里。

小雀　为什么午饭叫"昼",早饭不能叫"早",晚饭不能叫"晚"呢?
(日语中"午饭"也可简称为"昼")

司　　啊。"早""晚"。不这么说呀。

小雀　不这么说啊。

两人一边说着这些话一边吃面,突然感觉芥末有点冲。

小雀　(冲到了)

司　　(冲到了)

两人相视一看,微笑。

司　　(突然想起来)我们已经在一起很久了,你刚来的时候吃番茄
意大利面的样子,就感觉发生在前不久。

小雀　(内心窃喜)别府,你还记得我吃番茄意大利面的样子啊。

司	我记得的。
小雀	那,那个也……
司	什么?(思考,突然想起来了)
小雀	(吃着,突然又冲到了)
司	我记得。我记着的,(歪下头)该怎么理解才好呢……
小雀	(一边在听着,一边搛着鼻子)
司	说了 Wi-Fi 吧。
小雀	不是吃了摇滚坚果吗?
司	什么?啊,冰激凌。我们去便利店了。
小雀	去了!

这时,谕高从二楼下来了。

谕高	别府,别府!
司	在,在。
谕高	二楼的厕所,马桶坐圈不能加热了。
司	稍等一下。

司走上二楼。

谕高来到餐桌前,坐在司刚才坐的位子上。

谕高	坐在冷的马桶圈上会缩短寿命的。

谕高吃荞麦面。

谕高	(被芥末冲到了)
小雀	家森,你找到零工了吗?
谕高	小雀,你之前和别府接吻了吧?

小雀　　干吗引开话题?

谕高　　但是别府喜欢真纪吧。真纪又离婚了,不是刚好吗?

小雀　　一起找工作吧?

谕高　　要玩五音文字接龙吗? 单相思无疑。

小雀　　一点没意思。

谕高　　啊,不玩?

小雀　　是"思",接"思"!

　　　　这时,真纪回来了。

真纪　　我回来了。

小雀、谕高　　欢迎回来。

真纪　　(从购物袋里拿出电池,给小雀)是不是让买五号电池的?

小雀　　嗯,谢谢。

　　　　真纪把三角形包装的咖啡牛奶和电池递给她。

　　　　小雀开心地接过来,去了二楼。

　　　　真纪在厕所洗手。

真纪　　在吃什么呢?

谕高　　是什么来着?(看看正准备放到嘴里的荞麦面)是荞麦面。

　　　　真纪坐到餐桌旁,吃了小雀的荞麦面,被芥末冲到了。

真纪　　(冲到了)

谕高　　真纪,你正式离婚了,是不是欲火难耐?

真纪　　(吃着,又冲到了)

谕高　　你觉得别府怎么样,做男朋友的话?

真纪　　（吃着，又冲到）

谕高　　别吃了吧……

真纪　　（捏住鼻子）你没有喜欢的人吗？

谕高　　我不喜欢女的。

真纪　　为什么？

谕高　　因为对方喜欢我的概率太低了。

真纪　　你还真是有自知之明。

谕高　　因为太有自知之明了，才是这个性格。

　　　　司从二楼下来了。

司　　　家森，马桶，（注意到真纪）啊，你回来了。

真纪　　（又冲到）我回来了。

谕高　　马桶坐圈热乎了吗？

司　　　热乎乎的。

　　　　谕高走向二楼。

真纪　　（一边捏着鼻子）谢谢款待。

　　　　真纪拿起碗，搬到厨房。

真纪　　♪上坡道～下坡道～啊哈哈哈

司　　　（开心地盯着唱歌的真纪）……

　　　　这时，司的手机上收到了一封邮件。

司　　　（看到新邮件，打开阅读，感到意外）……

8　同·玄关前

　　　　司目送真纪和谕高出门。

谕高　你弟弟要和你谈什么？

司　　好像是他们夫妻的事情。

谕高　(用力点头)那必须好好跟他谈谈。

真纪　(用力点头)挺重要的。

司　　结束后我再联系你们。

　　　真纪和谕高出去了。

真纪　你知道新开了一家章鱼小丸子店吗？我们一边喝啤酒一边
　　　吃吧？

谕高　你很喜欢中午喝啤酒啊。

　　　真纪笑得很开心。

司　　(盯着看)……

9　同·小雀的房间

　　　小雀换闹钟的电池换到一半,睡着了。

　　　楼下传来了门铃声。

10　同·一楼

　　　司和圭坐在餐桌边。

　　　一个穿着西装的房产中介一边往文件上写着,一边在查询房
　　　屋的评估价。

中介　这里很快就能找到下家。那,可以看一下外面吗？

　　　中介走出去了,只剩下司和圭。

圭　　公司也很近,你回高崎不就行了吗？

司　　（唔）……

圭　　在顾虑你们的成员？

司　　啊……

　　　小雀从二楼下来，注意到餐桌旁的司和圭，停下来了。

圭　　我有点不明白，那都是些没用的人吧。

　　　小雀听着这些对话……

圭　　没工作的话会被说三道四吧？人渣、废物之类的。

司　　什么？谁这么说的？

圭　　没有，但不是有人会这么说吗？

司　　现在跟我说的，（指着圭）是你啊。

圭　　哥哥你之前不也说了吗，这些人连垃圾都不扔。

司　　那是开玩笑的。

圭　　不，完全不行吧，废物就是不行。

司　　（瞪着圭）……

圭　　嗯？

司　　不是，我以为你是来给房屋估价的。

圭　　什么？

司　　你是来给人估价的？你有什么资格？

　　　司生气了，小雀盯着看……

圭　　（避开了目光，喝茶）那，既然这样，就和爸爸说吧。

司　　……（往圭喝空了的杯子里倒茶）

　　　小雀盯着司。

夜幕降临,司和谕高一边笑一边洗衣服。

谕高　　也给我一个。

司　　　(笑了)什么?

谕高　　(笑着)东映电影时代的台词啊。给我来一个。

司　　　(笑了)

　　　　小雀在客厅眺望着仙人掌,看着对面的司······

　　　　衣服洗好了,司和谕高来到客厅。

谕高　　别府,你要洗澡吗?

司　　　你先请吧。

　　　　谕高走向浴室。

司　　　小雀,今天对不起了。曲子顺序放错了。

小雀　　啊,没事。

　　　　司致歉后走向二楼。

　　　　小雀目送他,不知道该怎么办,不知道是跟他说,还是走过去
　　　　看,正打算站起来的时候,真纪从浴室走出来了。

真纪　　(靠近小雀,小声地)你有没有觉得,别府今天没什么精神,有
　　　　点怪怪的?

小雀　　(感到慌张,淡淡地)是吗?

真纪　　他弟弟夫妇的事情挺严重的啊。

小雀　　(别有所思)我没注意到啊。他无精打采的吗?

真纪　　是我多想了吗?

小雀　　(并不是)真纪,去问问别府吧? 冰箱里有冰激凌。拿着去,顺

便问问吧。

真纪 啊,就这么办吧。

小雀 嗯。(盯着真纪微笑)

11 同·二楼

小雀洗好澡出来,走上楼梯。

听到了真纪和司的笑声。

一看,司房间的门开着,真纪和司一边吃着冰激凌一边说
着话。

小雀微笑着注视。

司 还有,还会把面包压碎了,一点点地吃。

真纪 啊,是的。还生气了。(注意到小雀)啊,(招呼她过来)小雀,
你舔过冰激凌盖儿吗?

小雀 (笑着)舔过舔过!(伸懒腰)我睡了。

真纪 是吗?晚安。

司 (笑着)晚安。

小雀 (看到他的笑容感到开心)晚安。

12 同·小雀的房间

小雀打开拉链式文件袋,取出里面折着的纸,展开。

是一张宅建士①资格考试合格证书。

———————————

① 日本房地产业的国家执照,只有持有执照才可以进行房产交易。

她盯着看,听到了真纪和司的笑声。

小雀回头,开心地微笑。

13 同·一楼(另一天,早晨)

真纪、司、谕高在吃早饭。

真纪 最近吃什么都觉得好吃。

谕高 真好,我要以真纪为榜样。

小雀从二楼走下来。

三人 早上好。(说着,表情僵硬)

小雀穿着保守的衣服,头发也盘到了后面。

谕高 怎么这副打扮?

小雀 我去面试工作。

三人吃惊。

真纪、司 (看着小雀,不敢相信)

小雀 (害羞地对着两人微笑)

14 房产中介·外面

小雀站在店门口,有点紧张。

一看长筒袜,破了个洞。

感到慌张,从包里拿出笔,在破洞的地方涂上黑色。

15 同·店内

这家中介主要从事别墅等交易,从业人员是些看起来人不错的爷爷。

留着萨蒂风格的大白胡子、戴着圆眼镜的社长（根本）正在给小雀面试。

桌子上放着小雀的简历和宅建士资格考试合格证书。

根本　非常欢迎你。

小雀一边听着，一边看着根本用手不停地推他的圆眼镜。

小雀　请多关照。（鞠躬）

16　同·外面

小雀走出来，开心地模仿根本把圆眼镜往上推的动作。

她看着天空，喊了一声太好了，就跑出去了。

以下，和埃里克·萨蒂的《我需要你》一起混剪。

17　超市·店内（另一天）

小雀蹲在放柔顺剂的角落里，逐个拿起样品，闻着味道。

她觉得这个味道不错，就把一个牌子叫牛奶魔法的放入购物车里。

18　别墅·一楼（另一天）

小雀咬着三角形包装的咖啡牛奶，晾着衣服。

她挂好了司的内衣，轻轻把脸凑近闻闻味道：嗯，不错。

19　同·一楼（夜晚）

穿着睡衣的司正打算上二楼，碰到了从楼上下来的真纪，两人擦肩而过。

两人擦肩而过的瞬间,真纪感觉到了异样。

她闻到了一种好闻的味道。

真纪轻轻微笑,走向厨房。

这一连串都被在旁边一边给仙人掌浇水一边偷偷观察的小雀看在眼里,窃喜着。

另一天。

真纪在柜台看杂志。

她的表情是,哇,好想吃。

她站起来,走向洗手间。

小雀来了,看看真纪刚才看的页面,上面是看起来很好吃的水果三明治。

她拿起手机,给司发邮件。

夜幕降临,回到家的司递给真纪一个盒子,说这是小礼物。

真纪打开一看,是水果三明治。

真纪非常开心:哇,一直想吃的!

正披着垃圾袋,让谕高给她修剪头发的小雀远远看着这一切。

20　房产中介·店内（另一天）

小雀在办公桌前忙着工作。

根本把圆眼镜一会儿往上推一会儿往下推,跟客户说明情况。

小雀开心地看着这一切。

21 神社·境内（另一天）

真纪、小雀、司和谕高在抽签。

真纪打开一看，大吉。小雀打开一看，大吉。谕高打开一看，
小吉。

司怎么也打不开，正为难着。

小雀说：给我吧。就接过来了。

小雀偷偷换成了自己的，递给司。

是大吉！ 司开心地把自己的签给真纪看。

小雀看着这样的真纪和司，微笑着。

22 别墅·一楼

真纪和司在厨房并排站着洗碗筷。

真纪正准备往架子上放玻璃杯。

司打算帮忙，他的手碰到了真纪的手。

两人情不自禁地牵手，避开目光，看起来很害羞。

小雀看到他们的样子，心想太好了，微笑着，看向长大了的仙
人掌花苞。

音乐结束，混剪到此结束。

23 房产中介公司·店内

小雀和根本以及其他爷爷们一起，吃着午餐工作便当。

根本递给小雀两张票。

小雀一看,是在大贺演奏厅的钢琴演奏会(演出曲目是弗朗
茨·李斯特)的票。

根本　和朋友一起去吧。

小雀　(盯着票)……这个,可以送给我喜欢的人吗?

根本　当然了,你们俩一起去吧。

小雀　(摇头)可以让我喜欢的人跟他喜欢的人一起去吗?

根本　(惊讶)

24　同·店内

正在擦窗子的小雀和坐在长椅上抽着烟斗的根本聊天。

小雀　我喜欢的人,喜欢另一个人。另一个人,也是我喜欢的人。

根本　那,你的喜欢要怎么办呢?

小雀　啊!

根本　不担心无处安放吗?

小雀　(稍稍考虑了一下)我的喜欢,就在那里滚来滚去吧。

根本　滚来滚去。

小雀　躺在那儿。不是会有那种,(指着自己)想再努力一把的时候
吗? 想好好写清楚自己地址的时候,乘手扶电梯下去的时候,
小心不要乘错公交车的时候。

根本　把蛋放进篮子的时候。

小雀　(点头)穿着白色衣服吃番茄意大利面的时候。这种啊,有时
候,那个人就会一直,刚好(用手背指着自己的背)会在。在那

儿,给我系上围裙。然后我就会想再努力一把。就是这种,会

让我自己忘记我对他的那种喜欢。

根本　　（扑哧一笑）

小雀　　奇怪吧?

根本　　（摇头）很耀眼。（微笑）

小雀　　（微笑）

25　别墅附近

小雀带着客人,领着他们参观别墅。

小雀突然回头,看着周围的树木。

盯着从树叶缝隙中射进来的阳光,她眯起眼睛。

寂寞,悲伤,小雀的真实心情浮现。

客人喊她,她应了一声"在!"便跑走了。

26　别墅·一楼（另一天,早晨）

在厨房,一连串的早餐准备后,真纪、小雀、司和谕高站着吃饭。

小雀　　即便如此,在职场,我还是漂亮姐姐的形象呢。

谕高　　喔。（嘲笑）

司　　　（对谕高）漂亮姐姐呀。

小雀　　有一个和我同龄的人,很出色。这个人昨天问我喜欢吃什么

食物。

真纪　　啊,那是要约你吃饭的前奏吧。

小雀　　他说了,一起去吃铁板烧怎么样?

真纪、司都发出惊叹,谕高淡淡的,不以为然。

小雀　　嘿嘿。(鼻子上沾了酸奶,微笑)

　　　　司抽了张纸巾,伸出手想给她擦掉。

小雀　　(慌张,情不自禁地避开了)

司　　　(感觉被嫌弃了,感到意外)

　　　　谕高看到了,从旁边拿了这张纸,擦着自己的嘴。

谕高　　一定是要骗你买很贵的画。

　　　　小雀无视他,拿出了两张音乐会的票。

小雀　　还有这个,票。(递给司)

司　　　(接过来,看着真纪)

小雀　　我要去吃铁板烧,你们俩一起去吧。

真纪　　你和他一起去不就行了。

小雀　　我一听钢琴就会开心地睡着的。

　　　　真纪和司互相看看,决定去了。

谕高　　我去。(拿票)

小雀　　(拿回来,递给司)给。

司　　　(对真纪)那,去吗?

真纪　　(盯着小雀)

小雀　　(去吧去吧去吧)

真纪　　(轻轻地对司)那就去吧。

小雀　　(微笑)你们走好。

27 同·小雀的房间

小雀带着谕高进来了。

小雀 家森,你不会是喜欢真纪吧?

谕高 我想被别人喜欢,但是不会喜欢别人。

小雀把租赁公寓的图给谕高看。

小雀 我给你介绍一套好房子。

谕高 你是在赶我出去吗?

小雀 (拿出了其他图)我这边也是,我想租房子。当然我会继续四重奏的,但是我要独立。

谕高 (指着地板)不是还有这里吗?

小雀 我们成了别府的负担了。

谕高 嗯?

小雀 我不是在说做梦的事儿。

谕高 是做梦吧。单相思就是一个人做梦吧。

小雀 (惊讶)……

谕高 你之所以想搬出去,是因为看到真纪和别府很痛苦吧?

小雀 ……什么?

谕高 双方爱慕是现实,单相思是非现实,两者之间有深渊……

小雀抓起谕高的脖子后面,把他拉出去。

小雀 我要告诉大家,你当初是为了钱才接近真纪的。

谕高 我已经改过自新了,无害无业了……

小雀　　请你帮忙。让他们俩好好走下去……

谕高　　（眼神变得深邃）……唉?

28　同·一楼

正准备去上班的小雀,走到一楼,看到真纪和司正在看仙人掌。

仙人掌开花了。

真纪　　开花了啊。

司　　　真的哎,开了。

小雀看着两人的背影……

29　房产中介公司·店内

营业中。小雀站在操作电脑的老爷爷身后帮他。

小雀　　按是,是,是,打开这个,你看,出来了!

小雀和大家一起吃工作便当。

小雀　　刚才那边有一只乌鸦和三只鸽子在比赛瞪眼,你们觉得谁

会赢?

30　大贺演奏厅·外面（夜晚）

客人们纷纷走进大厅。真纪在等司。

司跑过来了,到了。

司　　　对不起,我来迟了。

真纪　　没关系。

司让真纪走在前面,两人一起走进大厅。

31 房产中介公司·店内

小雀正在擦地板。

根本和店员们都回去了。

小雀　辛苦了。

小雀一个人留下来,往电脑里输入数据。

看看钟,觉得时间差不多了,操作电脑,播放钢琴曲(李斯特的《安慰》)。

小雀继续工作。

突然停下手,又看看钟。

手撑着脸,听着音乐。

想着现在正在举行的音乐会……

她想着不行不行,敲着自己的脸颊,又继续工作。

小雀趴在桌子上睡着了。

32 小雀的梦

别墅的一楼。

司解下自己的围裙,站到小雀的背后。

司　意大利面很危险。因为你穿的是白色的漂亮衣服。

司给小雀系上围裙,打了个结。

小雀看着司的左手，感到有点紧张，让他给自己系好，道谢。

司　　　小雀。

小雀　　（进展和自己想的不一样，有点意外）什么？

司　　　**你喜欢吃什么食物？**

小雀　　（意外，害羞）

在街角，打扮时尚的小雀在等着。

慌张看了下长筒袜，没有问题。

正放下心，司跑过来了。

小雀做出手势，让他慢慢的，不要紧。

扶手电梯的下方。

司牵起犹豫不决的小雀，一起下去。

小雀害羞又开心。

大贺音乐厅前面。

司取出两张票，以小雀男伴的姿态，走了进去。

餐馆。

两人面对面坐下，一边谈论着音乐会的事情，一边吃着饭。

便利店前面，小雀和司吃着冰激凌。

司拿出两个冰激凌,问她要哪一个。

小雀指了指左手的冰激凌。

两人吃冰激凌。

33 房产中介公司·店内

睡着的小雀,眼里含着泪水。

她突然睁开了眼睛。

发觉自己睡着了,她准备转向电脑。但是手停住了。

一股思绪涌上心头。

她想压制住这股感觉,去喝点热水,就起身去接水。

想烧点热水,手又停了。

……无法抑制。

34 同·外面

小雀锁上出入口的门,走出去了。

走得越来越快。

跑起来了。

35 道路

小雀奔跑着。

36 十字路口

等红灯一变成绿灯,小雀马上又开始跑。

37 国道

小雀奔跑着。

38　道路～大贺音乐厅前

跑过来的小雀，能看到大贺音乐厅了。

跑过去一看，音乐会已经散场了，观众们陆续从大厅里走出来。

小雀跑过去，四处看着观众们的脸。

她看到了走出来的司。

小雀不由自主地走到他面前。

追出来的真纪也来到了司身旁。

小雀愕然，停下。

司把拿在手上的外套从后面给真纪披上。

小雀看着……

司在邮筒前准备给真纪拍照。

有一位女路人发现了，便说帮他们俩拍。

司把手机递给她。

真纪和司并排站着，让女路人给他们拍照。

小雀看着这一切。

司指着对面，好像在说那去吃点什么吧。

两人相伴着走过去了。

小雀目送着两人的背影。

小雀脸上浮现出微笑，觉得挺好的。

这时，她撞到了一个走出来的观众，踉跄了一下。

男人　　对不起，你没事吧？

小雀　　对不起,我没事。对不起,谢谢。

　　　　小雀低头道歉了好几次。

　　　　等她反应过来,真纪和司已经不见了踪影。

　　　　觉得事情没有按照预计的来也挺不错的,小雀笑了。

39　音乐餐厅"小夜曲"·店内

　　　　有朱和多可美站在收银台前,对走进店里的人说。

多可美　欢迎光临,晚上好。

　　　　两人一看,是真纪和司。

多可美　唉?

真纪　　(指着自己)客人。

有朱　　(笑着看着真纪)晚上好。

真纪　　(这个人果然还是可怕)

40　别墅·前面

　　　　小雀走回了家。

　　　　正打算打开玄关的门,发现没带钥匙。

　　　　按了门铃,没人应答。

　　　　小雀肚子饿了,也站累了,这时,她听到了脚步声,回头一看,

　　　　是谕高回来了。

谕高　　嗯? 铁板烧呢? (明知故问)

　　　　谕高拿着章鱼小丸子的袋子。

41　音乐餐厅"小夜曲"·店内

　　　　舞台上钢琴演奏结束了,演奏者下台。

　　　　真纪和司面对面坐着吃着饭。

　　　　有朱和大二郎一起过来倒葡萄酒。

大二郎　这是我给你的礼物。

有朱　　这是最便宜的酒!

大二郎　有朱。

　　　　有朱和大二郎回去了。

　　　　有朱挠着大二郎的侧腰。

真纪　　(看着他俩说,哇! 大二郎没事吧?)

司　　　(看着舞台)看起来是这种样子啊。

　　　　真纪疑惑,看了下舞台。

真纪　　……(点头)我总觉得一直在这里恐怕终究不行啊。长此以往
　　　　就没上进心,得过且过了。

司　　　(摇头)大家可以不要上进心。我们不是以金钱为目标的,也
　　　　不是在竞争。每个人都有每个人的位置就好了。

真纪　　(点头,又看着舞台)刚刚好。

42　别墅·一楼

　　　　小雀和谕高在客厅里,吃着章鱼小丸子。

　　　　谕高看着呼哧呼哧吃章鱼小丸子的小雀,微笑着。

小雀　　你找到工作了吗?

谕高在手机上划了几张照片,拿给小雀看。

穿着厨师服的谕高,穿着道路施工服的谕高,在加油站做加油工的谕高。

谕高　一个都做不好。

小雀　为什么按照样子来选择啊?

谕高　现在他们俩大概在喝酒吧? 单相思。

小雀　好了,我单相思不是正好吗? 去过的旅行是回忆,没去过的旅行难道不是回忆吗?

谕高　听不明白。

43　音乐餐厅"小夜曲"·店内

店关了,灯也关了,真纪、司、多可美和有朱在说话。

多可美　我去拿演出酬劳的明细,你们可以等我十五分钟吗?

司　　好的。

多可美　(对有朱)我送你。

有朱　　(对真纪和司挥手)晚安。

有朱和多可美走出去了,只剩下真纪和司。

真纪盯着钢琴,坐到钢琴前。

她轻轻地弹起了巴赫的《小步舞曲》,看着司害羞地微笑。

微笑的司。

真纪呼一口气,开始认真弹起来。

司靠着钢琴在聆听。

44　别墅·一楼

　　　　　　小雀和谕高正在说话。

谕高　　被没有兴趣的人告白，就和聊梦话一样。嗯，是吧？被别府告白，真纪也感到难办吧。变成 S、A、J① 的三段活用了。

小雀　　SAJ？那是什么？

谕高　　被不喜欢的人表白怎么办？表白了被拒绝了怎么办？你，试着跟我表白一下呗。

小雀　　什么？

谕高　　来吧，表白看看。

　　　　　　小雀感到心累。

小雀　　我喜欢你。

　　　　　　谕高做出非常困惑的表情，然后——

谕高　　谢谢。

小雀　　什么？

谕高　　只能说这个吧。被没有兴趣的人表白。

小雀　　没有回应啊。

谕高　　回应的话就完了。如果说"啊？"，就会伤害别人。回应"我喜欢你"，就是说"谢谢"。

小雀　　（歪下头）这是 S、A，那 J 呢？

―――――――――

　　①　日语，S：好きです（我喜欢你），A：ありがとう（谢谢），J：冗談です（开玩笑的）。

| 谕高 | 我喜欢你。 |

| 小雀 | 谢谢。 |

| 谕高 | 啊,啊,(微笑)开玩笑啦。 |

| 小雀 | 什么? |

| 谕高 | 开玩笑的。这个。这个 J 会让 S 变为没有。 |

| 小雀 | 能变成没有吗? |

| 谕高 | 变成没有,大家都可以生存。 |

45　音乐餐厅"小夜曲"·店内

真纪正在弹钢琴。

司注视着真纪。

真纪弹完了,看着司害羞地微笑。

真纪　从开始拉小提琴之后就没有弹了。

司不由自主地避开了目光,像逃离一样地走开了。

真纪　别府?

司碰到了桌子,桌上的餐具都掉下来,撒了一地。

司　不是吧……

司慌忙收拾。

真纪过来一起收拾。

司　啊,没关系,没关系……真纪。

真纪　没事的。

司　我还是喜欢你。

真纪　　又来了啊。(不由自主地)

司　　　(想着是的)又来了,还是喜欢你。

　　　　真纪内心困惑,笑着。

真纪　　谢谢。

司　　　真纪。

真纪　　谢谢。

司　　　我喜欢你。

真纪　　(为难,点头)谢谢。

司　　　(摇头)我已经觉得和你在一起很痛苦了。如果一直这样下去

　　　　的话,还不如彻底分开……

真纪　　什么?

　　　　两人互相看着,沉默。

司　　　(微笑)开玩笑的。

真纪　　(微笑)是吧。

　　　　两人把拿在手上的勺子互相撞击了一下。

　　　　两人虽然都笑着,但是气息有点慌乱。

　　　　真纪从司手上接过餐具,放进收纳盒。

真纪　　如果是我们两个人邂逅的话可能还不一样。我们不是四个人

　　　　邂逅到一起的吗? 我想就这样四个人一起。

司　　　(虽然心里明白,但仍有不甘)

真纪　　我喜欢现在,喜欢到就算死也想死在现在的程度。

司　　　(配合她微笑,但是有点吃惊)

46 马路

真纪和司在回家的路上,走向马路边上的章鱼小丸子大排档,
对摊主大叔说。

真纪 可以给我来四个吗?

大叔 好的。

大叔开始准备章鱼小丸子。

大叔 你们是夫妻吗?

司 不是。只是我自己单相思。

真纪 (心想:糟了)

大叔 (笑了)

司 笑得太过了。

大叔 之前也有一位顾客,说他喜欢的人肚子饿了,他买了带回
去的。

真纪、司 诶?

大叔 我问他是不是他的恋人,结果他说,只是他单相思。

真纪、司 哦。

47 别墅·小雀的房间~走廊

谕高背着睡着的小雀过来了。

谕高把她放到床上,盖上被子。

他准备离开房间,又盯着小雀看。

谕高心里难受。

谕高　……开玩笑的啦。

　　　　谕高站起来,走出了房间。

48　马路

　　　　真纪和司提着章鱼小丸子回来了。

真纪　♪上坡道～啊哈哈　下坡道～啊哈哈

司　　你有时候会唱这种奇怪的歌呢。

真纪　(微笑)♪是的　人生就是　没想到～

49　东京,马路边的栅栏附近

　　　　小雨淅淅沥沥地下着。

　　　　撑着小孩用的可爱公仔图案的小伞,穿着西装的男人(大菅直木)站在那儿。

　　　　另一个穿着西装的男人(船村仙一),和他互相轻轻点头打招呼后,指着前方说,就是那儿。

　　　　两人在雨中走着。

　　　　船村瞥了一眼大菅的伞。

大菅　拿错我女儿的了。还跟我生气了。(暖暖地笑着)

50　镜子的家・玄关前

　　　　大菅和船村站在玄关的门前,门开了。

　　　　出来的是镜子。

船村　伯母,夜里过来打扰了。(指着大菅)我们从富山来的,到这儿就这个时间了。

380

镜子　　富山？（惊讶地点头打招呼）

大菅　　我是富山县警，叫大菅。

51　同·客厅

　　　　大菅和船村用从镜子那儿借的毛巾在擦衣服。

　　　　镜子给两人端了茶水，坐下。

船村　　（笑着）我今天和您儿子谈话了。

镜子　　（低下头）真是承蒙您的关照了。

船村　　然后……（看着大菅）

　　　　大菅放下喝了一半的茶，从口袋里拿出一张照片，放到桌子上。

船村　　我把这个借来的照片给他看了。

大菅　　（指着干生）这是您儿子。

镜子　　干生在富山也犯了什么事吗……

　　　　大菅指着真纪。

大菅　　这位女士是？

镜子　　（想怎么会有这样的事）她前几天和我儿子离婚了，是我以前的儿媳妇。

大菅　　叫什么名字？

镜子　　早乙女真纪。

大菅　　（点头）

　　　　大菅和船村轻轻交换眼神。

我们没办法成为靠兴趣养活自己的人。

没法把兴趣变成工作的人需要做出选择。

是从此把它当成兴趣，还是继续当成梦想。

把它当成兴趣的蚂蚁很幸福，

当成梦想的蟋蟀在泥沼中挣扎。

大菅　　那个,伯母。这位女士,不是早乙女真纪。

镜子　　(无法理解,微微苦笑)不是……

大菅　　真正的早乙女真纪和这位女士是完全不同的两个人。

镜子　　……(惊呆了,好像看到了什么恐怖的东西)那(指着照片上的真纪)她是谁呢?

大菅　　是谁呢? (轻轻微笑)谁也不是的一个女人。

第8话　完

第 9 话

1　回忆，富山市内的国道（夜晚）

富山市内的路标出现了。

自行车从辅道进入国道。

三十五岁左右的女子(早乙女真纪本人)骑在自行车上。

在汽车穿梭的路上，她笨拙地一扭一扭骑着。警察从后面骑

着自行车追上来了。

警察追上来，喊住她。

2　回忆，富山的警局·调查室（另一天）

女子(早乙女真纪本人)一个人，吃着简单的配餐。

刑警们带着富山腔的声音混杂在一起。

大菅的声音　　只是一个偷自行车的，为什么拘留了一个星期？

同事的声音　　她不肯说自己的名字。没法写调查书，就算想让她回去也回不去啊。

3　现在，镜子的家·客厅

　　　　　　白天，镜子和大菅在说话。

　　　　　　大菅一边看着贴着小孩手工贴纸的记事本，一边说话。

大菅　　以那个积分卡为契机，谈到户口等话题了。事实上，把户籍卖给别人也不会有罪。这个偷自行车的一听到这个，就……

　　　　　　回忆剪辑。

　　　　　　富山警局的调查室，女子（早乙女真纪本人）一边吃着嘴边的米粒。

女子　　唉，那我不会被逮捕喽？

大菅　　她说，十四年前，她把户口卖给了一个地下钱庄的人。从此之后，她就很害怕被抓住，连居住证明都不敢去领，就这样生活着。（苦笑）

　　　　　　回忆剪辑

女子　　不是吧？那，她在茑屋办了会员卡吗？

镜子　　（愕然，听着）

大菅　　然后，我们就去搜查了那个人。买了早乙女真纪户口的那个
　　　　女人的资料也在。发现她在东京，呃，和你儿子结婚了。

　　　　他给她看真纪和干生结婚典礼的照片。

大菅　　（一边看着记事本）那个，她的真名叫山本。呃，可能是叫
　　　　akiko吧。彰子。富山市出身，十岁的时候母亲因事故死亡，
　　　　之后她就被寄养在妈妈的再婚对象，也就是她继父那边。她
　　　　经常受到她继父的家暴……

镜子　　（惊讶，歪着脸）

大菅　　嗯，她离家出走好几次都被带回来了。平成十五年十二月十
　　　　九日，她用现金三百万买了这个户口，呃，之后就消失不见了。

镜子　　（呆住了……）

　　　　大菅瞥了一眼这样的镜子，拿出一张CD，放下。

　　　　是一个穿着和服，名叫山本mizue的歌手的CD，曲名是《上坡
　　　　道 下坡道 没想到》。

　　　　大菅操作手机，放在CD旁边，开始播放。歌声响起："♪上坡
　　　　道～啊哈哈　下坡道～啊哈哈。"

大菅　　这是市面上几乎听不到的歌，你知道吗？

镜子　　（愕然，点头）

　　　　手机里传出"♪是的 人生就是没想到"。

镜子　　真纪……这个人，是为了逃脱她继父的家暴才买户口的吗？
　　　　她是受害者吧？

大菅　　啊，一般罪犯都是从假想自己是受害者开始的。（表情好像话

中有话）

镜子　　（从他脸上察觉出了）她不仅仅是买了户籍这么简单吧。

4　轻井泽·王子购物广场

购物的顾客络绎不绝，真纪和小雀在人群中走着。

真纪　　只是看看只是看看。

小雀　　只是看看只是看看。

5　某个商店内

真纪和小雀在柜台前拿着衣服在看。

真纪　　只是看看。

小雀　　只是看看。

小雀拿着衣服，在真纪身上比画。

小雀　　挺适合的。

真纪把这件衣服往小雀身上比画。

真纪　　还是你更适合这件衣服。

两人看了价格，吓了一跳，退下了。

真纪　　小雀，你生日是四月吧？

小雀　　三号。嗯，你要送我礼物吗？

真纪　　只是问问。（微笑）

小雀　　（微笑）你的生日是八月吧……

真纪　　八月十日。呃，你要给我礼物吗？

小雀　　只是问问。（微笑）

6　公园

真纪和小雀把装着日用品的袋子放下，在水池边开始站着洗东西。

7　别墅·一楼

真纪和小雀一边开心地笑着一边回来了。

司和谕高在厨房做午饭。

司、谕高　　你们回来啦。

真纪、小雀　　我们回来啦。

上剧名

8　别墅·一楼（另一天，早上）

真纪、司、谕高站在厨房，做着早饭。

穿着西装的小雀喝着三角形包装的咖啡牛奶，在柜台看着他们。

真纪打开电饭煲，一股热气冒出来。

真纪闻了闻味道，用手把热气往司、谕高和小雀那边扇。

三人探头出来闻着味道。

餐桌上，四人吃着早饭，听到外面有猫的叫声。

司　　是隔壁的猫吧。

小雀　　我们家也来养猫吧？

谕高　　但是我们不在家的时候，猫很可怜吧。

真纪　　热带鱼怎么样？

小雀　　好的，尼莫之类的。

谕高　　（什么？）

真纪　　尼莫很可爱啊。

谕高　　尼莫是什么？

司　　　尼莫呀。

　　　　不知为何站起来的谕高，从柜台的笔架上把 Hotchkiss 拿过来。

谕高　　这是什么？

司　　　Hotchkiss。

谕高　　不，不对。这个东西名叫订书机。

　　　　谕高挽起袖子，给大家看胳膊肘上贴着的创可贴。

谕高　　这是什么？

小雀　　胳膊肘。

谕高　　（指着创可贴）这个。

真纪　　邦迪。

谕高　　不对，是创可贴。

　　　　三人搞不清楚谕高在说什么。

谕高　　Hotchkiss 是品牌名吧。邦迪也是品牌名吧。Post-it 是便笺贴，Tupper 是收纳盒，（对着司）那哆啦 A 梦呢？

司	猫型机器人。
谕高	（对着真纪）YAZAWA 呢？
真纪	矢泽永吉。
谕高	（对着小雀）厕所堵塞的时候用的那个呢？
小雀	（什么？什么？）
谕高	（一副大家都肯定知道的样子）马桶吸吧？还有，你袖子上沾到东西了。
小雀	（嗯？抬起袖子）
谕高	那个鱼的名字叫小丑鱼，尼莫是商品名。请用真正的名字来称呼它。

就在这时，内线电话响了。

真纪、小雀、司逃也一般地走向玄关。

9 同·玄关

真纪、小雀、司和迟到的谕高来了，司打开门，发现前几天来拜访过的房产中介也在。

中介	啊，前几天多有打扰。评估价出来了，我拿来给您。
司	（慌了）

小雀也慌了，真纪和谕高很惊讶，摸不着头脑。

10 同·一楼（夜晚）

吃好晚饭后，真纪、小雀、司、谕高坐在餐桌上，一边吃着猫头鹰甜甜圈一边说着话。

司　　（低下头）对不起，我一直没跟大家说。

谕高　　你把这儿卖了？

司　　　是我的家人要卖。

谕高　　为什么瞒着我们……

司　　　对不起。

　　　　司很失落的样子，深深低着头。

三人　　（慌了）

　　　　真纪、小雀、谕高交换了眼神，确认了想法。

小雀　　没什么啦。

真纪　　是啊。

谕高　　不是挺好的吗？

小雀　　没有这儿的话，四重奏就没了吧。

真纪　　不至于吧，我们可以各自……

谕高　　租一个便宜的公寓吧。

小雀　　我也开始工作了。

真纪　　我也多干点。

谕高　　我也工作……

司　　　那样的话，那不就变成主业了吗？

三人　　（的确如此）

小雀　　……不是蛮好的吗？

司　　　不好。这样就要优先安排工作和打工，或者是轮班，本来想做
　　　　的事情都很紧张了。

真纪　　会饿死的。

小雀　　会孤独死的。

谕高　　我们也该成为社会人,好好工作了。

真纪、小雀　　（点头)好好工作……

司　　　好好工作的结果就是我这样。

三人　　（什么?)

司　　　"好好练习吧。""好好看乐谱吧。"从小时候上小提琴课程开始,我就对周围的孩子们说。那时候没有好好干的人,现在在全世界活跃着。只知道说好好干的我现在……

　　　　三人……

小雀　　但是。

司　　　饿死是上等,孤独死是上等,不是吗?

三人　　（什么?)

司　　　我们的名字是四重奏甜甜圈洞。没有洞的话,就不是甜甜圈了。我就是喜欢大家不乖的样子。就算被全世界责备,我也会全力庇护大家。

　　　　三人……

谕高　　啊,的确是,没有了洞的话。

小雀　　油炸面包。

真纪　　四重奏油炸面包。（对着司)真讨厌啊。

司　　　（点头)稍微给我点时间。我来守护这个别墅。

　　　　三人有点害羞地朝司低下了头。

三人　　　谢谢。

司　　　　练习吧。

　　　　　四人在客厅,并排拿着乐器。

真纪　　　给我起个音。

　　　　　小雀拉了一下。

11　回忆,富山市内的马路

镜子的声音　　　山本彰子十岁的时候妈妈就去世了。

　　　　　富山车牌的车子停在那儿。

　　　　　抱着小提琴盒子的十岁女孩(彰子)和她妈妈(mizue)一起在
　　　　　走路。

妈妈　　　♪上坡道～

女孩　　　♪啊哈哈

妈妈　　　♪下坡道～

女孩　　　♪啊哈哈

　　　　　走过了坡道下面的人行横道。

　　　　　一个男子骑着自行车从坡道上加速冲下来。

　　　　　女孩把乐谱弄掉了,正准备捡起来,站住了。

妈妈　　　♪是的……(注意到自行车,吓了一跳)

　　　　　骑车的男子压根儿没看到母女俩。

　　　　　女孩捡起乐谱。

妈妈站在女孩前面保护她。

自行车疾驰而来。

女孩紧紧抱着小提琴盒子。

12 现在，静冈县警察局·见面室（另一天）

警察在监控，镜子和干生面对面隔着透明隔板在说话。

镜子 山本彰子她……

干生 是真纪。警察这么说了，但是我觉得这种话不可信。（不相信，摇头）

镜子心里有个秘密。

镜子 真纪对你说过什么吗？

干生 （对镜子）结婚前跟我说过。她年幼的时候爸爸病死了，后来妈妈又发生事故去世了。

镜子 （点头）但是，实际上她妈妈再婚了。虽然他们最后也是离婚收场了。真纪变成一个人之后，寄养在继父家里。

干生 （痛苦的样子）那家伙，听说是个恶毒的人……

镜子 （痛苦的样子）听说在她脸上弄了很多伤。

干生 （呼气）……

镜子 但是，那个人，作为继父，好像也好好把她抚养成人了。

干生 肇事者不是赔了钱吗？受益人应该是真纪吧。

镜子 （点头）两亿日元。他让真纪去学了小提琴，还让她上了大学。

干生 用母亲的赔偿款去学小提琴不行吗？

镜子　　不是这个意思……（顿住）

干生　　遭到家暴，为了逃跑买了户口吧？

　　　　镜子看着手边的笔记本上用红线划出来的"公正证书原本不实记载""文书印章有伪造"的字样。

镜子　　公正证书……

干生　　事到如今，因为一些文件的问题来刁难……

镜子　　（打断）他的继父死了。

干生　　……什么？

镜子　　就是在真纪消失的那个时候，死因是心力衰竭。

干生　　……巧合吧。心力衰竭？（脑子里浮现出了不好的联想，想赶紧打消这种想法，语气也变得有点愤怒）妈，你——

镜子　　不是妈说的。是警察在怀疑真纪。

　　　　镜子把手背贴在透明隔板上。

镜子　　究竟什么才是真相……

干生　　（愕然）……

13　音乐餐厅"小夜曲"·休息室（傍晚）

　　　　有朱把打扫工具放在一边，在用手机操作炒股软件。

有朱　　啊……啊，啊，啊，啊。为什么，啊！

　　　　不由自主地关了软件，把脸趴下，说：完了！

　　　　这时，大二郎出现了。

大二郎　有朱，你知不知道孩子他妈去哪儿了？

有朱　　（心情不好）不是去买东西了吗？

大二郎　哦。

　　　　大二郎正准备出去。

有朱　　（突然想起来了,做可爱状）啊,大二郎。

　　　　手向后脱下高跟鞋,拔下鞋跟。

14　同·店内

　　　　拿着乐器的真纪、小雀、司、谕高进来了。

四人　　早上好……

　　　　多可美也在,她拿着生日蛋糕,把手指放到嘴边,说:"嘘!"

　　　　蛋糕上印着大二郎头像,写着"爸爸　生日快乐"。

　　　　四人把手指放到嘴边,说:"哦!"

15　同·通道~休息室

　　　　多可美在前面端着点着蜡烛的蛋糕,真纪、小雀、司和谕高戴

　　　　着生日派对造型的眼镜,拿着拉炮。

　　　　休息室的门微微打开,他们偷偷往里面看。

　　　　大二郎和有朱在里面,背对着大门并排坐着。

　　　　大二郎在给有朱修高跟鞋。

有朱　　你是这家店的店主吧。

大二郎　第二代店主。

有朱　　真厉害。地点也不错,地方又大。

　　　　有朱坐着往大二郎身边靠。

偷窥的多可美和四人都感觉到不妥。

有朱　你的肩膀也很宽。

大二郎　是吗?

有朱走到大二郎背后,把手放到他肩膀上。

有朱　果然很宽。

有朱把身体靠到大二郎身上。

有朱　总觉得有点累了。

多可美和四人感到吃惊。

真纪　(小声地)那是什么?

小雀　(小声地)是猫,猫。

有朱把脸颊贴到大二郎的背上。

有朱　总觉得最近挺寂寞的。

小雀　(小声地)被雨淋湿的狗。

多可美端着蛋糕,手抖着,交给司。

有朱　那个,大二郎。

有朱盯着大二郎的背,慢慢地转到他正面。

小雀　(小声地)老虎。

司端着的蛋糕上,蜡油滴滴答答地滴下来,大二郎的头像也被
弄得乱七八糟。

有朱转到了大二郎正面,把脸靠近。

小雀拿起了旁边放着的瓶子。

有朱　大二郎,我呢……

多可美一副悲壮的表情，正准备冲进去的时候。

大二郎　　（清醒过来的表情）你在干什么？

有朱　　　嗯？

大二郎　　别这样行吗？

有朱　　　嗯？

大二郎　　我爱孩子他妈。

多可美心里一惊。四人也一惊。

有朱　　　（爽快地笑了）啊，是吗？好吧。

有朱离开，拿走了大二郎还没修好的高跟鞋，一边穿一边走过来。

她走出来，和多可美以及四人对峙。

多可美　　（瞪着）

有朱　　　（笑着）回来啦。（笑着对四人）早上好。

有朱笑着，踩着不一样高的鞋跟扬长而去。

多可美　　孩子他爸。

多可美跑到大二郎身边，紧紧抱住他。

大二郎　　嗯？

四人微笑着看着他们。

真纪　　　（突然意识到）别府，别府。

司　　　　嗯？

司手上的蛋糕，蜡烛烧得很旺。

四人　　　（慌了，喊着哇）

16 同·店内（夜晚）

关店后，真纪、小雀、司和谕高做好了回家的准备，注视着那边，多可美给有朱递了一个信封。

有朱确认里面的金额。

有朱　　（笑着）多可美，谢谢一直以来的关照。

多可美　（虽然生气，但仍保持冷静）不客气。

有朱　　我很喜欢你，多可美。

有朱紧紧抱住多可美。

多可美……

有朱来到了并排站着的四人面前。

有朱　　真纪，你别忘了我。

真纪　　应该忘不了。

有朱抱了真纪，又来到了谕高面前。

有朱　　家森，什么时候带我去滑雪？

谕高　　我会联系你的。

有朱拥抱了谕高，又来到了司的面前。

有朱　　（看着司）呃……

司　　　我是别府。

有朱拥抱了司，接着又拥抱了小雀。

有朱　　（把脸靠近）小雀，和我一起，去闯点大事业……

小雀　　（拼命摇头）

有朱　　这样啊。(看着四人,一瞬间感到很失落)原来如此啊。

　　　　四人对她的表情感到不解。

　　　　有朱马上变回笑脸,挥着两手走了。

　　　　她在出口处回头,做出偶像时代的招牌动作。

有朱　　♪我将带你去往不可思议的地方,我是有朱,再见,拜拜!

　　　　有朱挥挥两手,笑着出去了。

　　　　四人和多可美感觉累了,长长吐口气,目送她离去。

谕高　　淀君……

真纪　　(莫不是)杨贵妃?

17　别墅·一楼(另一天·早晨)

　　　　真纪、小雀、司和谕高在餐桌边吃着早餐。

司　　　回来的时候我会回我父母家一趟,会晚点到家。(决定)

真纪、小雀　　麻烦了。

谕高　　我去面个试,日本料理的厨师。

真纪、小雀　　加油!

　　　　正在擦窗子的真纪,抬头看着窗外的天空。

　　　　在餐桌边对着电脑工作的真纪,突然拿起了旁边放着的订书机,一边嘎吱嘎吱地摆弄一边在想……

小雀　　我回来了。

小雀回来了,手里拿着装着资料的信封。

真纪　　你回来了。怎么了?

小雀　　我带看房子,到附近来了。想着有没有午饭吃。

真纪　　(笑着)中华盖饭?

小雀　　(微笑)那我不客气了。

真纪在厨房做着中华盖饭。

小雀坐在柜台上,一边喝着三角形包装的咖啡牛奶一边眺望着真纪。

真纪　　工作怎么样了?

小雀　　我们那儿会用电脑的就我一个人,可能我还能再上一层台阶吧。(微笑)

真纪　　(微笑)小雀,你以前是个公司职员吧?

小雀　　早上我也乖乖地乘电车喔。

真纪　　真厉害。

小雀　　你没在公司工作过吗?

真纪　　我只在出版乐谱的出版社打过零工。

小雀　　你一直在东京吧?

真纪　　嗯。

真纪内心有一段回忆,但是表情依旧。

小雀　　(指着自己和真纪)在地铁之类的……

真纪　　嗯?

小雀　　我经常一个人坐地铁。说不定我们曾经擦肩而过。（指着自己和真纪）

真纪　　地铁里背着大提琴的小学生……

小雀　　背着小提琴的中学生……在检票口，在安全通道，在隔壁的车厢。是吧？

真纪　　是啊。

小雀　　那时候如果能碰到的话，很多东西都不一样了吧。

真纪　　嗯？

小雀　　周围尽是谎言，自己也是。我想去一个很远的地方。如果遇到一个像真纪这样不会说谎的人，童年时代也会更快乐吧。

真纪　　（微笑着听着）

小雀　　你平时都在哪儿呀？有没有去过原宿？

真纪　　原宿啊，好像没去过。

小雀　　放学后，你就直接回家吗？

真纪　　（看着小雀，微笑）

小雀　　（感到疑惑）

真纪　　离家有点远的地方有一片空地。

小雀　　空地？（有点意外）

真纪　　在那儿啊，有一条废弃的船。没人用的船。

小雀　　唉？（意外）

真纪　　我经常去那儿，躺着睡觉，看一晚上星星。

小雀　　星星？（有点惊讶）

真纪	（注意到了小雀的反应）嗯。我在那里就会突然浮现出一种感觉,这条船会不会是可以通往星星的船?
小雀	唉?
真纪	然后,就到了轻井泽。
小雀	船和地铁都可以到轻井泽。（微笑）
真纪	啊,这里就是我想来的地方。我现在是这么想的。（一边看着正在煮菜的锅)已经够了。
小雀	（对她的话感到意外）
真纪	对了,你能吃木耳吗?

18　静冈县警察局·问讯室

干生和大菅面对面坐着。

大菅一边在桌子上摆出几张真纪和干生结婚时的照片,一边说话。

干生	真纪不是你需要怀疑的人。
大菅	（微微苦笑）
干生	就算她做了什么,也是正当防卫吧。真纪才是受害者,十岁妈妈就死了,又遭到了继父的家暴……
大菅	啊,她领取了两亿日元的赔偿金呢。
干生	她是受害人,这不是理所当然吗……
大菅	肇事者当年十二岁。他那天是赶往医院去探望刚出生的弟弟,引发了事故。

干生　　　（意外）……

大菅　　　因为十二岁的他犯了命案，他的家庭失去了房子和工作，散了。他也没能和他期待的弟弟一起生活。即便如此，山本彰子的家人仍继续要求赔偿金。一直持续了十二年。

干生　　　（听到这些，感到震惊）……

大菅　　　啊，即便如此，按照肇事者、受害者来说的话，也算是理所当然吧。

干生　　　……（突然想起来什么）

大菅　　　（合上记事本）好了，明白了。

　　　　　大菅正准备结束问讯。

干生　　　唉，理由是不是这个？

大菅　　　什么？

干生　　　真纪是赔偿金的领取人吧。

大菅　　　是啊。

干生　　　如果真纪不见了，那赔偿金会付给谁呢？

大菅　　　（这是他想过的问题）支付就终止了。

干生　　　果然是这样。真纪买了户口失踪的理由不就是这个吗？虽然她是受害者，但反而感觉自己变成了加害者，为了阻止继父的索赔……

大菅　　　（认真想着，淡淡地听着）

干生　　　（看看他的表情）唉，稍等一下。你已经知道了这些，然后再来问我？

大营　　(叹气)

干生　　是这样的。我认识的真纪就是会这么做的人。

大营　　但是,你也被骗了。

干生　　不对。不对。她和我结婚之后,就入了我们家的户口本,名字
　　　　也变了。不是山本彰子,不是早乙女真纪,而是卷真纪。这就
　　　　是真纪想要的名字……(突然想起来什么,提高了声音)啊,对
　　　　了。真纪想做一个普通人。

　　　　干生用手背遮住了眼睛。

干生　　她一直担惊受怕地生活,但她只想普通地,过一个普通人的生
　　　　活,好不容易……

大营　　然后这一次没想到老公失踪了。

干生　　(停住了)……

　　　　干生肩膀颤抖,不禁哭起来。

　　　　大营淡淡地收起两人的结婚照,用橡皮筋绑住。

19　同·走廊

　　　　大营和船村走出来。

船村　　是为什么呢? 是因为杀了继父呢,还是为了拯救肇事者家庭
　　　　呢……

大营　　(看看手表)现在出发的话,几点能到轻井泽?

20　别墅·一楼(夜晚)

　　　　窗外响起了暴雨声。

桌子上摆着丰盛的菜肴,真纪、小雀、司意志消沉。

司的头发和肩膀都淋湿了,披着毛巾,鼻子上贴着创可贴。

司　　　对不起。我没能说服他。

真纪　　你们吵架了?

司　　　我弟弟他……

小雀　　你们打架了?

司　　　我被弟弟的吉娃娃咬了。弟弟拿了邦迪……

小雀　　创可贴。

司　　　还要你帮我贴创可贴。对不起。

真纪　　请不要再道歉了。

小雀　　好了,真纪给我们做了这么多好菜。

司　　　本该是庆祝会的,变成了遗憾会……

这时,谕高从玄关处进来了。

谕高被雨淋成了落汤鸡。

真纪、小雀、司惊讶地看着他。

谕高　　(笑得跟哭一样)我找到工作了。

他拿着只剩下伞架的伞,做了一个收伞的动作。

真纪和小雀感到惊讶,不由自主地站起来了。

真纪　　别府!

小雀　　庆祝会!

司也站起来了。

司　　　太好了!

真纪和小雀坐在餐桌边吃饭，司和谕高换好了衣服。

真纪　话说，你找到的活儿是在"小夜曲"工作吗？

谕高　嗯，代替有朱站在那里。我以后也是个正经的社会人了。

小雀　你首先要放弃"不穿内裤"。

谕高　那我问你，只穿了内裤的人，和只有内裤没穿的人，哪一个更像正经的社会人？

司　哪个都不正经吧？

真纪、小雀、司、谕高在餐桌旁边喝酒边说着话。

谕高　把工作和兴趣结合起来不是蛮好的吗？

司　但是像甜甜圈洞这种梦想。

真纪　不管开还是不开，花就是花。

三人　（什么？）

真纪　这是我创造的谚语，呵呵。

小雀　不管起来还是睡觉，都是活着。

司　辛苦也好痛苦也好，都是心。

　　　三人担心地看着司。

小雀　但是，我想在很大的地方演奏，只要一次就行。

　　　三人也这么认为。

客厅里，真纪、小雀、谕高准备了奶酪，正要打开红酒。

司　　　我们看电影吧。

　　　　司拿出了一个盒子,名字是《宇宙飞船 vs 亡灵》,上面画着和
　　　　宇宙飞船战斗的亡灵。

司　　　这个电影虽然叫《宇宙飞船 vs 亡灵》,但是剧中既没出现宇宙
　　　　也没出现亡灵。(笑着)

　　　　三人疑惑,这样的内容有趣吗?

司　　　(笑着)看一次,就一次……

　　　　门铃响了。

四人　　(回头,心想:谁会在这个时候来)

　　　　因为大家都拿着玻璃杯,所以小雀站起来走向玄关。

21　同 · 玄关

　　　　小雀嘴里咬着饼,走向玄关。

小雀　　谁啊?

　　　　门外面传来了声音。

大菅的声音　　我叫大菅。请问早乙女真纪在吗?

小雀　　在。(朝远处喊)真纪,你有客人。

　　　　小雀打开了门,大菅和船村站在门口。

大菅　　你好。(稳重地打招呼)

小雀　　(但还是感觉到了不安)你好……

　　　　真纪咬着饼过来了。

真纪　　你好。

大菅	（确认是真纪，点头致意）可以和你说几句话吗？
真纪	好的。
大菅	（眼睛看看小雀，对着真纪）可以的话，就和你一个人谈吧。
真纪	（警戒）什么事？

大菅见状，从胸前的口袋里拿出了警察手册。

大菅	我是从富山警局来的。
真纪	（仍咬着饼）……
小雀	（仍咬着饼）……什么事啊？
大菅	（对着真纪）你是山本彰子吧？
真纪	（表情突然凝固）……
大菅	（确认了她的表情）我们是来请您到警局配合调查的。
小雀	（没注意真纪的表情，对大菅说）啊，你搞错了吧？她是早乙女……

小雀注意到了大菅的表情变化，回头看真纪。

真纪	（心想：啊，完了）
小雀	（看到她的表情，很惊讶）……

22　同·一楼～玄关

柜台附近，司和谕高在尝试拔出断了的红酒瓶塞。

谕高	我记得有钳子的……

司突然感觉玄关那边有些不对，看向玄关。

谕高也感觉到了，看着玄关。

两人心存疑惑地走向玄关,看到真纪和小雀、大菅和船村在那儿。

真纪淡然,小雀呆然。

真纪　（对着大菅）对不起。

大菅　没有,无论如何要请你去一趟也是明天的事。你工作结束的时候,我再来拜访。

真纪　麻烦了。

大菅和船村行礼后,走出去了。

司和谕高目送他们,看到真纪在门关上的同时就转身,面无表情地回来了。

真纪正要往楼梯上走,小雀追上来了。

小雀　真纪。

真纪停下来,仍背对着小雀。

真纪　对不起,小雀。

小雀　（正打算问个清楚）

真纪　我们应该没有在地铁擦肩而过。

小雀……

真纪走上了楼梯。

司和谕高来了。

23　同·真纪的房间~走廊上

真纪把手放在嘴边,神经质一般地摸着嘴唇。

抓住小提琴盒子,像是准备行李一样把它放好。

拿起包,把钱包放进去,塞了几个小包,还有充电器,还想把笔记本塞进去,塞不下,用力一点一点地往里塞。

这些暂且丢到一边,从衣柜里拿出衣服,一件件往地上丢。

她看着散乱的衣服,不知道该怎么办。

就一直站着,摸着嘴唇。

她听到了敲门声。

小雀、司、谕高来到了真纪房间前面的走廊上。

谕高　真纪? 可以开下门吗?

没有回应。司和谕高互相对视了一下,不知道该怎么办,这时门开了。

真纪　(不看大家,点头)

谕高　那个……

真纪　(还是微微低着头)稍微等一会儿行吗? 十分钟。(不)五分钟。

谕高　当然……

司　你没事吧?

真纪　嗯……(痛苦的样子)

小雀盯着真纪……

24　同·一楼

客厅里,谕高正在添壁炉用的柴火。

司拿着热水壶和花茶的整套茶具,准备泡茶。

小雀看着楼梯的方向。

真纪下来了。

真纪坐下,低着头。

谕高　　（添着柴火）马上就暖和了。

真纪　　（点头）

司　　　（准备花茶）现在泡吗?

真纪　　（点头）

小雀一直盯着看……

谕高隐藏住内心的动摇,准备着柴火。

谕高　　（微微一笑）肯定是哪里搞错了。

司隐藏住内心的动摇,准备着花茶的材料。

司　　　如果是那样的话,我可以去一趟。

小雀难以相信发生的事,死死盯着真纪。

真纪仍低着头,摇头,好像很痛苦。

真纪　　我过去做过坏事,今天他们回来找我了。

司　　　真纪……

真纪　　对不起。我不是早乙女真纪。

司、谕高都很惊讶。小雀……

真纪一边时不时摸下嘴唇,一边说。

真纪　　我撒谎了,我骗了你们。我的真名是别的名字。十四年前,我
　　　　买了一个户口。我买了户口,逃走了,去了东京。之后就一直

是早乙女了。我是假的早乙女真纪。我一直假扮成她。我就是个骗子。很幸运。很幸运一直没被拆穿。我就趁势结婚了，换了姓，就当这事没发生过。一直骗人。也骗了大家。还组成了四重奏。装作关系很好的样子。我就是个骗子。被找到了，明天演奏结束后，我就去警局。一切都结束了。谢谢大家的关照。真正的我……我是……我是……

真纪太痛苦了，说不出话来。

真纪低下头，眼泪滑落。

小雀内心纠结，死死盯着真纪。

真纪　　我是……

小雀　　（打断）真纪，够了。

真纪　　真正的我是……

小雀　　好了。

真纪　　我是……

小雀　　好了好了，够了。你不要再说了。

真纪　　……

小雀　　真的也好，假的也罢。真纪以前是谁，（摇头）所有的一切（摇头），我们认识的，就只有这个真纪，其他的一切。（摇头）

泡花茶的司、继续添加柴火的谕高抱着同样的想法。

真纪　　我对大家撒谎了……

小雀　　我不在乎，我一点都不在乎。

真纪　　我背叛了大家……

小雀　　你没有背叛。喜欢上谁这种事,绝对没有背叛。

真纪　　……

小雀　　我知道的,你是喜欢我们的。这绝对不是骗人的。毕竟,会流露出来的。喜欢别人的心情,很容易流露出来吧。流露出来的东西,不会是骗人的。

真纪　　……(嗯)

小雀　　什么过去,(摇头)没有过去,我们也能一起快乐地搞音乐。我们在路边演奏不是很快乐吗?

真纪　　(轻轻点头)

小雀　　你是演奏者吧? 音乐是回不去的,只能往前进。(压着胸膛)我也一样。心动的话,就往前进。喜欢别人的时候,人也会从过去往前进。

真纪　　(嗯)

小雀　　我喜欢你。现在,你只要说出要我们相信你,还是不要我们相信你。说啊。

　　　　真纪……

　　　　小雀等着答案,司和谕高也停下来等着。

真纪　　我要你们相信我。

小雀　　(微笑,点头)那就对了。

　　　　小雀紧紧抱住满脸泪水的真纪。

　　　　司微笑,泡了四人份的花茶。

　　　　谕高微笑,关上了壁炉的门。

小雀紧紧用力抱着真纪,微笑。

小雀　　　那,别府。我们看《宇宙飞船 vs 亡灵》吧。

客厅里,真纪、小雀、司、谕高一边喝红酒一边用放在桌子上的
电脑看电影。

谕高　　　别府,这个电影什么时候会开始好看?

小雀　　　宇宙没有出来啊。

真纪　　　亡灵在哪里呢?

司　　　　我不都说了吗? 这就是这部电影好看的地方。

三人　　　什么?（搞什么啊）

真纪和小雀已经不看电影了,趴在地板上,用冰棍棒玩着多
米诺。

冰棍棒多米诺绕了客厅一圈,沿着斜坡延伸到餐厅,终点处用
纸杯子堆了一个塔。

司和谕高促膝而坐,喝着红酒。

谕高　　　人有两种。（把脸凑近司）

司　　　　（由于谕高的脸凑得太近,他往后退了一下）什么?

谕高　　　如果有人生重来一遍的按钮,有按和不按的两类人。我呢,不
　　　　　会按。

真纪和小雀把冰棍棒多米诺准备好了。

真纪、小雀　　（准备开始,配合彼此的呼吸）剪刀石头布,你要出哪

个,我要出这个。

小雀　　你是个笨蛋。

真纪　　比你好点儿。

真纪、小雀　　再猜一把,再猜一把,再猜一把……

真纪　　(赢了)耶!

小雀　　(输了)啊。

　　　　真纪走到了冰棍棒多米诺的起点。

　　　　小雀拿出了手机,准备拍视频。

小雀　　啊,越来越带劲儿了呢。

谕高　　(把脸凑近司)你知道我为什么不按吗?

司　　　(因为谕高把脸贴近,他往后退)这个嘛。

谕高　　因为我遇到了大家。嗯,嗯。

　　　　真纪挪开了起点处的冰棍棒。

　　　　像倒下的多米诺骨牌一样,冰棍棒一根接一根地弹起。

　　　　真纪和小雀一边喊着"哇哦",一边追着跑。

谕高　　(因为自己旁边有冰棍棒)?!(惊讶)

　　　　弹起的冰棍棒到达了终点,把纸杯塔弄塌了。

　　　　真纪和小雀欢呼雀跃,喊:"哇!"

　　　　真纪依靠在沙发上打盹儿。

　　　　小雀、司、谕高注意到了,凝视着她。

　　　　完全睡着了。

司轻轻地给她盖上毛毯。

真纪在三人的守护中安心地睡了。

另一天,早上。

以下,配合音乐。

真纪、小雀、司、谕高穿着睡衣刷着牙。

真纪刷着牙,一会儿拉开窗帘,一会儿拿要洗的衣服,说"啊,这个也要拜托了""这个你们可以用""洗衣袋在这里",等等。

四人度过无言的日常早晨。

25 同·阳台

真纪、小雀、司和谕高分工把洗衣篮里的衣服分开,摊开递给对方,再晾晒。

当 Ultra Soul 的内裤出现的时候,大家都笑了。

26 同·一楼

餐桌边,真纪、小雀、司和谕高一边聊天一边把饺子馅包到饺子皮里。

看到司包好的饺子,大家都说:"太专业了!"

四人用电热烤盘煎着饺子吃。

大家一边开心地聊着一边吃。

司和谕高做好了出发的准备，拿着乐器出门。

司说："我先去坐车了。"说着便出门了。

小雀回应说好，背着大提琴，一看，真纪背着小提琴盒正在朝窗外看。

小雀走到真纪身边，也一起看向窗外。

真纪	今天阴天啊。
小雀	今天阴天啊。

27　音乐餐厅"小夜曲"·店内（夜晚）

餐厅营业中，店里有客人，舞台上真纪、小雀、司、谕高正在演奏《圣母颂》。

司、小雀、谕高用余光看着真纪。

曲目结束了。

四人起身朝鼓掌的客人致谢，又准备下一首乐谱。

真纪翻着乐谱，注意到了。

大菅和船村由多可美带领着走进了店内。

他们坐在吧台位置上。

真纪继续翻着乐谱。

小雀、司、谕高担心地看着真纪。

真纪点头，意思是"没关系，开始吧"，又呼了一口气，准备好弓。

几人交换视线，开始演奏斯美塔那的《我的祖国》。

观众听得入神,大菅和船村看着这一切。

四人全神贯注地演奏。

真纪全心全意地投入其中。

28 同 · 休息室

真纪换好衣服了,小雀、司、谕高各自看着面前的镜子。

真纪 啊,明天的面包,可能没了。

司 好像是的。

谕高 回去的路上去便利店买点。

司 好啊。

真纪 还有,酸奶也要买点吧。

司 好的。

真纪 小雀,你之前买的洗发香波呢?

小雀 啊,洗脸池上的?

真纪 我记得在柜子里吧。没了的话再买点。

小雀 嗯。

小雀内心涌出一股悲伤,低下了头。

真纪 ……好像就这些了。

真纪用手梳了梳头。

谕高起身,站到真纪背后,给她整理头发。

真纪 不好意思。

谕高 没关系。

真纪想拿化妆品,却掉到了地上。

司看到了,起身,捡起来递给她。

真纪　谢谢。

司说不用,就这样坐在旁边的座位上。

司　昨天我回父母家的时候。

真纪　是被吉娃娃咬了鼻子的时候吗?(微笑)

司　(苦笑)是的。我问过了,他们说那个别墅到了春天会有松鼠过来的。

真纪　是吗?

司　听说给它们这种小小的饭团,它们就会用两只手拿着吃。吃一半,还有一半会带回去。

真纪　真是精打细算。

司　下雨的时候,它们会坐在玄关那儿避雨。避雨的时候,它们还会抬头看着春天的雨。

真纪　(浮想)

司　到春天了,我们一起看吧。

真纪　(没有回应,微笑)

司　(因为真纪没反应)……

谕高帮真纪弄好了头发。

真纪　(隔着镜子对谕高说)谢谢。

谕高　真好看。

真纪　(害羞)小雀。

小雀低着头。

真纪把小提琴往盒子里收拾。

真纪　家森,我想,我也不会按那个人生重来的按钮。

谕高　(微笑)嗯。

真纪　别府,那天在卡拉 OK 包厢遇到大家果然是命运的安排。

司　(微笑)是的。

门口响起了敲门声,四人慌了。

真纪　来了! 这就出来。

真纪拿着行李和小提琴盒站起来了。

她走到低着头的小雀面前,蹲下。

真纪　小雀,可以帮我保管一下吗?

她把小提琴盒递给了小雀。

小雀　(仍低着头)……真纪。

真纪　嗯。

小雀抬起头。

小雀　你生日是什么时候?

真纪心里颇不平静。

真纪　(微笑)是六月一日。

小雀　(笑着,点头,表示知道了)

小雀　我们一起等着你。

真纪　(点头表示感谢)

真纪只拿着包站起来,面朝三人后退,退到门边。

小雀、司、谕高站起来,准备去目送她。

真纪　(伸出手制止)我去上个厕所就回来。

小雀、司、谕高理解了她这话的意思,点头。

真纪笑着,从背后用手打开门出去了。

小雀、司、谕高笑着目送。

真纪笑着,静静地关上门,消失了。

剩下的三人,心里涌起一股难以言表的寂寞感。

司和谕高拥抱蹲着的小雀。

三人互相支撑着。

29　同·外面

真纪和大菅走到了车边,船村正在驾驶座上等着。

大菅打开了后排车门。

大菅　请。(指着座椅)

真纪正要上车,突然看到了——

停着的面包车上,手写的甜甜圈洞四重奏的字样、每个人的名字、音符。

真纪心里思绪万千。

像是要和这些一刀两断,真纪背过身,上了车。

大菅　可以了吗?

真纪　嗯。

船村发动引擎,打开前灯。

收音机开始播报明天的天气。音量不高,挺安静的。

真纪　可以把收音机关了吗?

大营　路途很远啊。

真纪又想了想,点头。

真纪　我的脑海里,有太多想要回忆的音乐。

船村关了收音机。

真纪点头致谢,闭上眼睛。

车子开走了。

30　同·休息室

司正在认真叠真纪的衣服,谕高正在把真纪的乐谱一张一张
地整理好。

小雀紧紧抱着小提琴。

小雀闭上眼睛……

回忆的画面。

依靠在旧渔船的侧板上,中学时代的真纪紧紧抱着小提琴,抬
头看着星星。

(看不见脸)

31　行驶的汽车内

车内的真纪闭着眼睛……

回忆的画面。

走出地铁的检票口,走在安全通道上,看到了背着大提琴的儿童时代的小雀(看不见脸)。

真纪……

32 音乐餐厅"小夜曲"·休息室

小雀……

33 别墅·司的房间

司空虚地坐着,只剩下一具空壳。

司的手抓住裤子,表情痛苦。

34 同·谕高的房间

谕高躺在地上,只剩下一具空壳。

他用两手盖着脸,小声呻吟。

35 同·一楼

黑暗中,小雀从二楼下来,走向厨房。

小雀打开冰箱,确认里面的东西。

用水龙头淘着淘米箩里面的米。

把装着米的锅胆放入电饭煲,按下了开关。

往锅里倒水,烧开水。

洗了牛蒡和胡萝卜,切成薄片。

用瓦斯炉开始烤鱼。

切豆腐,放到锅中的汤里。

溶化味噌,尝尝味道。

给烤鱼翻面。

用平底锅炒牛蒡和胡萝卜。

抓了一点尝尝味道,又加了点调料。

电饭煲响起了米饭煮好的声音。

打开盖子,热气腾腾的,闻闻米饭的味道。

在桌子上摆上筷子,司和谕高从二楼下来了。

小雀指着椅子说请。

小雀、司、谕高坐到了餐桌旁。

三人面前摆着米饭、味噌汤、烤鱼、炒牛蒡、酱菜。

众人双手合十说开动,便开始用餐。

三人一直默默地吃着。

第9话 完

第 10 话

1　住宅区·某个房间

不知何处传来了蝉鸣声。

房间可以看出主人的生活很简朴。

白发有点显眼的真纪戴着眼镜,穿着半袖,和脱了西装上衣的男子(柊学)一边喝着大麦茶一边在说话。

柊　　我以为你回轻井泽了。

真纪　这边也找到工作了,我打算就在这儿生活。

小桌子上放着电脑、收音机和资料。

柊　　你没有从事音乐工作吗? 是因为给组员造成了麻烦吗?

真纪　他们不是会觉得麻烦的人。他们就像什么都没发生过一样接纳了这件事。

柊　　既然这样,被判了缓刑,你还可以搞音乐啊。

真纪一边看着墙壁方向一边说。

真纪　我就算继续拉小提琴,也无法像以前那样让别人听了。在周刊上看到过的罪犯演奏的莫扎特,嫌疑人演奏的贝多芬,是没办法让别人享受的吧。我演奏的音乐从此以后都是灰色的。我已经不能再回到那里了……

洗衣机的声音听起来很吵。

真纪　对不起,洗衣机有点故障。

真纪起身,走向洗手间,走到一半,又看向了墙壁。

真纪　那样的日子,对我而言就是最炫目的一段时间。

甜甜圈洞四重奏的传单用透明胶带贴在墙上。

2　轻井泽车站前(另一天)

背着小提琴的女人大桥绘茉(30岁)。

甜甜圈洞四重奏的面包车停在她前面,司从车上下来了。

司　对不起,我来迟了。我叫别府。

司正准备帮大桥拿包。

大桥　(看看面包车)不是礼车啊。

大桥声音洪亮。

司　(被吓了一跳)啊,啊,是的……

3　林荫大道

谕高被和女主人一起散步的大型犬扑倒,舔着脸。

狗主人　真理子,住手。

| 谕高 | 真理子,真理子,真理子…… |

一辆面包车在旁边停下来了。

谕高总算逃脱了,一边朝狗主人点头行礼,一边坐进面包车的后座。

谕高	(松了口气)真理子……
司	谕高。(指着大桥)
谕高	(对着大桥)你好,我是家森。
大桥	我是大桥绘茉,请多关照!
谕高	(被她的大嗓门震惊了)啊,啊,好的……

4 别墅·一楼

司、谕高、大桥进来了。

| 谕高 | 你是用腹式呼吸吗? |
| 大桥 | (看到了什么,发出哀号) |

地板上倒着一个猪布偶。

| 司 | 这是小雀的。 |

司和谕高开始搬动布偶,结果一拿头,小雀的脸就露出来了。

司	小雀,这是我们的客座小提琴手。
大桥	我是大桥绘茉,请多关照。
小雀	(被她的大嗓门震惊)啊,啊,好……

客厅里摆上椅子,拿着乐器坐着,小雀穿着小猪布偶装,司是

牛,谕高是鸡,大桥穿着厨师服。

司	这是食肉节的庆典。大桥扮演人的角色。
大桥	穿成这样没法表演。
谕高	你要和鸡换一下吗?
小雀	和猪换一下吧?
大桥	我没想到是这种低级的工作。
小雀	(内心暗暗生气)没关系。我们还做过更夸张的呢。
谕高	请多指教,淡菜。

大桥起身。

大桥　你们不觉得羞耻吗? 你们就像在抢椅子的游戏中输了,却装作坐着的样子。

三人心想,哎呀呀……

小雀换下衣服、谕高吃着蕨菜饼。

小雀	真是个好人,把蕨菜饼留给我们了。

司端了茶过来。

司	对不起,只能给大家找到食肉节庆典的工作。
谕高	没办法呀,我们又不能露脸。

小雀和谕高站起来了。

小雀	那我去学习了。
谕高	我也去工作了。这些蕨菜饼你吃吧。
司	那练习呢?

谕高　　都没工作还练习什么？真好，没工作的人就是轻松。

　　　　说着走出去了。

司　　　（对着小雀）那晚上，练习……

小雀　　今晚我不通宵复习的话，考试就过不了。

司　　　通宵（摇头），回笼觉还差不多……

小雀　　就算我们三人一起练习，也只会徒增寂寞。

　　　　小雀拿着参考书去了二楼。

　　　　剩下司一人，开始吃蕨菜饼。

司的声音　　"真纪的判决结束了，我们四重奏就可以复活了。"说这话
　　　　　的时候是夏天，等回过神来，已经是第二个冬天了。

5　同·小雀的房间

　　　　小雀对着小桌子，在复习准备不动产相关资格证考试。

司的声音　　小雀变得不怎么睡得着了。

6　别墅的马路

　　　　去上班的谕高，因为花粉症，掏出了紫式部面纸擦鼻子。

司　　　家森一周工作七天。两个人都很怪。很不正常。

7　别墅·一楼

　　　　司坐在沙发上，看着前方。

司　　　正常的只有我。

　　　　他自言自语。

司　　　那一天真纪从我们的眼前消失了。

8 回忆

别墅前停着一辆警车。

小雀、司和谕高在餐桌前吃着饭。

他们一边吃饭，一边看着几位刑警从二楼搬着纸箱子下来。

司的声音　　没过多久，真纪就被起诉不正当获取住民票和驾照等。

小雀、司和谕高看着八卦周刊报道。

一整页的报道，上面登载了甜甜圈洞四重奏的传单上真纪的脸被放大后的照片。

标题写着："美女小提琴手是伪造的。"

司　　　　一开始只是个小小的新闻报道，渐渐篇幅扩大了。

桌上放着好几本周刊杂志，上面尽是这些标题："疑惑！养父之死成谜！心力衰竭？证据不充分？"

司和谕高看到很惊讶，小雀拿起来扔了。

司的声音　　就在一瞬间，真纪变成了经常在电视上露脸的超级名人。

小雀、司、谕高购物结束回到停车场的面包车旁的时候，也会被记者围住。

三人困惑，急着钻进面包车。

司的声音　　不久，甜甜圈洞，我的家人，小雀的过去，都被报道出来了。倒是没有关于家森的报道。

以最夸张姿势遮着脸的家森倒是没有记者追问。

周刊杂志的报道中，小雀的照片旁写着"骗子魔法少
女"，司的照片旁写着"闻名世界的别府家族的长男"。

谕高拼命地想把被钉在杂志中缝订书钉处的自己的脸
抹平。

司的声音　　也有好事。小雀和家森工作的地方都挽留他们，感受到
了人情温暖。别墅没找到买家，一直悬着。我辞职了。

小雀、司和谕高在餐桌边愉快地吃饭。

司的声音　　嫌疑没有撤清，真纪还是被判了缓刑，我们的主页上是铺
天盖地的谩骂。

司打扫房间，小雀装饰着鲜花，谕高贴着"你回来啦真纪"
的贴纸。

司　　　　尽管如此，真纪总算可以回来了。能听到真纪的声音了。我
们都很期待……

9　别墅·一楼（夜晚）

回到家的谕高一看，微暗的房间里，司一个人坐在沙发上
说话。

司	真纪用自己的话给我们证明了,所谓消失,是"不在"状态的持续。甜甜圈洞四重奏的命运……

谕高惊讶地来到他身边。

谕高	司? 司?
司	(平静地回头)嗯。
谕高	你一个人在说什么呢? 脑袋里的话漏出来啦。

司指着手里拿着的录音机。

司	我在录音。至少想把这份心情录在真纪的收音机上。
谕高	可怕可怕可怕。还有,你的裤脚卷着呢。

司的裤脚卷到了膝盖这里。

10 同·小雀的房间

小雀一边喝着普通的咖啡一边学习,突然停下来回头看。

墙角放着大提琴和小提琴盒。

她寂寞地看着,又继续开始学习。

11 日本料理餐厅"夜曲庵"·外景(另一天)

日式风格的"夜曲庵"招牌。

12 同·店内

店内还是和以前一样的装修,变成了时髦的日本料理店。

午餐时间,客人们吃着日本料理。

午休中的小雀和司也在吃着饭。

穿着日式衣服的谕高在给女客人倒茶。

谕高	请慢用。
	他来到小雀和司身边倒茶。
司	变成这样，也有我们的原因吧？
谕高	大二郎本来就想做日本料理。他还问我要不要在这里做学徒。
小雀	啊，不是蛮好的？
司	不，你是真的想成为一名厨师吗？
	此时，对面桌子的一个男人（村滨）来了。
村滨	可以跟你说两句话吗？
	村滨把名片递给司。
	小雀、司和谕高一看，好像是一个叫 Bossnet 的网络媒体公司的记者。
村滨	是关于山本彰子的疑惑……
司	判决已经结束了。
村滨	我知道。有传闻说是混入了养父的药物之中。
谕高	没有这样的事情，所以也没有因此被起诉。
村滨	但是大家也是被骗了吧？
小雀	和这没关系。真纪和我们是靠心意联系在一起的……
	村滨拿出了一本周刊杂志，给他们看某一页。
村滨	这是今天早上最新的照片。
	上面是一张从远处抓拍的照片，背景是能看到住宅区的马路，真纪一边吃着可乐饼一边开心地走着，身旁是柊（脸上打着马

438

赛克）。

标题是："美女小提琴手嫌犯白天大大方方可乐饼约会。"

谕高　可乐饼约会……

村滨　大家只是被利用了，不是吗？

小雀、司、谕高看着笑着的真纪……

13　别墅・一楼

小雀和谕高在餐桌上吃着白菜锅。

小雀夹起粉丝。粉丝超级长。

谕高用料理剪刀帮她剪断。

谕高　可乐饼约会吗？真纪的表情很幸福呢。

小雀　一边走一边吃可乐饼，谁都会表情很幸福的吧？

谕高　毕竟，已经过去半年了。

小雀　那，那你也可以去搞可乐饼约会啊。

小雀又夹起一些粉丝，又是超级长。

谕高用料理剪刀帮她剪断。

谕高　小雀，跟我一起搞吗？那再幸福不过了。

小雀　（在客厅）别府，你不吃饭吗？

司在客厅里，背对着她。

小雀和谕高拿着小盘子一边吃一边走。

司还在看周刊杂志。

谕高　糟了，司也得了可乐饼约会症候群了。

小雀　　别府？

司　　　解散吧。

小雀、谕高　　什么……

司　　　我们，解散吧。

谕高　　……稍等一下。

　　　　谕高把自己和小雀的小盘子拿到餐桌上。

　　　　小雀嘴上小盘子里的粉丝还连着没有断。

　　　　谕高走回来，小雀把粉丝吸到嘴里。

　　　　谕高把小盘子放到餐桌上。

谕高　　这么想搞可乐饼约会的话。

小雀　　大家一起买可乐饼，搞一下吧。

司　　　我想真纪不会再回来了。又没工作，再继续这样下去也没意义。

小雀　　会回来的。

司　　　真纪已经不是蟋蟀了。真纪是改变了好几次人生的人。不是
　　　　不回来，是已经走在不同的道路上了。

小雀　　光凭那种照片……

司　　　笨蛋。

谕高　　什么？

司　　　我对自己说的。小雀最近也不睡觉，谕高一周工作七天。没
　　　　有四重奏也没关系啊。你们俩不是也已经走在不同的道路上
　　　　了吗？

小雀、谕高　　（对此表示质疑）

司 只有我一个人一直站在原地。我也要早点把自己心里的蟋蟀杀了。

　　司走向餐桌，开始吃白菜锅。

　　谕高也走到餐桌边。

　　小雀盯着司放在那儿的《写真版周刊杂志》里的真纪……

　　因为粉丝太长，司站起来了。

　　谕高帮他用料理剪刀剪断，这时听到了什么东西被扔出来的声音。

　　回头一看，是《写真版周刊杂志》被扔了，小雀跑到二楼去了。

谕高 ……（夹着粉丝）啊，确实食肉节庆典那个，是没办法做到。其他的，像虫子节、短裤节之类的，还有很多呢。

　　粉丝太长了，谕高站到了椅子上。

　　小雀从楼梯上跑下来，回来了。

　　她拿着真纪的小提琴。

谕高 （从椅子上）怎么了？

小雀 （对着司）道路不同，如果走上不同的道路，那这个小提琴怎么处理？

　　司……

小雀 真纪对我说，让我给她暂时保管。我们约好了，一起等。如果想解散的话，就解散好了。但是，要先把这个小提琴还给真纪。

　　司……

　　谕高坐正了。

谕高 是啊。我们去找真纪吧。

小雀　　能找到吗?

司　　　可能马上就能知道了。

小雀、谕高　　（什么?）

　　　　小雀、司、谕高对照着电脑里的街景图,查找着可乐饼约会的
　　　　照片地点。

司　　　有了,有了有了,有了有了。

　　　　司把照片放在电脑前比对,电脑里也是能看到住宅区的马路。
　　　　景色一致。

14　同·外面（另一天）

　　　　拿着乐器盒出来的小雀、司、谕高坐上了面包车。

　　　　小雀关上了门,抱着真纪的小提琴盒。

　　　　面包车出发了。

15　住宅区·走廊上

　　　　真纪和一个穿着工作服的管理员站在门前。

　　　　真纪房间的门上,油性笔写着大字:"杀人犯滚出去"。

　　　　越往下字越小。

管理员　　一开始字写得太大了。（慢吞吞地）

真纪　　（低下头)对不起。我马上擦掉。

16　同·真纪的房间

　　　　真纪手里拿着律师的名片,用手机在打电话。

| 真纪 | 嗯,前两天和先生一起的时候。是的,照片。应该是看了那个发现这里的。对不起,给你添麻烦了…… |

17　同·住宅区正面

正面可以看到住宅区里一排排高大的楼房。

小雀、司、谕高抬头看。

谕高	把这儿全部走一遍,要三天吧。
小雀	门牌上说不定没有名字。
司	把她引出来吧。
谕高	怎么引?
司	比如你不穿内裤发骚。
谕高	这样引出来的是警察吧。现在就已经是三重奏了,你想变成两重奏吗?

小雀打开了后排车门,坐进去了。

| 谕高 | 小雀? |

小雀拿出了大提琴盒。

| 小雀 | 我来引出来。 |
| 谕高 | (抬头看着头上的住宅区)能听到吗…… |

小雀已经开始跑了。

| 小雀 | 能听到! |

18　同·真纪的房间

真纪关上洗衣机的盖子,按了开始键。

她心里想着：不知道有没有问题，拿着洗好的篮子返回房间。

在阳台上晾衣服的真纪。

她发现袜子上破了个洞，心里一慌。

突然，她听到从哪里传来了弦乐的声音。

她吓了一跳，关上了阳台的窗户，走了。

洗衣机轰隆隆地洗着，真纪吃着鸡蛋盖饭。

阳台上晾着衣服，可能是风大，啪嗒啪嗒地晃着。

这时，玄关的门啪的一声被踢了一下。

真纪吓了一跳，看向门……

真纪打开电脑，准备好录音机。

她介意洗衣机的声音，戴上了耳机，开始工作。

突然一看，阳台上晾晒的洗澡毛巾掉了。

真纪站起来，走到阳台上。

拿了毛巾准备回屋内的时候，洗衣机的声音停了。

安心地准备关门的时候，手停了。

哪里隐隐约约传来了弦乐器的演奏声。

真纪竖起耳朵一听，曲目是《偶得风琴之歌》。

看不见，也不知道是哪里传来的声音。

19 同·走廊上

　　真纪走出房间，穿着拖鞋。

　　隐约能听到演奏的声音，她从扶手处探出身体，走上走廊。

　　她渐渐跑起来了。

20 同·楼梯

　　隐约听到演奏的声音，真纪跑着下去了。

　　和上楼的人擦肩而过，真纪下楼了。

　　演奏的声音渐渐越来越大。

21 同·建筑前·中庭

　　真纪下了楼梯，飞奔出来。

　　因为地面不平被绊倒，结结实实地摔了一跤。

　　真纪跌了一个狗吃屎，趴在地上。

　　真纪站起来，拖着摔疼的腿脚走着。

　　走到了中庭。

　　演奏的声音越来越大了。

　　她拖着腿脚一瘸一拐地走着。

　　孩子们兴奋地跑了过来。

　　她避开孩子们，往前走。

　　演奏声又变大了，能清楚地听到音乐。

　　真纪看着前方宽阔的场地，停下了。

　　大约有四十个孩子聚集在一起。

孩子们跳着蹦着,打着拍子,挥着两手,享受着音乐。

对面,小雀、司、谕高在演奏。

真纪被吸引了,盯着看。

——笑着的三人,笑着的孩子们。

真纪兴奋地盯着这一切。

真纪脚步又向前迈了。

让孩子们兴奋的是小雀、司、谕高。

小雀在孩子们的对面看到了真纪。

她不由自主地停下了手。

司注意到了,谕高也注意到了,停下了手。

音乐停了。

孩子们纳闷。

真纪和小雀、司、谕高互相看着。

真纪心想糟了,转过身打算走。

三人像是要挽留她一样,重新开始演奏。

真纪停下来,回头。

孩子们又开始兴奋。

真纪盯着这幅景象,开始打拍子。

看着这样的真纪,小雀、司、谕高感动至极。

天黑了,孩子们都已经回去了。

演奏结束的小雀、司、谕高收拾乐器。

只剩下真纪一个人。

三人提着乐器，走向真纪。

真纪　你们在干什么？

谕高　啊，我们就是来这附近。

真纪　演奏差强人意啊。

司　因为缺了第一小提琴手。

真纪　没见过这么差的四重奏。

小雀走过来，站到真纪的面前。

小雀　那你来拉试试？

真纪　……（苦笑）

小雀　（微笑）

小雀抓起真纪的胳膊，握住她的手。

小雀　真纪，打起精神……（正准备问，注意到）

手背的触感不对。

小雀一边摸着真纪的手，一边看着她。

真纪的白发已经很显眼了。

小雀伸手摸真纪的头发。

真纪垂下眼。

小雀　……别府，车开过来。

司　（什么？）

小雀　家森，帮个忙。

谕高　（什么？）

小雀　　　把真纪带回去。

　　　　　司跑走了,谕高也紧紧抱着真纪。

　　　　　周围完全变暗,环绕着中庭的住宅区,窗户亮起无数的灯。

22　别墅·一楼（夜晚）

　　　　　客厅里,真纪把小提琴从盒子里拿出来,摸着,盯着。

　　　　　小雀在旁边看着她这副样子。

　　　　　司和谕高在厨房做饭。

谕高　　　司,杏鲍菇放哪儿了?

司　　　　啊,谕高,在那儿。对,那儿。

　　　　　真纪听到了他们的谈话,皱皱眉头。

真纪　　　为什么他们开始这样称呼对方?

小雀　　　是啊。不知道什么时候就这样叫了,真让人讨厌。

谕高　　　真纪。以后我们怎么称呼真纪好呢?

真纪　　　啊,就叫真纪。可以吗?

　　　　　小雀、司、谕高都点头,表示当然可以。

　　　　　真纪、小雀、司和谕高在餐桌边吃着芝士锅。

　　　　　真纪看起来吃得津津有味。

　　　　　小雀、司、谕高若无其事地用余光看着真纪,各自都流露出欣

　　　　　慰的笑容。

谕高　　　我看了那个。哎,司,照片,哎。

司	（无视）真纪，请多吃点。
真纪	什么照片？
小雀	可乐饼约会。
真纪	啊，（苦笑）那不是约会。是和律师谈事情呢，被说成那样。
司	啊，这样呀。（放心了）
谕高	司，你可别掉以轻心啊。可乐饼和律师。这组合在地球上可是无敌的。
真纪	完全没有的事情。
司	我就说嘛。
小雀	吃完饭干吗呢？
真纪	嗯？

小雀、司、谕高都期待着。

真纪	（觉察到了）啊……来吗？

小雀、司、谕高开心地点头。

客厅里并排放着四把椅子，四人集中，拿着乐器。

一边试音一边坐下。

真纪	啊，请给我起个音。

小雀拉了一下，四人调弦。

真纪	还能拉吗？已经一年没拉了。
谕高	可以呀，我们最近也完全没拉。
真纪	（推测着三人的状况）……"小夜曲"那儿？

司	"小夜曲"现在变成日本料理店了。
真纪	日本料理?
谕高	我下周要学习做板前料理。
真纪	(内心很震惊)啊……小雀呢?
小雀	我现在在学习。社长退休了,把公司关了。我想先考个就业用的资格证。
真纪	(内心震惊)啊……那别府呢?
司	我们开始吧?
真纪	(等着他回答)
司	我辞职了。现在无业。
真纪	(内心震惊)啊。
司	(开朗地)可能的话,最好去做音乐培训课的老师,但还没找到。
真纪	是吗……

真纪放下了小提琴。

三人看着这样的真纪……

谕高	不是因为你。

小雀和司也表示同意。

| 谕高 | 一年前我们不也这样说过吗?把喜欢的事情作为兴趣,还是梦想呢?作为兴趣是幸运,作为梦想就是泥潭。刚好现在就是这个时间节点。在梦想结束的时间点,把音乐作为兴趣的时间点迎面走来了。 |

真纪　　（认真聆听着）……

司　　　我这一年也没有白费。梦想不是一定要实现的。不放弃的话
　　　　也不一定能实现。只是，做梦是没有损失的。我是没有任何
　　　　损失的。

真纪　　（认真聆听着）……

小雀　　休息的时候大家集中在一起，在路边演奏演奏不是蛮好的吗？
　　　　不管有人听还是没人听，只要我们快乐就好了。

真纪　　……玉米茶。

三人　　（什么？）

　　　　真纪放下小提琴，站起来。

真纪　　我给你们倒玉米茶吧。

　　　　真纪准备走向厨房。

司　　　已经没有玉米茶了。

　　　　背对着三人的真纪停下来了。

　　　　小雀、司、谕高放下乐器，站起来了。

小雀　　（对着真纪的背影）真纪。

真纪　　音乐会……

小雀　　嗯？

真纪　　（回头看）我们来一场音乐会吧？

　　　　真纪走向厨房的柜台，拿起放在那儿的小镇杂志，一边翻看一
　　　　边拿着过来了。

　　　　真纪把杂志放到地上。

三人围着杂志坐下。

真纪 我们在这里开音乐会吧?（指着小镇杂志的页面）

三人一看,翻开的杂志页面上登载的,是轻井泽的大贺音乐厅。

——那样的外观、舞台和围绕着舞台的大观众席。

三人感到意外。

真纪 在这里,在满座的观众面前,我们演奏吧。

三人愣住了。

谕高 那个,这……

小雀 你是说在这个大厅的前面表演吗?

真纪 不是,就是这里。现在是淡季,应该很空的。

司 就算很空……

谕高 以这个音乐厅的规模。

小雀 怎么可能满座。

真纪 （苦笑）大家不知道啊。

三人 （什么?）

真纪 对我有兴趣的人有很多。如果我以假冒早乙女真纪的身份站到舞台上的话,这么大的音乐厅,会满座的。

三人 （呆住）

真纪 不是一直在说吗? 我想有一天在很大的舞台上,在很大的音乐厅演奏。现在甜甜圈洞四重奏的梦想可以实现了。

司和谕高十分惊讶。

小雀心想说不定真的能行,也来了劲儿。

谕高　不行,这样的话,真纪不是把自己当成笑柄了吗?

司　只是被好奇的眼光看着而已。

真纪　不是蛮好的吗?笑柄也好,好奇的目光也好,我不在乎那些。

司　但是,就算靠这个吸引了很多人。

谕高　那些人又不是来听音乐的。

小雀　懂的人就能听懂,不是吗?

司、谕高　(什么?看着小雀)

小雀　其中有人能听懂不就行了吗?哪怕就一两个人。

真纪　(点头)

小雀　我也曾经是一个魔法骗子少女。过去也算有名,说不定也能
　　　为票房贡献一下。

　　　真纪和小雀相视一笑。

　　　看着这样的两人,司和谕高也充荅起来。

司　那样的话,那样的话我也算是别府家族的一员。从这一点来
　　　说,也算有名吧。

谕高　我也算在小电影中露过脸的。

　　　几人对视,再一次看着大厅的照片。

司　开吗?

谕高　只有开了。

小雀　开吧。

　　　三人眼里放光。

真纪　(看着,开心点头)好。

23　大贺音乐厅·前面（另一天）

展示橱窗里，混在好几张音乐会海报里贴着的，是标着"甜甜圈洞四重奏神秘弦乐之夜"的海报。

海报设计成了四人的眼睛被黑色的粗线遮住的风格。

有些路人停下观看。

24　日本料理店"夜曲庵"·店内

休息中，大二郎和多可美在看着《写真版周刊杂志》。

里面有篇报道，标题是"美女嫌疑人小提琴手举行音乐会"。

偷拍的是真纪、小雀、司、谕高拿着乐器从甜甜圈洞四重奏的面包车上下来的照片。

谕高在给餐桌摆上餐垫。

大二郎　有很多关于真纪的报道，但她是清白的吧。

多可美　当然啦。（对着谕高）是吧？

谕高　　难说啊。（嘲笑着说）

谕高正准备走。

多可美　（拿出信封）这个是在我们这儿发现的。

信封上写着"甜甜圈洞四重奏　收"。

25　别墅的室内

小雀正带着一对中年夫妇在看房。

小雀正在打开窗户。

妻子　　哎，那个女人是在轻井泽吗？

小雀　　什么？

妻子　　拉小提琴的,可能杀了她养父的那个女的。

小雀　　啊,啊,是是。听说她走路会一边啃排骨一边踢电线杆。

小雀　　啊。

小雀　　听说她马上要开音乐会了,去听听吗？

26　别墅·一楼（夜晚）

　　　　餐桌上摆着一排乐谱,真纪、司、谕高在讨论着演奏会。

　　　　小雀从冰箱里拿来了三角形包装的咖啡牛奶,注意到柜台上放着的"甜甜圈洞四重奏　收"的信封,伸手拿过来。

小雀　　这是什么？

谕高　　啊,我稍微看了下,可以丢了。

　　　　小雀正打算丢掉,又有点介意,就打开,瞥了一眼开头。

　　　　啊,是这样的啊。她读出了声音。

小雀　　初次见面。我是去年的冬天听了甜甜圈洞四重奏演奏的听众。坦率地说,表演很糟糕。

　　　　三人的肩膀不禁耸了一下。

谕高　　不用读出来。

小雀　　但这是写给我们的。

　　　　小雀坐在餐桌边,对着大家。

小雀　　（继续读）不协调、弓法不合。选曲没有一贯性。总之一句话,各位不具备演奏者的才能。

三人认真地听着。

另一天,客厅里,真纪、小雀、司和谕高四人并排演奏着。

小雀的声音 你们是世界上优秀的音乐在诞生过程中产生的多余
东西。大家的音乐,就像是烟囱中冒出的烟。

小雀从楼梯上下来了。

穿着演出的礼服,像走 T 台一样走来。

真纪、司、谕高拍手看着。

接着,真纪、司、谕高各自穿着演出服走秀。

小雀的声音 没有价值。没有意义。没有必要。没有留下记忆。我
觉得不可思议。

另一天,真纪在厨房里做饭,好像在想什么。她在手边
的发票反面,画上了五线谱和音符。

小雀的声音 这些人,明明只是一缕青烟,究竟是为了什么在努力
呢? 早点放弃不就好了。

27　同·阳台上

司打扫到一半,不经意地看了看窗外。

他用下巴夹着小型扫帚,把掸子当作弓,做出在演奏激情澎湃
的音乐的模样。

小雀的声音　　五年前,我放弃了当一名专业演奏者。我早就意识到自己只是一缕青烟罢了。

28　日本料理餐厅"夜曲庵"·店内

营业中,谕高正在上菜。

他轻快地移动于桌子之间,把菜一个个放上去。

他转了个圈,像拉弓一样举起托盘。

小雀的声音　　注意到自己做的事情是多么愚蠢,毅然决然地放弃了。这是个正确的选择。

29　纳骨堂

小雀拿出了音乐会的票,放到了柜子里的骨灰盒里面。

打开海报,向骨灰盒展示。

小雀的声音　　今天我再次去了店里,是想直接问,为什么你们不放弃?

30　别墅·一楼（另一天，夜里）

深夜,只有餐桌那儿的灯还亮着,真纪和司摆着乐谱写着编曲。

小雀和谕高一边摸着乐器,一边说着意见。

小雀的声音　　只是青烟而已,继续下去究竟有什么意义呢?这个疑问这一年一直困扰着我。

31　道路～大贺音乐厅（早晨）

真纪、小雀、司和谕高跑着过来。

过了马路,走向池边。

并排站在池边看向远方,可以看到大贺音乐厅。

四人兴奋地盯着。

小雀的声音　　告诉我。你们觉得有价值吗? 有意义吗? 有未来吗?

为什么继续呢? 为什么不放弃呢?

32　别墅·一楼

真纪、小雀、司和谕高并排演奏着。

小雀的声音　　为什么? 告诉我。拜托了。

33　大贺音乐厅·正面入口处的前面(另一天)

贴着甜甜圈洞四重奏的海报。

门票售罄的通知。

34　别墅·一楼

司在等待,真纪从楼梯上走下来,小雀从卫生间走出来,谕高从厨房走出来。

慌张的四人都穿着横条纹衣服。

谕高　　撞衫了撞衫了撞衫了。

真纪　　换了吧?

司　　不行,没时间了。

小雀　　我想弄平睡得翘起来的头发。

司　　反正在休息室会弄的,又没人看。

35　大贺音乐厅·休息室入口

现场聚集了众多记者、摄影师，都在拍摄进场的真纪、小雀、司和谕高。

无数镜头聚焦，闪光灯频频闪烁。

四人之所以拼命躲闪，一是因为穿的条纹撞衫了，二是因为睡得翘起来的头发。

36　同·正面入口（夜晚）

观众开始进场。

打扮时尚的大二郎和多可美走过来了。

正准备进场，谁的东西掉了。

一看，是阿波罗巧克力。

多可美捡起来一看，穿着粉色西装的半田和穿着普通西装的墨田站在那里。

半田将飘出《两人的夏季物语》的耳机摘下，从多可美手里接过阿波罗巧克力。

半田　谢谢。（微笑）

多可美　不客气。（微笑）

半田和墨田走进大厅。

大二郎　刚才那个男的是不是对孩子他妈你抛媚眼了？

多可美　说什么呢？除了孩子他爸你……

这时，黑色礼车在旁边停靠，走来了一位英俊的穿着燕尾服的白人男人。

多可美　（好帅！目不转睛地盯着）

男人打开车门，牵起车内女人的手。

走下车的，是打扮奢华的有朱。

大二郎、多可美　　（?!）

被男子牵着的有朱注意到了大二郎和多可美，笑了。

有朱　多可美，大二郎。人生，太轻松了。

她举起硕大的钻戒，走进了大厅。

大二郎和多可美默默地目送她……

37　同·休息室

真纪、小雀、司和谕高妆发都准备妥当了。

司　我去趟洗手间就来。

谕高　我也去。

两人走出去。

小雀看着乐谱，轻松地聊起一直藏在心中的事。

小雀　第一首曲子是特意挑选的曲目吗？

真纪　嗯？因为喜欢这首曲子啊。

小雀　因为怀疑你而来听的人，恐怕会想成别的意思吧？

真纪　是吗？

小雀　是死神的歌吧。

真纪　啊。

小雀　"睡吧"。"睡吧",是死神唱的歌。

真纪　会被误会吗?

小雀　对于那些只看见自己想看见的东西的人来说会。

真纪　(微笑)

　　　　小雀从镜子里看着对面真纪的侧脸。

小雀　(有想问的东西,问)为什么选这一首?

真纪　(突然表情凝固)⋯⋯

小雀　(有某种预感,看着真纪)⋯⋯

真纪　(一边补着口红)还是显露出来了啊。

小雀　⋯⋯

真纪　(对着镜子)保密哦。

　　　　小雀内心确定了。

小雀　嗯(微笑)。

　　　　小雀把手里拿着的乐谱放到旁边,做着准备。

　　　　乐谱里写着的曲名是《死神与少女》。

38　同·舞台侧台

　　　　工作人员来回穿梭,微暗的舞台侧面站着真纪、小雀、司和谕高。

　　　　谕高解开了衬衫胸前纽扣。

　　　　司擦眼镜。

　　　　小雀赤着脚。

真纪正准备摘下戒指的时候,发现根本没戴婚戒。

39　同·大厅内

大厅座无虚席。

也有手里拿着刊登着真纪照片的杂志,时而呵呵嘲笑,时而一脸嫌弃的人。

多可美、大二郎、半田、墨田和有朱分坐各处。

观众席和舞台上的灯熄灭。

观众席安静下来。

真纪、小雀、司和谕高的呼吸声重叠。

呼吸声逐渐变得急促。

舞台上的灯再次打开。

真纪、小雀、司和谕高同时拉弓。

舒伯特的《死神与少女》。

众多视线看向真纪。

大二郎、多可美、半田、墨田和有朱也看得入神。

四人全神贯注地演奏着。

每个人的脸。

回忆,第9话中——

在别墅的客厅里,真纪坦白自己的罪行,小雀维护她的场景。

演奏的四人。

回忆,第 5 话中——
音乐厅的休息室里,四人纠结着是否要配合着音乐做假动作演奏。

演奏的四人,谕高。

回忆,第 4 话里——
目送茶马子和光大乘坐的出租车的谕高。

演奏的四人,小雀。

回忆,第 3 话里——
在荞麦面店里和真纪面对面说话的小雀。

演奏的四人,司。

回忆,第 2 话里——
玩着叠叠乐,说起往事,向真纪告白的司。

演奏的四人,真纪。

回忆,第1话里——

一边在客厅里练习,一边坦白丈夫失踪的真纪。

演奏的四人。

曲子渐入佳境,四人更加饱含热情,挥汗如雨,头发凌乱,激烈地拉动着弓。

这时,观众席中飞出一个空罐。

抬头看着的观众们。

一个空罐划过一道抛物线飞过来,落到舞台地板上。

回忆,第1话里——

在卡拉OK包厢的过道上,包厢门同时打开,装出偶然相遇的四人。

司的声音:"啊,你们想要一辈子做音乐吗?"

回忆,卡拉OK包厢的大房间——

放下乐器,坐着的真纪、小雀、司和谕高。

一边喝着果汁一边说着话。

真纪　　不知道呢。我已经很久没拉小提琴了,现在拉就是舒缓情绪的。

小雀　　我一直是自己拉的,从没想过要做一名专业大提琴手。

司	我弦乐搞了二十几年,结果还是不喜欢。但是这样的自己或许是不对的。
谕高	现实问题是,搞音乐不能当饭吃。
	四人喝果汁。
小雀	啊,但是……
谕高	嗯?
小雀	在外面拉,觉得"啊今天真开心的时候",是一旦有人为自己停下来,就觉得太棒了。
谕高	啊,嗯,很开心。
司	好像有什么东西……
真纪	传达到了。
小雀	是的。
谕高	有一种感觉,就这样,心情……
真纪	自己的心情变成了声音。
司	飞起来了。
真纪	是的,就是飞起来了。
谕高	我知道,对着音符说:飞吧,飞吧。
真纪	是那种感觉。
司	是的。
	不知不觉中,四人的距离慢慢拉近。
	空瓶子掉到地上,发出声音,在舞台的地板上滚着。

观众们感到吃惊。

但是四人毫不动摇。

集中注意力继续演奏。

头发凌乱，挥汗如雨地演奏。

用力拉弓，结束演奏。

用力喘息，互相对视的四人。

观众席又恢复安静，有人兴奋，有人交叉着手臂抱在胸前，有人站起来离开座位。

其中，大二郎、多可美、半田、墨田、有朱，还有一部分观众在鼓掌。

观众席后方有一位抱着小提琴的女性，湿润着眼眶盯着四人。

（但是，四人没有注意到她）

在舞台上鞠躬的四人。

四人用戏谑的眼神交换视线，并达成了一致。

四人开始演奏的是《勇者斗恶龙》的序曲。

观众们的表情充满不解。

微笑着的大二郎、多可美、半田、墨田和有朱。

开心地演奏着的四人。

有的观众鼓掌，有的观众起身离席。

四人演奏完毕，最后拉出了《勇者斗恶龙》在教堂中拯救世界时的配乐。

音乐环绕中演奏着的四人。

观众席的空位非常明显。

剩下的观众中一半在拍手,一半有些不耐烦。

四人毫不在乎,继续推高气氛。

40 别墅·一楼(另一天,夜晚)

正在睡觉的小雀睁开了眼睛。

她在客厅里枕着大提琴上睡着了。

环顾四周,司和谕高在厨房做着饭。

真纪不在。

她有点不安地站起来,正打算去问司,发现——

柜台上装饰着在大厅里演出结束后拍摄的、四人在舞台上的纪念照片。

小雀　(盯着)……

这时,楼梯上传来了脚步声,小雀回头一看,是真纪下来了。

真纪　你睡觉了吧?(指着她脸颊)

小雀　(摸摸脸颊,微笑)

谕高把菜往桌上端。

谕高　饭好了哦。

真纪、小雀　　来了。

餐桌上有炸鸡块。

真纪、小雀、司和谕高拿着啤酒杯。

司　　　　他是我原来的公司同事，热海的商店协会的人。

谕高　　　但是，在放烟花的时候演奏，能听见吗？

司　　　　初次远征。加油。（抱拳拱手）

三人　　　（抱拳拱手）请多关照。

谕高　　　趁热吃吧。

　　　　　司和小雀注意到，炸鸡块配了柠檬。

　　　　　他们心领神会地把柠檬放到了小碟子里。

　　　　　拿起了炸鸡块。

　　　　　小雀不经意地把香芹拨到一边，司也拨到一边。

谕高　　　（用余光看到这一切……）

　　　　　司和小雀在小碟子里给炸鸡块挤上柠檬汁。

小雀、司　　（开心地）开动啦。

　　　　　两人正准备吃的时候。

谕高　　　喂喂喂，你们……

司　　　　我是在小碟子里挤的。

小雀　　　原来的盘子里没有挤。

谕高　　　不对不对不对。看，看。

　　　　　谕高指着被拨到一边、翻了过来的香芹。

谕高　　　这个是什么？

小雀　　　香芹。

谕高　　　是的，香芹。

司　　　香芹怎么了？

谕高　　有香芹啊。

司　　　我不太喜欢。

小雀　　因为我想吃炸鸡块。

谕高　　不对不对。

司　　　谕高，香芹这种小事……

真纪　　什么叫香芹这种小事。

小雀、司　　什么？

真纪　　家森说的不是喜欢不喜欢的问题。

谕高　　（点头同意）

真纪　　家森说的是，你们看到香芹了吗？

小雀、司　　（什么？）

谕高　　（点头同意）

真纪　　香芹，确认。

真纪、谕高　　看见了吗？

小雀、司　　（什么？）

谕高　　有香芹的时候，和没有香芹的时候。

　　　　谕高在炸鸡块的旁边一份放香芹，一份不放香芹。

谕高　　有，没有，有，没有，有，没有。怎么样？没有的话很寂寞吧？

　　　　煞风景吧？这些香芹会说话，说"我在这里呢"。

小雀　　怎么做才好呢？

谕高　　用心说。（看着真纪）

真纪　　谢谢你香芹。

谕高　　谢谢你香芹。吃不吃没关系,别忘了香芹就在那里。

　　　　在真纪和谕高的守望当中,小雀和司准备从大盘子里拿炸鸡块。

小雀　　(注意到了香芹)啊。

司　　　(注意到了香芹)啊。

小雀　　有香芹啊。

司　　　香芹真好看啊。

小雀、司　　谢谢你香芹。

谕高　　对。

　　　　小雀和司互相看看,一副无法理解的样子。

　　　　小雀突然抓起柠檬,往中间大盘子里的炸鸡块上挤了柠檬汁。

谕高　　哎哎哎,干什么呀?

　　　　司也挤上柠檬汁。

谕高　　别别,干什么干什么,革命吗? 造反? 叛乱?

　　　　小雀一边挤柠檬一边拿着炸鸡块的盘子逃走了。谕高追过去。

　　　　真纪和司一边看着两人一边笑着吃饭。

谕高　　等等,小雀! 司! 真纪,别笑!

41　同 · 外面(另一天)

　　　　真纪、小雀、司和谕高拿着乐器出来。

　　　　把乐器放到面包车上,各自坐进去。

真纪坐在驾驶座,小雀坐在副驾驶座,司和谕高坐在后面。

真纪挂上挡,踩油门。

面包车出发了。

门上有块牌子,写着"FOR SALE(出售)"。

42 热海市内,沿着海岸线的道路

行驶的面包车内,真纪在驾驶座,小雀在副驾驶座。

司和谕高坐在后排座位。

看到大海了。

真纪盯着大海,开始唱歌。

开车的真纪对嘴型唱着主题曲。

接着到了另一段,小雀也对嘴型唱着主题曲。

真纪盯着前方,司盯着真纪,小雀盯着司、谕高盯着小雀。

到了副歌,四人一起对嘴型合唱。

43 道路

开过来的面包车渐渐慢下来,停在路边。

真纪、小雀、司和谕高从车上下来。

谕高　我就说了,要加满油啊。

司　　没有加油站。

小雀　家森不是说,要走看得到海的路吗?

司　　不快点儿就来不及了。

真纪　我们跑吧。

四人慌忙拿起乐器，开始跑。

跑了很远，停下来了。

司　　　（看地图）不是吧？对不起，是那边。

他指着别的方向，开始跑。

四人拼命跑过来。

司　　　啊，不对，不是吧？是那边。

他又指向别的方向。

谕高　　这儿绝对是迷宫。迷路了。

真纪　　迷路了。

司　　　不行，可能已经赶不上了。

在这种情况下还笑着的小雀。

四人一边奔跑一边说话。

司　　　小雀，你笑什么啊？

谕高　　小雀。

真纪　　小雀。

小雀　　越来越带劲儿了。

第10话　完

著作权合同登记号桂图登字:20 - 2022 - 017 号

图书在版编目(CIP)数据

四重奏/(日)坂元裕二著;韩静译. —桂林:广西师范大学出版社,2022.4

(坂元裕二作品系列)

ISBN 978 - 7 - 5598 - 4771 - 3

Ⅰ.①四… Ⅱ.①坂… ②韩… Ⅲ.①长篇小说—日本—现代 Ⅳ.①I313.45

中国版本图书馆 CIP 数据核字(2022)第 033518 号

四重奏

SI CHONG ZOU

出 品 人:刘广汉

责任编辑:刘 玮　　　　　助理编辑:陶阿晴

内文设计:王鸣豪　　　　　封面设计:iglooo

插 画:iglooo　　　　　营销编辑:姚春苗

广西师范大学出版社出版发行

(广西桂林市五里店路9号　　邮政编码:541004)

网址:http://www.bbtpress.com

出版人:黄轩庄

全国新华书店经销

销售热线:021 - 65200318　021 - 31260822 - 898

山东韵杰文化科技有限公司印刷

(山东省淄博市桓台县桓台大道西首　邮政编码:256401)

开本:787mm×1 092mm　1/32

印张:15　　插页:6　　字数:314 千字

2022 年 4 月第 1 版　　2022 年 4 月第 1 次印刷

定价:58.00 元

如发现印装质量问题,影响阅读,请与出版社发行部门联系调换。

　　　　　站起来。

　　　　　三德站起来了。

结夏　你不用站起来。

　　　　　三德坐下了。

　　　　　结夏坐到了三德对面。

光生　哎,哎,哎,你是不是自由过火了? 哎,破坏秩序吗?

结夏　吵死了。

光生　行了,定了。潮见(指着灯里前面)不应该坐在那边,(指着结
　　　　　夏旁边)坐在那儿。

薰　　好的。

　　　　　薰坐到了结夏旁边。

光生　我坐这里。

　　　　　光生坐到了灯里对面。

　　　　　谅和薰面对面,结夏和三德面对面,光生和灯里面对面。

　　　　　光生正襟危坐,对大家说。

光生　我叫滨崎光生,是公司职员。

结夏　为什么要做自我介绍?

光生　要介绍吧。有很多人还是第一次见面吧。(对谅说)好了,轮
　　　　　到你了。

谅　　啊,我是上原谅。我在大学做讲师。

　　　　　光生轻轻地拍手。

　　　　　薰和三德也一起拍手。

薰　　初次见面,我是潮见薰。我从事会计事务工作。啊,我和上原
　　　　　高中时候是同一个年级的。

　　　　　光生、谅、三德、结夏拍手。

　　　　　灯里斜眼看着。

三德　我叫黑部三德,之前一直在开便当店。

结夏、谅、薰拍手。

光生　（指着三德对大家说）年轻版宫崎骏。

结夏　不像啊。

光生　像啊。（对三德说）请你模仿一下。

三德　别……

光生　骏、骏。（起哄喊着）

三德　……一定要活下去。①

全员　……

光生　（苦笑）这算什么模仿……

结夏　（打断）我是星野结夏。

光生　我前妻……

结夏　我是单身。

薰　　（看着结夏的脸）星野。

结夏　嗯？

薰　　Mr.Children② 的成员当中，除了樱井以外，你还喜欢谁呢？

结夏　哎？（苦恼）

薰　　我朋友里有一个叫野间的，是 Mr.Children 里弹吉他的那个人
　　　的超级粉丝。星野和野间，感觉差不多，所以我想，星野你是
　　　不是也喜欢 Mr.Children 里的吉他手呢？

全员　……

结夏　……谈不上喜欢，也谈不上讨厌吧。

薰　　这样啊，真的很像。（开心地）

结夏　这样啊……

---

　　①　宫崎骏动画的海报宣传语，1982 年至 1994 年连载的漫画《风之谷》最
后一页的一句话。

　　②　日本摇滚乐队，成员有 4 人，包括主唱樱井和寿、吉他手田原健一、贝
斯手中川敬辅和鼓手铃木英哉。

灯里	就算和你的熟人很像,那个熟人我们又不认识,你这么说我们根本不知道该怎么回答你。
结夏	(点头)难道说,(看着谅和薰)你俩性格差不多?
谅、薰	没有这回事!(摇手)

灯里无奈地移开了视线。

光生	(看着这样的灯里,对谅说)你怎么回事?
谅	什么?
光生	(指着灯里)你有着长得像环球小姐一般的太太,(斜眼看了一下薰)却和这种看起来像是从双层公寓①里跑出来的女人搞外遇。
谅	我没有搞外遇。

光生指着手微露出袖口、抓牢袖口的薰。

光生	看到这种,看到这种你就蠢蠢欲动地……
谅	我没有,我……
薰	不好意思,我帮他说一句,我不知道上原已经结婚了。
灯里	(扑哧一下苦笑)
结夏	你这不是帮忙,是火上浇油。
谅	原来我没说啊……
光生	不是完全出局了吗?
谅	我并没有故意隐瞒。

灯里一副事不关己的样子,看着菜单。

光生	你真是个不干脆的人。上原,你想两个人坐着这样的电车,有机会的话你们就可以坐亲亲火车②了对吧?

光生也讽刺了结夏。

―――――――――――

① 日本富士电视台推出的男女六人同居生活秀。
② 日本乐队 zoo 的歌曲。

光生	真腥赧,真腥赧。
结夏	(知道在说自己)……
光生	有机会的话就坐亲亲火车……
结夏	这种事……
光生	什么?
结夏	没什么。
薰	滨畸……
光生	是滨崎。
薰	你为什么要责备上原? 大家都是男同胞,你站在他那边不就行了吗?
谅	(点头)
光生	哎,你点什么头? 不不,说男同胞,真是概括得不错,我和这个人,除了性别以外真的没什么共同点了。
谅	差别没这么大吧。
光生	不一样。这一位,读的是男女共校的学校,以高中生的身份和一个女同学私奔,之后是美大吧? 美大的讲师吧? 光看简历就知道很有女人缘吧。
谅	简历上可没写私奔。
光生	是没写,不可能写吧? 哈哈哈。我不一样,我到现在从来没有一次外遇。可以让妻子责备的经历,我一个也没有。
结夏	是吗?
光生	什么?
灯里	啊,受欢迎不搞外遇和不受欢迎不搞外遇是不一样的啊。
光生	哎,哪里不一样?
薰	受欢迎不搞外遇的,比不受欢迎不搞外遇的更有男人的价值吧?
光生	什么? 等等。为什么现在不是他,而是我受到责备? 哈哈哈。

灯里　　没有责备你。

光生　　对不起，因为你们太不讲道理了。上原，你说点什么好吗？这是你的事。

谅　　　好的。呃……滨崎，对不起。有点远，我可以和你换一下位子吗？

光生　　所以我一开始就说了哇……

　　　　光生和谅交换了座位。

　　　　谅和灯里面对面坐着。

　　　　薰若无其事地看着菜单。

谅　　　灯里，我……

灯里　　（对所有人说）我可以问个问题吗？

光生　　好的。

灯里　　给自己的女儿取前女友的名字，这个大家是不是觉得有点不正常？（举起手）

光生　　是的。（举起手）

结夏　　是的。（举起手）

薰　　　是的。（举起手）

灯里　　（看见薰也举起手，苦笑）

谅　　　女儿的名字不是我取的……

灯里　　我说给她取名叫薰的时候，你为什么没反对？

谅　　　要是反对的话，反而感觉心里有鬼。

灯里　　你就是心里有鬼。太奇怪了吧。

谅　　　现在想起来的确是。（举起手）

灯里　　（叹气）

谅　　　对不起。

灯里　　你不用道歉。不用道歉，我没生气。我知道你是这种人。

谅　　　不是……

灯里　　我是为了孩子结婚的。我知道你还会有外遇的。

谅　　　（悲伤地摇头）

灯里　　早已预料到这一天了，所以我没什么想法……

谅　　　我没有预料到这些。

灯里　　那为什么你俩见面了?! 有机会的话还打算去坐亲亲火车吧?!

光生　　（嗯嗯地点头）

灯里　　为什么要背叛我?!（失去理智）

　　　　薰摸摸自己的刘海。

薰　　　这不是必然吗？因为你成了母亲了。

灯里　　（惊讶地看着薰）

结夏　　把错误推到孩子身上不对吧……

薰　　　不是。你不仅仅是成了孩子的妈妈，你还成了他的妈妈。一旦允许男人第一次外遇，男人就会觉得女人是自己的妈了。

　　　　所有人都感到意外。

　　　　薰拿出唇膏，一边涂一边说。

薰　　　不能原谅。哪怕只出了一次轨，也必须要甩掉。不这样的话，就会一直恃宠而骄的。鼓励男人，对他好，忍耐他，原谅他，女人就会变得越来越不像女人。会变成妈妈的。

　　　　最后她有感而发地说着。

灯里　　（瞪着眼一直看着薰）

薰　　　（回看她）

　　　　灯里站起来了，薰也站起来了，两人对峙着。

　　　　所有人担心地看着，不知道会发生什么事。

灯里　　果然是这样？

薰　　　嗯。

灯里　　是吧?

薰	选了渣男的自己是最渣的。（苦笑）
灯里	（苦笑）

灯里举起手，薰也举起手，两人击掌。

所有人都惊呆了。

谅	（正打算否认）我不是你们说的那样……
灯里	你就是这样认为的！你觉得不管做什么我都会原谅你的！
谅	我没这么认为。
灯里	你就是这样认为的！
谅	我没这么认为。
结夏	你绝对是这样认为的！
谅	哎？
结夏	你认为自己是船，她是海港。明明结婚了，还和别人约了旅游，真差劲。
光生	你有什么资格这么说？
结夏	我、我们家不一样吧？我们家离婚了呀。
三德	对不起。
结夏	不用道歉。
光生	（对三德说）你闭嘴。（对薰说）你也是，给了希望让人一直往上爬，现在却要撤了梯子。不能这样吧？
谅	灯里，我真的没有这样……
灯里	我曾经这么想过。
谅	哎……
灯里	我曾经想，我是不会受伤的。不管你对我做什么，我都无所谓。我再也不追着你了，也不嫉妒。太好了，这样就解脱了。我曾经这样想。我本来就没想过要来这里……我真傻。

灯里哭了，但仍保持冷静，打了谅的肩膀一拳。

灯里	太差劲了，太狡猾了。谅，你知道我不会讨厌你的。你知道，

无论发生什么，最后我都会原谅你的。因为你知道，我离不开你。

灯里淡然地反复捶打着谅的肩膀。

灯里　你要走的话，等我讨厌你之后再走吧。喂，谅。（突然非常激动）喂，让我讨厌你啊。

谅抓住了灯里正要打他的手。

谅紧紧地抓着灯里的手。

薰斜眼看着这一切……

车内播放广播，马上就要到大宫了。

薰　啊，我下了。

薰说着，咬了咬嘴唇。

结夏　（看着光生）

光生　我不下啊，我的话还没说完呢。

薰　（对灯里说）你要听上原给我的留言电话吗？

灯里　（哎？）

光生　你怎么回事，都要走了，还留下一个炸弹……

薰拿出手机，"啪嗒啪嗒"地点击了什么，打开了扬声器。

留言电话的声音响起来了。

谅的声音　我是上原。那个，呃，喂喂，我是上原。

光生　是留言电话哦。

谅的声音　是留言电话吧？

光生　是，是留言电话。

谅的声音　那个。呃。现在是周六。潮见，你吃过午饭了吗？我已经吃过了，吃的天津栗子。呃，潮见，我去不了了。对不起，我不能和你一起去。

灯里惊讶。

薰有点落寞地淡淡微笑。

谅的声音	我这十年一直在想一件事。那个时候,你对我说的话。你说,我还不够格。我一直在想,为什么不够呢? 是爱不够吗? 是我没有梦想之类的吗? 是我太空洞了吗? 刚才我吃栗子的时候也在想。我做得不够的地方,就是好好选择。选择自己的人生,决定自己的道路。一旦选择了,其他的就要全部扔掉。对我来说,现在最重要的就是回家,回家和老婆孩子一起吃饭。潮见,我今天放弃了另一种人生。我不能去。呃,啊,再见……

薫挂断了电话。

灯里若有所思,突然抬头。

谅和灯里互相看了一下,又移开视线。

薫微笑。

薫	上原你误会了。我很狡猾。我对上原并没有什么兴趣。
光生	是吗?
薫	我演技很好。上小学的时候,我假装生病,装得太像了,结果真要让我做手术了。(微笑)我从小就很狡猾。
灯里	你不狡猾。(看着薫微笑)演技也不好。
薫	……(害羞地微笑)

电车到站了。

薫	啊,那再见了。

薫拿起了行李,急匆匆地准备走。

灯里	谅,行李。

谅点头,拿起薫的包,一起走。

光生	上原,顺便买一下到宇都宫的票……!

71　同·过道~乘车口

谅和薫来到了乘车口。

薫正准备从谅手中接过手提包。

谅　潮见,你要幸福……(话说了一半)

薫回头,满面笑容。

薫　错过了啊!

说着,她拿着包从乘车口下去,到了站台上。

谅不由自主地想向前的时候,眼前的门关了。

窗户对面的薫,微笑着做出"耶"的手势。

电车开了,薫很快消失了。

谅有点感伤……

72　同·餐车

光生、结夏、灯里、三德喝着咖啡,相对无言。

气氛尴尬,突然三德开口了。

三德　对不起!(低下头)

结夏　你在跟谁道歉?

三德　啊,对不起。(重新对着光生的方向)对不起!(低下头)

结夏　为什么道歉?

光生　(刁难地说)你是不是做了什么不好的事?

三德　那已经数不清了。

光生、结夏　哎?

三德　就算道歉也道不完。

光生、结夏　哎?

三德　对不起。我喜欢上了你太太。

光生、结夏　……

灯里喝着咖啡。

灯里　现在轮到你们家了啊。

光生、结夏、三德……

73　同·包厢

航平和果菜在玩抽王八。

74　同·餐车

窗户外面变暗了，车也开灯了。

谅拿着买好的票回来了。

一个人坐着的光生，坐在四人桌上的结夏、灯里、三德三个人，都沉默着。

谅畏畏缩缩地坐下，从口袋里拿出天津栗子的袋子递给光生。

谅　　啊，你吃吗？

光生　　我不吃。这儿是餐厅，我为什么现在要吃成为你人生转折的天津栗子？还是外带的。（说话带刺）

谅　　对不起……（看看灯里，想问怎么了）

灯里　　（明白了，对结夏说）那个，我们对事情的来龙去脉不太清楚……

结夏　　也没什么大不了的……

光生　　不伦之旅。

结夏　　……

光生　　人妻打算变成便当店主的小菜。

谅　　（不知何故，突然扑哧一下笑出来）

结夏　　（瞪着谅）

结夏　　不是不伦，我是单身。

光生　　不是真正的单身吧，是单身妻子。

结夏　　什么叫单身妻子？

光生一边着急，一边无意识地剥着栗子。

光生　　外表看是单身，实质是妻子。

谅　　像是柯南啊。

灯里	滨崎,你别这么固执,好好跟结夏说不就行了吗?
光生	说什么……
灯里	说你别去,你回来吧。
谅	不就是为了这个来的吗?
光生	……(无意识地吃着栗子)我只是跟着上原过来的。
结夏	……
谅	真是这样吗? 你不是在意结夏,才过来的吗?
光生	我为什么要在意? 这个人不是说了吗,她是单身。她说了啊。
	(猛吃栗子)
结夏	(觉得抱歉)那是……
光生	(打断)你自由地去旅行、恋爱、结婚、生孩子,什么都行。
结夏	……
三德	真的吗?
光生	哎?
三德	真的吗?
光生	……(对灯里等人说)这个人在说什么?
灯里	好好回答不行吗?
光生	说什么回答,(指着结夏和三德)要我说的话,就像是平行世界
	里发生的事情一样,他们和我是两个世界的……
三德	我喜欢结夏。
光生	平行世界。
三德	你真的不在乎的话,我要娶结夏。我要把她带回北海道。可
	以吗?
光生	……
	结夏看光生要说什么。
	大家都在等光生的回答,光生发了一会儿呆,最后又开始吃
	栗子。

光生	平行世界。
三德	好的。(对结夏说)我们一起去旭川吧。
结夏	(呃)……
三德	那是个很好的地方。有大自然,人情浓厚,牛奶美味。
光生	这个人并不喜欢牛奶。
谅	滨崎,平行哦。
光生	我只是偶尔回答了一下。
三德	(不听,对结夏说)夜里会被大雪山雪崩的声音惊醒。
结夏	(哎……憧憬)
光生	这个人,一旦睡着了,无论发生什么都不会醒的。我只是偶然说说的。
三德	朝阳是很漂亮的。
光生	不是,她早上要睡到十点钟才起床,看不见朝阳的。说稍微打个盹儿,就能睡八个小时。老公早上去上班的时候,她还在打呼呢。
结夏	也有时候醒着。
光生	有啊,我目击过。在睡在睡醒着,在睡在睡在睡醒着,在睡在睡本以为醒着其实在睡,在睡在睡在睡在睡醒着。她说的醒着是这种节奏的醒着。
三德	完全没有问题。走吧。
结夏	(纠结)……
光生	好啊,很好啊。从东京到旭川。写博客怎么样?写牧场之妻的博客,会有不少点击量吧?(对灯里和谅说)你们会点击吧,我也会点击的。
结夏	……(对三德说)我们到那边去说吧。
三德	好的。
光生	哎,为什么?为什么为什么?在这里说不行吗?完全没问题

啊。(对灯里和谅说)喂,没问题吧? 我也会给你们建议的。

灯里 离婚的人有什么资格提建议?

光生 不不,不是这样。要从失败案例当中学习经验。喂,三德。你只看到了她好的一面,这是不行的。就像女人的自拍照那样,稍微换一个角度,就能发现很多问题。便当,你要注意便当。这个人,她往便当里放过刺身。要是在牧场食物中毒的话,可没人来救你哦。

灯里 滨崎。(责备)

光生 还有喝酒的时候也要注意。她的酒品很差。她喝醉了,会用西市庙会的竹耙打人的。那个好疼,而且对神灵也不敬。真是够呛。

谅 滨崎。

光生 为什么女人没什么要买的,却说要去购物呢? 为什么瞅准你有事时候跟你说话呢? 我想一个人独处的时候,稍微冷落一下她就会生气。有一次这个人喝醉了,就对我使出了职业摔角的招数。我的头,从后面打我的头,我就抱怨了一下,结果这个人就生气了。实际上,(声音变小)她好像是想做,夜里那事。

结夏 ⋯⋯

光生 不说明白我怎么会懂呢? 喂。想做的话,不说清楚想做我怎么知道呢。现在你知道了,要是她使出摔角特技了,就是这个信号。

灯里和谅都对光生无语了。

光生 (拿出栗子的袋子)啊,对不起,上原。栗子全部都吃掉了。

灯里 滨崎。

光生 嗯。

灯里 你看看结夏。

光生	……（不看）
灯里	你看。
光生	……（看结夏）

结夏用手心捂着脸,低着头。

光生	……

结夏摇头,抬起头。

结夏	对不起。没事。对不起。
三德	结夏,你不用道歉。他这也太过分了。你离婚的理由我知道了。我明白了。
光生	（嘟囔）你在说什么……
三德	还是离开东京比较好。再在这个人身边待着的话……
光生	在说什么呢?
三德	你太过分了。
光生	过分,我是过分。但是你,你知道我和她的什么啊?!
三德	（瞪着）
光生	（也瞪着他）
灯里	谅。（催促谅带着光生走）
谅	滨崎,我们去看驾驶室吧?去最前面的车厢。
光生	你不知道吧?我和这个人前不久去野营了。之后,我去了这个人的娘家,唱卡拉 OK 了。我和他爸爸关系也很好。直到除夕,到正月,关系都很好,说要再婚呢。啊,虽然因故耽搁了。这些你根本不知道。夫妻之间就是会拌嘴的。无论多么完美的夫妻都会拌嘴。我们吵了好几次、好几十次了,有了好几百次的危机了。但是,没关系。我们虽然会互相说对方的坏话,但是如果外人说我妻子的坏话,我会生气。我们就是这样的夫妻,每次吵架都会和好。我们一起从新横滨走到中目黑,那当然是个很美好的回忆。直到今天,我们都一直如

此。这种一直持续的东西,昨天今天刚来的人怎么可能知道呢,你说知道不是很奇怪吗? 你不会知道的。我们变成现在这样,只是最近稍稍有点不愉快……

结夏　不是稍稍有点……

光生　(唉,停了下来)

　　　结夏眼中噙着泪水。

结夏　不是稍稍有点,我现在不想说这个事情……(流泪)

　　　光生好像虚脱了一样。

三德　滨崎。

光生　怎么了?

三德　但是我能让结夏幸福。

光生　(斜眼看着三德)我知道。

结夏　……(很清楚光生的话是什么意思)

三德　(愕然)结夏,我们走吧。

　　　所有人都等着结夏的反应。

　　　光生站起来,背对着大家正准备出去的时候。

结夏　对不起,我现在回家。

　　　光生悬着的心放下了,站住了。

　　　灯里和谅十分惊讶,对视了一眼。

三德　……(挤出笑容)我知道了。好的。我会永远等你的。

　　　三德站起来,准备走。

结夏　啊,那个。

三德　怎么了?

结夏　怎么办,我带过来了。

　　　说着,从口袋里拿出扑克牌。

　　　反过来一看,是 J。

75　同·包厢

　　航平和果菜正在抽王八。两人的牌都没了,游戏结束。

果菜　我又赢了!

航平　我又赢了!

　　三德拿着扑克牌 J 回来了,开心地给孩子们看,微笑。

76　同·餐车

　　光生和结夏,灯里和谅,四人并排坐着,喝着玻璃酒杯里的酒。

光生　外面好像挺冷的。(对灯里说)

灯里　想吃点什么热乎的东西啊。

结夏　外面肯定很冷。(对谅说)

谅　　我跟滨崎说过,我们吃火锅吧。

结夏　这么说起来我们之前一起吃过火锅啊。啊,那个人怎么样了?
　　　男扮女装被关在仓库里的那个人。

光生　(想起来了)河合!

　　光生和结夏一瞬间对视了一眼,又马上移开了视线。

谅　　啊,河合,搬家了吧。

结夏　搬到哪里了?

谅　　和滨崎同一个公寓。

光生、结夏、灯里　哎……

光生　这是什么时候的事儿?

谅　　大概三个月之前吧。

光生　哎,为什么你没跟我说这事儿呢?

灯里　我也是第一次听说。

谅　　你们和河合是朋友来着吗?

光生　不是朋友,不过之前就一直把河合的事当成有趣的传闻来
　　　听的。

灯里	很厉害的传闻。
结夏	说不定已经碰过面了呢。
光生	上原,你是不是有点太秘密主义了?
谅	没打算当成秘密啊,奇怪吗?
灯里	就是没有打算当成秘密这一点比较奇怪。
光生	(对结夏说)哎,是哪个人呢?
结夏	(对光生说)是哪个人呢?

光生和结夏对视了一眼。

列车里广播说马上就要到达宇都宫了,四人抬头。

77　宇都宫站 · 站台~楼梯~连接通道

仙后座疾驰而去。

光生、结夏、灯里、谅爬上楼梯,跑着去换乘其他列车。

谅	(指着)这边!
灯里	(因为谅指的方面错了,她指着反方向)是这边!

大家跑向灯里指的方向。

光生拿着的红白双色伞掉了,"啪"地一下打开了。

78　目黑川沿岸

光生和结夏,灯里和谅站在桥前面说着晚安,挥手道别。

灯里	(回头看着光生)他们没事吧。
谅	嗯。

光生和结夏走着。

结夏	(抬头看樱花树)会不会早点开呢?
光生	嗯。(微笑地凝视结夏的侧脸)

79　滨崎家 · LDK

光生打开了电脑,进行操作。

光生	……下载……打印。

　　　　　　结夏在厨房泡茶,打印机开始打印。

　　　　　　光生盯着打印出来的纸,点头说嗯。

　　　　　　光生把纸给端茶过来的结夏看。

　　　　　　是结婚申请书。

结夏　　　(吃惊)……

光生　　　我们现在填写,然后去区政府递交吧。

结夏　　　(呆住)……

　　　　　　光生坐在桌子边,拿着五等奖的圆珠笔,摘掉笔帽,开始填写
　　　　　　结婚申请书。

　　　　　　结夏坐在前面,凝视着填写申请书的光生。

光生　　　(一边写一边说)在这里写离婚申请书,到现在已经一年了。

结夏　　　是啊。

光生　　　咦,为什么要写离婚申请书来着? 原因是?

结夏　　　因为我吃了萩之月。

光生　　　(笑了)

结夏　　　(笑了)

　　　　　　光生写完了,盖上印章,看着结婚申请书。

光生　　　嗯。好了。

　　　　　　光生把申请书放到了结夏的面前。

　　　　　　结夏盯着结婚申请书,久久不动。

光生　　　嗯? 有什么写错了吗?

结夏　　　没有。

光生　　　给。

　　　　　　光生把圆珠笔递给了结夏。

　　　　　　结夏没有接。

结夏　　　对不起,我不能填。

光生　　　哎?

结夏　我不能填。

光生　你不知道填法吗？

结夏　（摇头）

光生　是不是我说了什么奇怪的话？

结夏　（摇头）对不起。

光生　……啊，不是。

结夏　对不起。

光生　不对，不是。刚才对不起。我混乱了。

结夏　（摇头）

光生　我太激动了，说了过分的话。

结夏　（摇头）

光生　（低头）对不起。

结夏　（摇头）不是。我已经没有写这个的资格了。

光生　（抬头，心里一惊）

结夏　我去了不伦之旅。

光生　（摇头）那是我随口乱说的……

结夏　是不行的哦。

结夏　是真的啊。本来就是真的。我曾打算去和其他男人交往。

光生　……（莫名地笑了）这种事是……

光生　（笑了）完全没问题。那个我完全不介意了，本来就是我不对。大过年的这么大吵一架之后，还说什么"不伦之旅"，是我说得太夸张了，故意讽刺你的。

结夏　我曾经想过，和那些人一起生活也挺好的。

光生　（停下）……

结夏　我曾经想过，在北海道，在牧场，和那一家人一起生活，成为那两个孩子的妈妈也挺好的。

光生　（半笑着）……

结夏　　现在还有这种想法。离婚的时候，我喝醉了和别人接过吻，也
　　　　有觉得合得来的人。但是这一次不一样。外遇……比外遇还
　　　　要严重。我想过，我确实想过，和其他人组成家庭。

　　　　光生一边感到不安一边说。

光生　　孩、孩子的事我们再谈谈吧。因为我没有自信，但是我们再谈
　　　　一次。（正准备说服结夏）

结夏　　（打断他）其实我知道的，我知道的。虽然知道，但是我和你都
　　　　假装没意识到。

光生　　（打算问什么，话到嘴边又咽下去了）

结夏　　（认真地看着光生）我认为的幸福不是你认为的幸福，你认为
　　　　的幸福也不是我认为的幸福。

光生　　（啊，突然感到无力）……

　　　　结夏一边转动着茶杯一边说。

结夏　　我一直是这样的。我小时候跑得挺快，也很擅长爬树，经常受
　　　　到表扬。但是从中学开始，就没什么人表扬我了。自从成人
　　　　以后，就没有什么擅长的东西，没特长也没有优点。要说被
　　　　人表扬的话，就只有"结夏你总是无忧无虑啊"之类的。啊，虽
　　　　然是无忧无虑，但就尽是这些话了。你别看我这样，其实我也
　　　　挺自卑的。我做派遣员工的时候也好，成为主妇之后也好，都
　　　　一直觉得其他的女孩子好厉害啊。看到其他的太太，会想，我
　　　　要是也能那样就好了。到现在为止，我一次都没有对自己自
　　　　信过。（微笑）但是，我想，孩子他绝对会喜欢的吧。我想我很
　　　　适合做母亲，绝对，擅长做母亲，这是我的优点。所以小孩我
　　　　一定要生。我和你结婚，想生一个你的孩子，让他吃好多好多
　　　　饭。虽然做菜不怎么样，但是小孩肚子饿了的话什么都吃的。
　　　　快点吃。说"开动了"。不吃胡萝卜的话会长不大哦。把你们
　　　　养大是妈妈的工作。那是妈妈的特长。我曾经想着这些，但

是你不一样。（微笑）

光生　　（正想说什么）

结夏　　等一下，听我说。你虽然不一样，但是我知道你有你的想法。
　　　　这世界上，结婚啊，家庭啊，理所当然地存在着。但是既有喜
　　　　欢家庭的人，也有喜欢单身的人，人各有不同。结为夫妇之
　　　　后，有人觉得生孩子是理所当然的，也有人觉得没有爱情了，
　　　　孩子还能成为夫妻的纽带，我觉得这样不对。夫妻就是夫妻，
　　　　小孩就是小孩，人就是人，全部要分开看。（微笑）你适合单
　　　　身。你跟兔子正好相反，不寂寞的话就会死掉。不是说你不
　　　　好，我就是喜欢你，你的这一点，我觉得很有趣，你保持原状就
　　　　可以了。不要勉强自己来适应我，否则你就会死掉。这样一
　　　　来，我们肯定会在某个时候走不下去，然后互相讨厌，互相伤
　　　　害。所以我就想，不结婚也挺好的。但我们没有遇到的话也
　　　　挺好的。但只有这一点，我绝对不想要。因为我喜欢现在光
　　　　生。我，我结夏，喜欢光生你。所以，虽然我发觉得晚了一点，
　　　　我们分手吧。

　　　　结夏满脸泪水，但还是一边流泪一边说着话。

　　　　光生明白了结夏的意思，眼里也含着泪水。

　　　　彼此看着对方。

　　　　彼此关心着对方。

光生　　结夏，我喜欢你。

结夏　　（流泪，点头）

光生　　非常喜欢。

结夏　　（点头）谢谢。

光生　　……

　　　　光生看着手里的圆珠笔，把套在后面的笔帽套到了笔头上，
　　　　放下。

　　　　结夏拿着结婚申请书，认真地折好。

结夏　我就当成情书收下了。

光生　（点头）

80　上原家·房间

　　　　光线昏暗，灯里和谅在床上。

　　　　谅亲吻着灯里。

　　　　灯里接受了，手缠绕在谅的背上。

　　　　两人互相笑着，慢慢地抱紧。

81　滨崎家·卧室

　　　　光线昏暗，光生和结夏躺在床上。

　　　　光生伸出手，碰到了结夏的脸颊。

　　　　结夏一动不动。

　　　　光生起身，压到了结夏身上。

　　　　结夏一动不动。

　　　　光生解开结夏睡衣胸前的纽扣。

　　　　光生紧紧抱住结夏。

　　　　结夏的胳膊缠绕住光生的身体。

　　　　两人迫切地、急躁地抱紧。

　　　　早晨的阳光透过窗帘照射进来。

　　　　光生一个人在床上。

　　　　旁边空着。

　　　　两只猫来了，跳上床，依偎着光生睡觉。

　　　　光生闭着眼睛，眼中流出了泪水。

82　同·洗手间（另一天·早晨）

　　　　光生走进洗手间小便。

这时他听到小石子"咚咚"跳动的声音。

光生　（一看）啊……

83　自动贩卖机公司办公室・走廊

光生看着告示板上贴着的任免通知。

上面写着任命营业部长的通知。

后面走过的女职员对他说。

女职员　恭喜你，部长。

光生心中感慨，露出一丝笑容。

84　棒球场

少年棒球队正在进行比赛。

光生对朝着击球区的少年说。

光生　要有自信，用力一击。

站在击球区的少年点头。

对方投手投球，少年用力一击。

球越过了中坚手①，少年跑过去了。

光生挥舞手臂，喊着：跑啊！跑啊！

85　小牧牙科医院・诊疗室

光生漱好口，令美对他说。

令美　啊，灰冕鹤消失了。是不是卸下什么重担了？

光生　（歪了一下头，心想："哎，这可难说啊"）

令美　（把脸靠近）下次请我吃饭哦。

光生　（感到困惑，又歪了一下头）

86　目黑川沿岸（夜晚）

光生提着超市的袋子，正准备过桥，有人喊他。

---

①　中坚手：棒球球员的位置名称。

谅　　　滨崎。

　　　　　谅和灯里一起抱着孩子走过来。

光生　　晚上好。

谅　　　你现在回家吗？

光生　　是的。

　　　　　光生偷偷看了眼婴儿。

光生　　哎……啊，头发三七分了。

87　滨崎家·LDK

　　　　　光生在饭桌上一边吃着晚饭，一边看着贺年卡上的中奖号码。

　　　　　用手指一比对数字，发现中了二等奖的故乡小包裹。

光生　　哇。

　　　　　不由自主地站起来，拿着贺年卡在房间里来回走动。

光生　　厉害厉害……厉害。

　　　　　光生走到猫的身边。

光生　　厉害啊，二等奖呢，喂，二等奖。

　　　　　正准备拉上阳台的窗帘，突然意识到了什么。

　　　　　打开阳台的门，走到外面，伸出手。

　　　　　下雪了。

　　　　　光生凝视着雪在手上融化。

　　　　　光生从抽屉里拿出便签，放在餐桌上。

　　　　　光生面对一张白纸，手里拿着圆珠笔。

　　　　　他考虑了一下，开始写。

　　　　　首先第一行写下了"致星野结夏"。

另一天,早晨。

光生在厨房做便当,往里面塞小菜。

同时响起了光生写的信的内容。

光生的声音　致星野结夏。

88　动物园·园内

光生用望远镜看着正在睡觉的狮子。

光生的声音　春寒料峭。你最近怎么样?有没有感冒?有没有生
冻疮?

在穿梭的人流中,光生一个人在走动。

光生的声音　突然写信给你,抱歉。尚且严寒又漫长的夜里,你能读我
的信,实在荣幸。

看着灰冕鹤的光生。

光生的声音　首先,告知你关于在我们家生活了三年的两只猫的情况。
它俩最近不知何故经常看电视,一边看着股票新闻一边
说着话。在它们的人生里股票有什么意义吗?

在穿梭的人流中,光生一个人在走动。

光生的声音　金鱼咖啡店那边,因为姐姐身体抱恙,最近是继男在做拉
花。他的拉花风格与众不同,经常有女客人发出惨叫逃
回家。

看着鹳的光生。

光生的声音　通过上原的介绍,前几天我和河合见面了。我很惊讶,河
合竟然是像希腊雕像一样的美男子。他伸出手和我握

手,说"呀,初次见面"。我不知道我们能不能成为朋友。

　　　　　　　光生在广场上吃着便当。

光生的声音　在目黑川穿梭的人们,抬头看着樱花树,期待着花开的季节,已经约好了一起赏花。马上又要到那个热闹的季节了啊。抬头仰望,气球在空中飞舞。

光生的声音　昨天,我梦见你了。梦里,你抱着很多气球来了。

89　动物园·回去的路

　　　　　　　光生走着,看到长椅上一个丈夫睡在妻子的大腿上。

　　　　　　　光生不经意地用余光瞥着,走过去了。

光生的声音　你把无数的气球系到了我和你身上。我和你被气球轻轻带起,飞上了天空。俯瞰目黑川,看到八朔和玛蒂尔达正在看我们。上原夫妇抱着孩子,朝我们挥着手。我只能被气球带着,随风飘荡,对自己的无力有点悲伤。

90　公交站

　　　　　　　光生排队等公交车。

光生的声音　我今天也走过了沿河的那条路。不可思议的是,我并没感觉自己是孤身一人。我还是每天带着和你的记忆一起生活。你经常在浴室里唱歌。"安静的,安静的。牵手。牵手。"这样开头的歌,这样的光景。

　　　　　　　光生离开了队伍,走了。

91　道路

　　　　　　　走着的光生。

光生的声音　想起那一次,我俩深夜出门借 DVD。看到月亮很大,我们就忘了为什么出门,变成散步了。在旧山手路那儿买了烤山芋,分成两半,结果大小不一,我们猜拳,吃着,笑着，牵着手，我说结婚，你吃了满满一嘴的烤山芋，含混不清地回答我。这样的开始，这样的光景。

92 人行天桥

光生爬上楼梯，走过天桥，又走下楼梯。

光生的声音 我和你结婚之后，才明白了一些事情。洗脸池上排列的牙刷。被窝中碰到的脚。不知道什么时候从冰箱里消失的布丁。下楼梯的时候要走在你前面。上楼梯的时候要走在你后面。恋爱不知何时变成了日常生活。日常生活变成了欢喜。

93 道路

光生走着。

光生的声音 出门时错穿了女式袜子。邮件通知我参加节目录制。挠背。做噩梦后依偎在一起。另一个父亲。另一个母亲。另一个家乡。从家乡寄过来的橘子纸箱里的白菜。由日常生活演奏的音乐。分享着日常生活中的那些故事。

94 中目黑站周边

光生来到了邮筒附近。

他拿出一封写给结夏的信，打算放进去。

光生的声音 一点一滴还四处散落着……在房间的角落里，灯泡的后面，窗帘的缝隙里。我现在还是每天都感受着过去的你留下的爱。

95 立式荞麦面店·前面

走着路的光生，看到沿路有一家立式荞麦面店，走了进去。

光生的声音 我今天也走过了沿河的那条路。各自拥有的，两个人一起生活过的回忆。住在我心中的你。闯进你心里的我。

不可思议的是,我并不觉得自己孤身一人了。

96　同·店内

光生接过他点的荞麦面,开始吃面。

光生的声音　总有一天我们还会相见。虽然我知道这么想很愚蠢,却还是忍不住这么想着。我们深夜散步,猜拳,吃啊,笑啊,牵着手,鼓着腮帮吃着烤山芋,又聊着同样的话题。

97　星野家·院子

孩子和某人在玩着投球。

光生的声音　我们只要在一起就很快乐。

球滚过来了,结夏捡起来。

光生的声音　我们一起慢慢变老吧?

结夏喊了一声"我扔了!"使劲儿扔出了球。

光生的声音　能和我结婚吗?

98　中目黑站周边

光生又来到了邮筒前面。

一个球滚过来了。(和上一个场景的球颜色、形状不同)

光生捡起来了。

回头一看,是一个2岁左右、坐在婴儿车上的孩子。

光生把球递给孩子。

双方点头致意,母亲和婴儿走了。

光生从口袋里拿出信,投到邮筒里。

光生的声音　2014年2月8日。目黑川沿岸的老公寓,我和两只猫一起等待着春天的到来。

《最完美的离婚·特别篇》剧终

著作权合同登记号桂图登字:20 - 2022 - 021 号

图书在版编目(CIP)数据

最完美的离婚 / (日)坂元裕二著;李波,韩静译. —桂林:
广西师范大学出版社,2022.4
(坂元裕二作品系列)
ISBN 978 - 7 - 5598 - 4770 - 6

Ⅰ.①最… Ⅱ.①坂… ②李… ③韩… Ⅲ.①长篇小说 -
日本 - 现代 Ⅳ.①I313.45

中国版本图书馆 CIP 数据核字(2022)第 033516 号

最完美的离婚
ZUI WANMEI DE LIHUN

出 品 人:刘广汉
责任编辑:刘 玮　　　　　　助理编辑:钟雨晴
内文设计:王鸣豪　　　　　　封面设计:iglooo
插　　画:iglooo　　　　　　营销编辑:姚春苗

广西师范大学出版社出版发行

(广西桂林市五里店路9号　　邮政编码:541004)
(网址:http://www.bbtpress.com)

出版人:黄轩庄
全国新华书店经销
销售热线:021 - 65200318　021 - 31260822 - 898
山东韵杰文化科技有限公司印刷
(山东省淄博市桓台县桓台大道西首　邮政编码:256401)
开本:787mm×1 092mm　　1/32
印张:16.625　　插页:6　　字数:460 千字
2022 年 4 月第 1 版　　2022 年 4 月第 1 次印刷
定价:59.00 元

如发现印装质量问题,影响阅读,请与出版社发行部门联系调换。